U0083235

民國文化與文學研究文叢

十二編

李 怡 主編

第 4 冊

「大變局」——新文學的世界體系(下)

張 歎 鳳 著

國家圖書館出版品預行編目資料

「大變局」──新文學的世界體系（下）／張歎鳳 著 -- 初版
-- 新北市：花木蘭文化事業有限公司，2020〔民 109〕
目 2+190 面；19×26 公分
（民國文化與文學研究文叢 十二編；第 4 冊）
ISBN 978-986-518-239-7（精裝）
1. 中國當代文學 2. 文學評論
820.9   109010986

特邀編委（以姓氏筆畫為序）：

ISBN-978-986-518-239-7

丁　帆	王德威	宋如珊
岩佐昌暲	奚　密	張中良
張堂錡	張福貴	須文蔚
馮　鐵	劉秀美	

民國文化與文學研究文叢
十二編 第 四 冊　　　　　　ISBN：978-986-518-239-7

「大變局」──新文學的世界體系（下）

作　者　張歎鳳
主　編　李　怡
企　劃　四川大學中國詩歌研究院
總 編 輯　杜潔祥
副總編輯　楊嘉樂
編　輯　許郁翎、張雅淋　美術編輯　陳逸婷
出　版　花木蘭文化事業有限公司
發 行 人　高小娟
聯絡地址　235 新北市中和區中安街七二號十三樓
　　　　　電話：02-2923-1455／傳真：02-2923-1452
網　址　http://www.huamulan.tw 信箱 hml810518@gmail.com
印　刷　普羅文化出版廣告事業
初　版　2020 年 9 月
全書字數　316160 字
定　價　十二編 14 冊（精裝）台幣 36,000 元

「大變局」——新文學的世界體系（下）

張歎鳳　著

上　冊

卷一：新文學的世界體系

導　言 …………………………………………………… 3

第一章　論新文學的概念與特性 …………………………… 9

第二章　世界一員的意識 ………………………………… 27

第三章　論新舊文學不同的審美體系 …………………… 39

第四章　論新文學的創新領域與卓越建樹 ……………… 59

卷二：創造與激情

第五章　早期創造社郭沫若郁達夫等人的「淚
　　　　浪」 ……………………………………………… 83

第六章　通過荒誕完成審美喜悅──郭沫若自傳
　　　　體長卷散文藝術探奧 …………………………… 97

第七章　論郭沫若早期詩歌海洋特色書寫中的文
　　　　化地景關係 …………………………………… 109

第八章　「洪水」時代的感情與「薄冰」時代的
　　　　幽情 …………………………………………… 127

第九章　郁達夫曾資助劉大杰去日本留學嗎？ ……… 133

卷三：鄉愁・民族・國家

第十章　魯迅文學創作中鄉愁主題的承接與變異
　　　　………………………………………………… 141

第十一章　對魯迅「無視」朝鮮民族「問題」的
　　　　　「關心」和探究──對韓國學者李泳
　　　　　禧先生觀點的答辯 ………………………… 149

第十二章　論梁啟超文學觀念中的杜甫情結 ……… 161

第十三章　梁啟超筆下的岳飛風骨 ………………… 173

第十四章　古今並重的李杜友情──著重現代研
　　　　　究成果 …………………………………… 177

第十五章　論何其芳文學創作與欣賞中的杜詩影
　　　　　響及定位 ………………………………… 189

下　冊

卷四：川籍作家探研

第十六章　論艾蕪《南行記》交織反射的鴉片煙
　　　　　與青春氣息 …………………………… 203

第十七章　艾蕪筆下的辮子情結 ………………… 217

第十八章　青春稍縱即逝──對艾蕪先生的重讀
　　　　　與回憶 …………………………………… 223

第十九章　艾蕪《漂泊雜記》等作品的政治地理
　　　　　學 ………………………………………… 227

第二十章　飄零的身世，奇崛的才情──吳芳吉
　　　　　先生的價值 …………………………… 243

第二一章　「一經品題，便作佳士」──英語世
　　　　　界的李劼人研究、成果與現象 ……… 249

卷五：冰心的世界

第二二章　論冰心文學書寫中的西南地理文化呈
　　　　　現 ………………………………………… 273

第二三章　論冰心新文學的古典氣質與「鄉愁」
　　　　　書寫 …………………………………… 287

第二四章　歐美漢學家的冰心研究述略 ………… 299

卷六：海峽對岸

第二五章　「一個還鄉的種類的美」──論余光
　　　　　中詩歌中的四川情結與李杜蘇信息 … 325

第二六章　「古典情懷的現代重構」──余光中、
　　　　　洛夫成都杜甫草堂詩對讀 …………… 339

第二七章　「海的制高點上」──論汪啟疆海洋
　　　　　詩作的象徵性 ………………………… 349

第二八章　語詞還鄉與詩意棲居──論渡也存在
　　　　　主義傾向的文化鄉愁 ………………… 363

後　記 ……………………………………………… 389

卷四：川籍作家探研

第十六章　論艾蕪《南行記》交織反射的鴉片煙與青春氣息

摘要

　　艾蕪早年成名作《南行記》，是以自身經歷為線索的一部中短篇小說集，可稱中國現代文學以來第一部反映漂泊、流浪者生活的專題文學作品。內容常見交織並互為映像作用的鴉片煙與青春氣息，形容與烘托了近現代中國特別是西南邊疆地區所受列強經濟侵略戕害的後果，從精神與經濟雙重領域所展示的頹廢審美；作品中顯現、渲染的青春氣息，則凸顯了邊疆地區生態自然以及人性向善的力量，有生存與毀滅的象徵寓意，也有現象學的元素。

關鍵詞：艾蕪、流浪小說、《南行記》、鴉片煙、青春氣息

　　《南行記》是新文學發生以來第一部專題表現人生漂流（流浪）行程的文學作品集，艾蕪可稱新文學運動以來流浪題材文學的先驅者。他對生存之路以及生存意義的探索、堅持，不辭跋山涉水、浪跡天涯、歷盡艱辛，行文寄寓著文學原鄉追尋的象徵意義，使其西南邊疆特色與異國情調的自傳體小說不失哲學題義的深度，詩情畫意，頗有人間生活的抒情氣息。艾蕪之前，創造社作家書寫浪跡天涯的情懷，生活境域相對固定，是較有規則的留學生活；魯迅等鄉土文學家表現南北遷徙的生活側重移家旅途；謝冰瑩、沈從文

等從軍記錄、行軍生涯等題材也都不是專題流浪；二、三十年代的青年作家（包括「九一八」流亡關內、上海等地的東北群作家）書寫「僑寓」生活或從事文化事業等，也非專題流浪領域。艾蕪《南行記》內容，集中表現作者追求理想，遠離家鄉，在一無所有、沒有生活保障的情況下漂迫南疆，由雲南而緬甸等他國的浪跡天涯、歷經風險，其間為了生存從事短工、苦力、雜役等，終究沒有定居與久住之地，「南行」無疑是一種相當冒險、前程難料的行為，包括挑戰生命極限，如飢餓、炎寒、疾病、匪盜、兵燹等各種無妄不測偶然之災，流浪無異與死亡結盟，不時擦肩而過。這種果敢而「自虐」式的精神追求在世界現代文學中是一個比較突出而常見的主題，但在中國現代文學之初尚不多見，艾蕪的出行據其自述是為了尋覓出國留學的機會，與其自小愛好文學閱讀寫作有關，他流浪途中胸前掛著墨水瓶的形象早已見諸相關傳記，令讀者印象鮮明深刻。為精神的召喚孤注一擲、不怕冒險與吃苦，正如西方哲學家所稱：「被召喚的既不是所有的人，也不是許多人，而只是少量『幾個』——少數在黑暗道路上漫遊的人們。這些終有一死的人能夠赴死，即能夠向著死亡漫遊。」〔註1〕艾蕪流浪題材表現，有這樣的意味與命題。他在流浪中曾這樣回答好奇者的詢問：

> 他們問到我為什麼要離家遠走，來過這種苦難的生活。我便說，人是不應該安於他的環境的，應該征服他的環境。因為人是生來活動的東西，便當不顧一切地去活動。一個人，能夠吃苦，能夠耐勞，能夠過最低度的生活，外界無論什麼東西都不能嚇退他的。這是我當時談話的最主要的意思。同時，我也全靠這些念頭，敢於拋掉了我一切的所有，赤裸裸地走到世界上來，和世界作殊死的搏鬥。〔註2〕

流浪文學不等於觀光旅遊度假文學，也不等於遷徙文學，流浪的寓意更在於挑戰自我以及人間，放棄舊我，向不知終點的歸宿跋涉、追尋、「漫遊」。流浪文學多表現人間底層百態萬象，為慣於安居者所不暸解與深感詫異甚至驚恐，閱讀有陌生化的驚奇效果。以第一人稱口吻記敘作者自己履險犯難、天涯漂泊，常陷於孤境、絕境，典型如生病瘧疾高燒、身無分文被店主

〔註1〕 海德格爾，《在通向語言的途中》，孫周興譯，商務印書館，2004年，第14頁。

〔註2〕 艾蕪，《我的青年時代》（寫於一九二七年春三月），載《艾蕪全集》第11卷，成都時代出版社，2014年，第281頁。

驅趕遺棄在仰光城郊野。〔註3〕還如此前靠賣腳下草鞋暫且充饑以及求職拉黃包車、給人掃馬圈等情節。支持「南行」小說常見的場景情節中，鴉片煙氣息描寫以及山野青春氣息描寫，交織反映，形成強烈反差，襯托出二十世紀二十年代中期特有的邊疆生活氣息，構成《南行記》特有的文學張力。

　　《南行記》題材的特殊性與生動性、獨創性，自初版問世，即得讀者青睞同情，得到當時名家特別是左翼文學陣營的理解與支持，艾蕪從一名流浪者到共產主義理想信仰者，成為三十年代「左聯」骨幹成員，其題材的傾向性以及無產階級特性也是助動力。他在上海同沙汀向魯迅寫信請教，得到魯迅回信指點；參與左聯活動被捕入獄，得到魯迅捐資聘請律師。〔註4〕《南行記》出版發行寄給同是四川籍的在日本僑居的前輩文學家郭沫若，郭氏讀後大表讚賞，後撰文說：「我讀過艾蕪的《南行記》，這是一部滿有將來的書。我最喜歡《松嶺上》那篇中的一句名言：『同情和助力是應該放在年輕的一代人身上的。』這句話深切地打動了我，使我始終不能忘記。」〔註5〕《南行記》的成功不是偶然。流浪的勇氣與描寫內容的奇異曲折、艱辛決絕等，皆能體現某種時代精神，與走出舊我、破除藩籬的時代潮流共鳴。以致「南行記」三字長期以來近乎青春理想與履險犯難的人生以及流浪文學的代名詞。其藝術成功魅力也是名著的要件，《南行記》在此方面獨得勝場。以下專就作品中常見的鴉片煙與青春氣息描寫展開論述，以之深入瞭解其藝術特色。

一、肆虐近代的鴉片煙遺患頻密見諸《南行記》

　　以鴉片煙吸食與販運的衰頹病態現象反映出 20 世紀二十年代中期雲南邊疆地區的經濟形態與社會問題，將之與青春自然的生態氣息與人間理想情操相對映，表現人生衝突的悲劇，這在《南行記》裏十分貼切、生動，表現藝術的張力與境界。除了前論流浪題材外，艾蕪也是新文學中第一位較為正面、

〔註3〕詳見《原〈南行記〉序》及自傳《我在仰光的時候》，前載《艾蕪全集》第 1 卷，後載《艾蕪全集》第 11 卷，成都時代出版社，2014 年。

〔註4〕事見艾蕪，《三十年代的一幅剪影——我參加左聯前後的情形》，見載《艾蕪全集》第 11 卷，成都時代出版社，2014 年，第 370 頁。原文：「後來周揚領導左聯的時候，便設法請律師出庭辯護，魯迅就捐助了五十元給律師史良作為出庭的費用（我出獄後知道是魯迅捐助的）。結果，我和同案的六個工人，都得到了自由。」

〔註5〕郭沫若，《癡》，原載 1936 年 6 月 25 日《光明》一卷二期，引見《郭沫若全集・文學編》第 10 卷，人民文學出版社，1985 年，第 386 頁。

集中涉及與描寫到鴉片煙這一社會現實問題的作家。他筆下塑造了好些不同階層、不同類型的鴉片「煙鬼」、「煙販」以及直接、間接受到煙患毒害、驅使、影響的無辜人民群眾,尤以下層階級吸食上癮者堪稱悲劇典型,例如車夫、販夫、轎夫、小生意者、雇工、兵丁等,同其他階層染上煙癮的惡習者一樣,都不啻一個個漂浮於人間的「死魂靈」。在新文學小說史上,可堪類比的例子不多見,或有涉及煙土情節、題材或名稱的如巴金、李劼人、沙汀、沈從文等,但不過穿插點綴,一筆帶過,頻密具象、直接描寫鴉片吸、販情節的除艾蕪之外頗為罕見。即如魯迅筆下的浙江紹興水鎮,郭沫若筆下的嘉州沙灣古鎮,沈從文筆下湘西邊城,都不大著重這類社會弊端的具體描寫與渲染。事實上在「清末民初」乃至相當長一個時期內,「大煙」禁而不絕,死灰復燃,甚至形成區域性的煙土經濟帶,尤其是沿海與沿邊(邊疆、邊境、邊界)地區,吸、販乃至私下種植鴉片煙現象都較為常見。20 世紀的二、三十年代興許最為典型的莫過於西南雲、貴、川三省交界,所謂「茶馬古道」(也即古代的南絲綢之路),事實上當時也同為煙土販運通道與集散地。郭沫若自傳《少年時代》寫家世就有如下行文:

> 　　父親把家業拋荒了二十年,但逼到臨頭,為兒女的養育計,終竟不能不重整旗鼓了。他就把那四十幾串現錢,另外又在我們那位頂有錢的瘟豬販子出身的族曾祖那裡借來了二百兩馬蹄銀來做資本,重新又過起年青時候所做過著的生活來。但是,實在也奇怪,不幾年間我們又在買田、買地、買房廊了。父親時常對我們說:這是上天有眼,祖宗有靈。但我恐怕應該說是:嗎啡有眼,酒精有靈罷?因為我們父親的營業,主要的是煙土、糟房。逼得中國全國的人無論有產無產都只好吸煙吃酒來麻醉自己的,更透闢地說一句:是應該感謝帝國主義者的恩德!

> 　　我這樣說也不是有心要誹謗我的父親,我的父親處在那樣的社會,處在那樣的時代,他當然不能生出我們現在所有的這樣的意識。但父親在晚年他也知道煙土的流害,他早已把這行營業中斷了。〔註6〕

　　郭沫若行文顯然既出之新文化時代的坦率誠實風氣,卻也不能不有所顧忌遮飾,畢竟我國傳統社會向來有些事是諱莫如深的,家醜不可外揚。郭父

〔註 6〕郭沫若,《沫若文集》第 6 卷,人民文學出版社,1958 年,第 19~20 頁。

家業在其手中已即行破產，是靠販售鴉片煙和釀販私酒得以復興的。恐怕這裡的「糟房」也只是個陪襯，如同稀釋劑，「煙土」才是奇蹟發生的主端。郭沫若家鄉大渡河邊的沙灣鎮是為西南交通要道，臨近川西南邊地漢族與少數民族雜居地「三邊」（峨邊、馬邊、鹽邊），通過大涼山走廊直至滇、黔鄰省，其實正是一條煙土非法種販通道，自清季清末至民初仍不絕如縷，甚至有恃無恐。艾蕪較郭沫若晚生一代，他家鄉在成都西北遠郊新繁縣與彭縣交界鄉里，據述自祖輩起那一帶的人就有南下滇西遠走緬甸及海外以求生計的風習。去的人不一定都直接與煙土生計相關，但「茶馬古道」煙土上游經濟帶動的下游產業，如販運、客棧、力夫、手工、商販、傭人、保鏢以及地方治安等各行各業，都有刺激加速發展因素。對於窮困潦倒、走投無路的一些川人來說，不啻「救命稻草」甚至「冒險家的樂園」。《南行記》記述行程多見四川人，且於境外鄉音相通無阻。我們知道如今緬甸的個別邦州（如果敢、佤邦等地區）自上而下還通用中國西南方言、行中國語文，無疑系歷史因襲造成，當時商貿、求生、逃生移民潮，是為主流。艾蕪第一人稱的自傳體例小說為二十年代中後期的政治人文、經濟形態、民俗風土、社會問題等都提供了相當生動可靠的史料，可稱一部文學化的「信史」。《南行記》是現實主義作風的小說，也是大體真實的「行狀」敘事散文集，其中有些短篇小說介乎於文學與新聞特寫之間。作品的社會歷史價值，乃至經濟學、民族學、民俗學、人類學價值等，都頗可掂量。

被郭沫若特別讚賞的短篇小說《松嶺上》，描寫一個身世撲朔迷離身處孤境的老漢，隱伏於雲南「彝地」山中，靠貨郎擔為生，到了晚間，必與鴉片煙、酒精結伴，對打義工（為其挑貨擔，不要工錢，只管食宿）的「作者」（第一人稱）胡言亂語，表現得瘋瘋癲癲，甚至要作者選娶他的「兩個女兒」（煙槍與酒杯），從而建立不分離的親戚關係。作者從旁人口中得知老人早年在內地因妻子與地主有染而殺家滅口逃匿邊疆山中的血案隱情，並不像他人感覺恐怖，反而因憐憫、厭惡等複雜因素，最終決心離開老漢，繼續冒險流浪。作品描寫夜晚沉醉在煙膏與酒精中以求麻痺的老漢，十分形象，悲劇意味十足，篇中渲染「煙香」的氣氛，相反相成、意味淋漓盡致：

> 鴉片煙流出了濃重的芳味，和著松柴的乾香，燒酒的餘芬，把這作為旅人暫時歸宿的小小地方，簡直幻化成誘人享樂的魔窟了。

> 老人吸了一口煙後，那給山風吹得黑黃的皺臉上面，現出了非

常寧靜非常安適的樣子，剛才喝著酒大聲愛說話的脾氣，彷彿全都
拋給門外的山風和山間的松濤去了。

⋯⋯

炙好一個煙泡，用鐵簽穿在槍煙上，剛要放在燈上燒時，忽又
取開，揚起眼睛，向我做著安慰的樣子說：

「只要不離開我，以後也可以要這個的。」

⋯⋯

要是白天用了少許的貨物，換得了一大包的春茶或是鴉片，這
一夜，老人便特別快活些，歡喜些⋯⋯

從文中描寫用「少許的貨物」即可「換得了一大包」，可知當時雲南邊疆地區
鴉片的泛濫程度。這是 20 世紀二十年代中葉的真實情況。

我國近代史可稱一部「痛史」、「屈辱史」，自「鴉片戰爭」來，列強環伺
侵略，國力衰荼，禍亂頻仍，國民經濟崩潰，道德淪落，社會兩極分化，法
律形同虛設，這一連串社會問題，日見突出。問題顯然是由來已久。「到了 1835
年前後，在西方列強的刻意引導下，我國吸食鴉片的人高達 200 萬。在整個
中華大地，不管高官還是貧民，不管男女還是老少，都在抽食鴉片。鴉片嚴
重侵蝕著我國人民的身體和精神，以致被稱為『東亞病夫』。」〔註7〕說「都
在抽食」，有些「言過其實」，但整個清末民初以及相當長一段時期內，鴉片
禁而不絕，尤其在邊遠地區，形成泛濫之勢無庸諱言。其間不乏官私勾結以
謀暴利，民眾受其危害荼毒，日漸深廣。比較典型的例子如 1935 年紅軍長征
經過西南地區，對面敵人有時就是「雙槍兵」（如貴州軍閥王家烈部以及此前
紅四方面軍深入大巴山對之作戰的川軍），紅軍得以英勇戰勝突圍，雖然主要
得力英勇作戰、指揮有方，但敵方為煙毒所害萎靡不振亦其一由。美國漢學
家魏斐德（Frederle Wakeman. Jr）在代表作《中華帝制的衰落》書中亦有詳細
數據，指出來自西方（鴉片戰爭時主要是英國）的鴉片貿易戰對中國所造成
的深重災害。就晚清而言：「無論真實的數字是多少，那時吸食鴉片已成為隨
處可見的惡行。⋯⋯鴉片使中國喪失的遠遠超過癮君子的健康，而是日益蠶
食農業社會的基礎。」〔註8〕《南行記》反映出來的邊疆地區經濟凋蔽、民不
聊生、徇私往法以及鋌而走險等諸般情況，毫無疑問是清末民初延續下來在

〔註 7〕 見網易新聞圖片集，www.163.com，微信號：shw984。
〔註 8〕 （美）魏斐德，《中華帝制的衰落》，鄧軍譯，黃山書社，2010 年，第 125 頁。

相當長時間內的社會問題與較為普遍的現象。

　　《南行記》中《人生哲學的一課》說到：「羅家的老爺、太太、大少爺、大少奶奶，他們晚上都要燒煙片煙，燒到半夜後兩三點多鐘，就要叫你起來做點心消夜。」有錢人家情狀如此，下層人如轎夫、小販、工役等，不分性別年齡，多有吸食成癮者，且多以販養吸。如《我的旅伴》中老朱、老張、老趙等抬「滑竿」的轎夫，「躺在傣族和尚睡過的床上，把自己帶的煙泡子弄在煙槍上去過癮。」「他一連吸完三個煙泡，才滿意放下煙槍。」同篇中的「老女人」，不僅自吸，還公開熬製煙膏出售，靠吸煙的轎夫等過路人拉抬其生意。《快活的人》寫「胡三爸」絕處逢生靠製售鐵煙簽為生，生意不錯。「不久縣裏禁了煙，鴉片煙鬼一串串帶進衙門去。」有人估計縣「大老爺厲害」「半個月不到，城裏，鎮裏，以及四鄉，就會禁得乾乾淨淨的。」從而嘲笑胡三爸要失業，胡三爸的反應居然是這樣的：老頭面不改色，只朝下拉一拉兩邊的嘴角，譏笑道：

　　　　「厲害？要是他連自己的煙癮也戒掉，那才算得！」

　　　　　跟著縱聲大笑，還更加迅速地錘打起來，倒象生意從此真個要

　　利市了，非連忙趕貨不可似的。

　　艾蕪作品生動具細地描寫煙土經濟這一社會畸型現象，塑造出形形色色的癮君子、煙販子以及社會各階層淪為犧牲品的人物形象，繪聲繪色，入木三分，筆調看似沉靜閒適，內裏的沉痛、憤懣、焦慮等不言而喻，抗議似乎擲地有聲。借用魯迅形容蕭軍蕭紅的作品：「顯示著中國的一份和全部，現在和未來，死路與活路。」〔註9〕「……對於生的堅強，對於死的掙扎，卻往往已經力透紙背。」〔註10〕移置《南行記》，亦多吻合。沙汀、艾蕪在上海時期作為青年作家曾就寫作題材寫信向魯迅討教，關於艾蕪的打算，信中表述是：「……專就其熟悉的下層人物——在現時代大潮流衝擊圈外的下層人物，把那些在生活重壓下強烈求生的欲望的朦朧反抗的衝動，刻畫在創作裏面，……」〔註11〕魯迅作答：「如第二種，則生活狀態，當隨時代而變更，後

〔註 9〕　魯迅，《且介亭雜文二集，田軍作〈八月的鄉村〉序》（一九三五年三月二十
　　　　　八日之夜），《魯迅全集》第 6 卷，人民文學出版社，1982 年，第 287 頁。
〔註10〕　魯迅，《且介亭雜文二集，蕭紅作〈生死場〉序》（一九三五年十一月十四日
　　　　　夜），《魯迅全集》第 6 卷，人民文學出版社，1982 年，第 408 頁。
〔註11〕　魯迅，《關於小說題材的通信》，沙汀艾蕪「來信」，《二心集》，見《魯迅全集》
　　　　　第 4 卷，人民文學出版社，1982 年，第 366 頁。

來的作者，也許不及看見，隨時記載下來，至少也可以作這一時代的記錄。
所以對於現在以及將來，還是都有意義的。」〔註12〕問答的關鍵詞有「下層」
「求生」「反抗」「時代」「記錄」等，魯迅肯定艾蕪「大潮流衝擊圈外的下層
人物」書寫思路合理。同時強調：「兩位是可以各就自己現在能寫的題材，動
手來寫的。不過選材要嚴，開掘要深，……又抱著對於時代有所助力和貢獻
的意志，那時也一定能逐漸克服自己的生活和意識，看見新路的。」〔註13〕
艾蕪南行一路深諳鴉片煙對人間的侵襲危害，他筆下彌漫鴉片煙氣息的行文
描寫，有如惡之花，形神俱備，真實記錄了近代史以來浸透民間血淚悲苦以
及無處不潛在的反抗衝動，也寄寓著人生新路的探索，使數十年後的讀者亦
如身臨其境，深入認識舊中國弊端。艾蕪的文學成就沒有辜負魯迅的期望。
也許魯迅生前未及細讀到艾蕪的作品。

　　作為社會史乘參照，從艾蕪作品中的描寫看，當時滇緬跨境鴉片煙販運
並非我們當代人經驗中由境外緬甸而內流，反而多由境內而外流。例如《流
浪人》中挾運大煙的「矮漢子」，他闖關卡時與「我」作別說：「你犯不著，
出了事，連累了你！」還如《森林中》被強盜劫掠了的「煙販子」。《我的旅
伴》中穿越邊境的抬轎夫老朱等人，以「灌有煙膏的滑竿」，挾運出境。最明
顯的例證是《我的旅伴》中轎夫老何的一番說辭：「我要是上了他們的當，那
我就真正怕起許多東西來了。第一就怕吃了會上癮。第二就怕癮來了沒錢來
過。第三到了老緬子地方，又怕買不到。第四吃了又怕瘦來鬼一樣。第五又
怕鴉片薰了腸子，大便屙得很為難……」。據此可知，像境外「金三角」那樣
今人皆知的地方，當是興盛於當代（新中國境內禁絕鴉片煙後）。此前我國邊
境地區，種、販交集發散，是歷史事實。《南行記‧續篇》中描寫滇山中流浪
生活的《紅豔豔的罌粟花》，僅從題目即一望可知當時之非法狀況。

　　鴉片煙的題材有強烈的近代史的言說隱喻，成為《南行記》中不可剝離
的時代病態內容與深刻創傷。

二、與鴉片煙氣息形成強烈反照的青春生態氣息

　　生與死，衰頹沒落與生機勃發的活力衝突，交構呈現於艾蕪《南行記》
中，特別表現出人生極地、邊緣的掙扎狀態，形成文本內容方面特有的藝術

〔註12〕魯迅，《關於小說題材的通信》，「回信」，《二心集》，見《魯迅全集》第4卷，
　　　　人民文學出版社，1982年，第368頁。
〔註13〕同上。

語境與張力。突出作品中並洋溢抒情氣息，首數青春女性所表現出來的美麗、本真、堅強乃至無可避免的人生悲劇遭遇。這在艾蕪作品中常見表現，頗為直觀。「這種認識現象和認識客體之間奇特的相互關係到處表現出來。」〔註14〕艾蕪作品正是構織著這樣一種「奇特的相互關係」。死與生，愛與恨，青春美好生命的張揚與處境的危險，令作者寫來悵痛不已，這種複雜的社會亂象與自然生態生機所形成的反射，頗有現象學的特徵與言喻。

　　那些令人眼前一亮的生命形態、樸實率真清新的多民數女性形象，常見與狼共舞，與黑暗交際，與行屍走肉般的社會形成難以剝離的靈魂意義的反差，使問題意識更加突出。一邊是僵死的氣息，一邊是彩雲之南的生態人文。看似頗不兼容的現象被作者加以採寫互文，從而揭示荒唐性，突出關聯性，「這現象每次都是一個現在，並且，在它包含著的映像（Abschattung）中，在它自己所經歷的不斷變化中，它使時間性的存在顯現和展示出來。」〔註15〕《南行記》的「時間性」與在場的意義，詩意滲透，有如悲歌，循環往復，讓人不覺得單調乏味，相反延續著一種切身體驗的陌生化的審美享受，尤其展現「現時代大潮流衝擊圈外的」的生活，令讀者耳目一新，不勝驚訝。與另一位著名作家沈從文的湘西邊城作品有同有異，同在「邊緣化」「陌生化」；異，則在於艾蕪的作品更多實驗意義以及前沿觀察採寫的逼真、直觀價值。

　　艾蕪筆下那些美麗女性多處於危險境地，每每如曇花一現，多被畸形社會吞噬。而流星過眼般的美麗光彩，尤其給人印象深刻，所謂「剎那含永恆」。如《流浪人》中的鳳姑娘，「十六七歲」，「臉上只現出冰冷的神氣」，「她的美麗使人感到驚異，覺得荒山中會有這樣的人出現，似乎總有些不平凡一樣。」以打花鼓賣唱為生的鳳姑娘與母親加入流浪人行列結伴行走，這使成份複雜即其中夾雜著煙販子、算命子等複雜成份的隊伍關係微妙、緊張變化。作者擅長在這樣的衝擊關係中從容著筆，繪聲繪色。尤其對少女的描寫，形象鮮明。如途經山中小鎮母女表演節目：

　　　　她們唱完過後，又由女兒摸出三把刀來，連續拋到空中，又連續地接在手裏，沒有一把失手落到地上。三把白亮的刀子，像白鵠子似的飛上飛下，簡直晃人的眼睛。到後，簡直越拋越快了，如同

〔註14〕（德）埃德蒙德‧胡塞爾，《現象學的觀念》，倪梁康譯，人民出版社，2007年，第12～13頁。
〔註15〕如前，第56頁。

電閃，使人驚奇不已。

令人不禁聯想到古人杜甫寫於三峽中的《觀公孫大娘弟子舞劍器行》。民間藝人矯健形象，傳統亦有寫及。艾蕪的故事講述於雲南邊疆人跡罕至的大山中，常是危機四伏，題材的奇異自不待言。人到中年的母親「大腳女人」，也寫得生動，如「算命先生」討好「大腳女人」，「一拿出吸煙的時候，他定規先遞給大腳中年女人，讓她吸了之後，他才自行吸食，他吸夠了，便裝進褡褳，不再遞給別的人。」這種因女性魅力而產生的微妙緊張關係，不禁情節高潮迭起，環環相扣。直到母女途中被地方軍官一行誘拐。以後：「河床重新恢復了它的荒涼，一片灰白色的沙灘，一片灰碣色的亂石。」一張一弛，景物與人際關係，精彩練達。再如《我詛咒你那麼一笑》以及《瑪米》中天真善良美麗而無法抵抗命運擺佈的傣族少女，處境危險，不免成為犧牲品，明麗中見憂鬱，光明交織黑暗，濃鬱的抒情氣息，盡形諸筆墨。相對聽天由命的一類邊疆女性來說，艾蕪筆下有一類則表現為疏野不訓、敢於反抗。如《月夜》中表面冷峻無情實則心有憐憫的山村回族青年女主人，作者這樣敘寫流浪者叩門向其求助：

> 於是她命令老婆子打一個火把來，照照立在木柵外邊的我們。她自己也走到木柵門邊上，用她黑溜溜的眼珠，對我們從頭到腳地打量。看她的年紀，只不過十八九歲光景，臉子黑裏帶紅，有著剛健的美麗；兩隻不粗不細的眉毛，和一雙極有光芒的眼睛，顯出她很聰明，卻又有點野性未馴的樣兒。身材不高不矮，穿著一身青湖縐的短衣和長褲，腳底下蹬著一雙木拖鞋。手上捏了一支短槍，槍筒在火光的照耀中，烏黑發亮，使我們略微感到了恐懼；但因她究竟是個女子，而且除了老婆子而外又只是她一個人，我們也就安安靜靜，讓她偵察。老婆子手裏的火把，燒得咻咻地發響，間或還有輕微的爆裂的聲音。點點的火屑，不斷地落在地上。

敘寫「我」與同伴求食得到允許入屋，求宿則遭到拒絕，最終被懷著民族積怨的主人驅趕。同行者「吳大林」則趁入屋吃飯之機竊取了主人家的一包鴉片煙，出門倉惶逃竄，不加喘息。作者寫到：

> 「你摸摸看！」

> 他的小包袱內，有兩件換洗衣裳和一雙布鞋，我是早就看在眼裏了，用不著摸的。但因有股特殊的氣味，忽然鑽進我的鼻子，知

道裏面一定新添了別的東西，我就立刻伸手去摸，就摸著一塊鍋盔
一樣的東西，但比鍋盔卻要軟些，我忍不住驚異地說：

「這是啥子東西？唔，鴉片嗎？」

因為這股氣味，正和剛才那堂屋裏面的氣味，是一模一樣的。

作品在緊張氣氛場域中，交構青春氣息與煙土氣息，造成緊張衝突，營造與
映像著人性中的高貴與卑劣，情節波瀾迭起，引人入勝。歷來頗受好評的《山
峽中》一篇，描寫綁匪中群的少女「野貓子」，塑造也是孔武奔放，於險象環
生的邊疆世界展現悲劇意味的美麗青春光芒。

滇緬邊疆崇山峻嶺廣袤地區各族女性命運悲劇，這在新文學世界中，僅
就題材而言，亦是獨一無二的。直到一九七八年歲末（改革開放伊始）艾蕪
創作《紅豔豔的罌粟花——為紀念五四運動六十週年作的》，還用清晰的記憶
以及爐火純青般的文筆刻畫出滇西山寨中小玉、小珠兩個感情失意的少女形
象，「紅豔豔的罌粟花」是其背景，相映反射作用，一如當年。可見印象深刻，
成為艾蕪生命中難忘的題材。作者寫到「我」離開山寨的情景：

尤其是早上走出籬門的時候，小玉有著孤單的一個人留下的悲
寂神情，淒然欲淚的樣子，和小珠的天真，母親的善良，以及到處
都是紅豔豔的罌粟花，深深留在我的記憶裏，久久不能泯滅。

「所以人們能夠指出所謂原生的回憶（Primare Erinnerrung），指出與任何
感知必然交織在一起的滯留（Retention）。」〔註16〕這種歷史「滯留」，是艾蕪
文學表現中的精華部分，邊疆各族女性悲劇命運，是《南行記》中表現特別
鮮明生動的藝術群雕。

三、作者永不放棄的青春理想堅持

青春魅力的書寫在《南行記》中通過富有生活氣息與堅強氣質的女性書
寫得以集中體現，與頹廢的煙毒世界形成強烈衝突反射，增加閱讀的奇異與
美感。除此之外，作者貫穿書中的理想堅持精神也通過自傳體例小說作品得
以有力展現。敘事的零距離，親身體察與經驗，使小說情節主題得以深化，
充分體現了悲劇世界崇高精神追尋這一美學維度與向度。這也是艾蕪流浪題
材小說生命力與價值所在。

〔註16〕（德）埃德蒙德‧胡塞爾，《現象學的觀念》，倪梁康譯，人民出版社，2007
　　　年，第65頁。

作者生於動盪不安、病象叢生的近代社會、轉折時代，家世農耕，兼有鄉塾教輔，同長輩一樣，艾蕪自己也可耕讀為生、終老鄉間。但時代浪潮激盪著他、鼓舞著他，去尋找詩意的遠方和新生活。有過猶豫徬徨，但沒有迷失。最終選擇「五四」精神道路，不辭冒險生涯，走出窠臼，向外部世界特別是人生社會前沿去尋找機會。作者肄業成都師範學校時寫詩明志：「安得舉雙翼，激昂舞太空。蜀山無奇處，吾去乘長風。」〔註17〕後來決心離開昆明繼續漂泊甚至「遠離中國」，無畏艱難困苦以及種種難以預料的危險：「彷彿一隻關久了的老鷹，要把牢籠的痛苦和恥辱全行忘掉，必須飛到更廣闊更遙遠的天空去的一樣。」〔註18〕為了理想的生活，甘於冒險。作者追憶他的初心是「到南洋群島去找半工半讀的機會。」〔註19〕事實上當時全無把握，也沒有行路的「盤纏」，更沒有同伴與嚮導。孤身一人從「一九二五年夏天，離開了家鄉，向雲南緬甸走去，進入了社會大學，在昆明的街頭，上了『人生哲學的一課。』」其行走漂泊尋覓，直至境外緬甸、馬來西亞、新加坡等國，後轉至中國香港、上海。《南行記》中這種不問前程、勇於冒險的青春動力、精神力量，懷揣書籍、胸前掛個墨水瓶就讀社會人生大學的流浪知識青年形象，彷彿中國的高爾基「在人間」，令人刮目相看，同時深入人心。其文學境界自然遠在一般獵奇探險、浮光掠影、荒誕不經的遊戲行文之上，現代性以及對新文學觀念的崇敬誠信與熱愛堅守，形成標誌性的特點。卡萊爾評論席勒的文學成就曾說過：「席勒的主要特點是具有騎士精神，即歌德所說的『自由精神』，為了自由，永遠掙扎向前。正是這種精神使席勒寫出了《強盜》。」〔註20〕艾蕪作品中通過自身體現出的追求自由勇敢向前的精神，也是「永遠掙扎向前」的具體描寫言說，使《南行記》的時代進步特色十分鮮明。

身經險境，死裏逃生，瀕危異國他鄉，絕不墮落等，可稱「九死雖未悔」，終究「未改其志」。流浪時作者不過二十來歲，風華正茂，意志堅強，《人生

〔註17〕艾蕪，《我的青年時代》，載《艾蕪全集》第 11 卷，成都時代出版社，2014年，第 339 頁。
〔註18〕同前。
〔註19〕艾蕪，《寫在前面的話》，載《艾蕪全集》第 11 卷，成都時代出版社，2014年，第 1 頁。
〔註20〕托馬斯·卡萊爾，《卡萊爾文學史演講集》，廣西師範大學出版社，2005年，第 209 頁。

哲學的一課》述及流浪生活幾乎陷入絕境，飢餓難耐，文末仍然誓言：「就是這個社會不容我立腳的時候，我也要鋼鐵一般頑強地生存！」頑強探索與敢於挑戰社會、反抗宿命，這正是現代文學的基本風貌，也是「五四」新文化精神，與西方文藝復興以來的人文主義思潮頗相切近。《南行記》中寫到作者抗拒誘惑與墮落，如有人引誘唆使，偷竊、盜馬、落草強梁、販煙、吸煙、賭博、當老鴇、奸細等，均有詳細描寫，終究沒有動搖。途中為了生存，作者自述寧可不時從事各類「賤役」，包括體力、苦力活兒，如雜役、掃馬圈、挑夫、炊事工、排字工等，一有節餘，即踏上征程，努力向前。這種青春的堅持、理想的追求也是其作品青春氣息濃鬱感人的直接呈現。

作者自敘與各類鴉片煙魔影相遇相處的情節，也是作品奇異之處，是邊疆病態人生的寫實，如前述《松嶺上》《我的旅伴》等，再如《在茅草地》一篇中：「店裏一位終日吹鴉片睡懶覺的苦力模樣的漢子（後來才知道他是由苦力改行偷賣鴉片的）」替「我」介紹去克欽人山中教小孩念書的工作（後來才知是掃馬糞兼教小孩念書）；《山官》中「我」的雇主成天輾轉煙榻，問答一畢，「便在煙燈旁邊一倒，重新拿起鐵煙籤子，挑起糖煙，朝燈上燒了起來。」《私煙販子》中「陳老頭」常招呼「我」：

> 來吹一口！我不會要你錢的。吹煙才有出息，你怕上癮麼？上
> 癮不要緊，你就改行，做我們這行生意好了，這不苦人。只消躲過
> 一道關口，就輕輕易易，搞到幾十幾百的。你怕坐牢麼？那不要緊，
> 久了，他自會放你的。他哪有那麼多飯，白給你吃！

要抗拒這樣的誘惑蠱惑，對於流浪者來說，殊不容易，作者有時也不免同情或憐憫煙鬼，如寫到「私煙販子」：「我感到他的聲音，非常溫和，裏面含著無限好意和關切，我幾乎就想留在他的身邊。」但作者以反襯的手法，掙扎的表現，真實記敘出艱難前行的曲折。孤獨中最終毅然決然的前行選擇，真實可信。《南行記》鍥而不捨的青春理想追求是貫穿情節的主題紅線，在現代中國文學畫廊中，獨佔一席之地。

作者多年後回憶漂泊寫作時說：「那時也發下決心，打算把我身經的，看見的，聽見的——一切弱小者被壓迫而掙扎起來的悲劇，切切實實地給寫了出來，也要像美帝國主義那些藝術家們一樣『Telling the World』的。」〔註21〕

〔註21〕艾蕪，《南行記・序》，一九三三年十一月一日，上海，見載《艾蕪全集》第1卷，成都時代出版社，2014年，第6頁。

作者在緬甸仰光看到一部美國電影，聯繫自己的世界，也能找到生動的著眼點。這即文學理想與寫實主義的藝術表現。

鴉片煙餘毒不止乃至仍舊區域性泛濫成災，在艾蕪筆下，呈現活的歷史。鴉片貿易禍首是西方老牌帝國主義，「能使中國人大量購買並維繫其茶葉貿易的產品，就是令人上癮的鴉片。」〔註 22〕「標誌著帝國主義剝削時代的開始。」〔註 23〕《南行記》繪聲繪色、淋漓盡致地記載了這一創傷餘痛與病態社會現象，如同給屈辱的近代史作了形象的注腳。那些鮮活生命的扭曲淪陷乃至青春光焰的熄滅，如同「惡之花」的審美，又像殉葬者的紀念碑。而永不放棄的追求與反抗，則是一部青春文學的心靈史，堪為新文學的典範之作。

原載《中華文化論壇》2018 年第 6 期。

〔註 22〕魏斐德，《中華帝制的衰落》，鄧軍譯，黃山書社，2010 年，第 123 頁。
〔註 23〕如前，第 135 頁。

第十七章　艾蕪筆下的辮子情結

　　生於二十世紀伊始（1904 年）的艾蕪先生，相較他所崇拜的魯迅、郭沫若先生等算是晚生一代，在「五四」新文化運動期間，艾蕪尚是一個中學生，這卻正是接受新文化啟蒙和世界新知的人生成長季、旺季。用艾老自己後來的追述是：「吃五四運動的奶長大的。」〔註 1〕成年後因為受到新文化成就的鼓舞，以及楷模的影響，遂於「一九二五夏天，離開了家鄉，向雲南緬甸走去，進入了社會大學，在昆明的街頭，上了人生哲學的一課。」〔註 2〕那時艾蕪先生年僅二十一歲，剛從師範學校畢業，如果走父親的老路，做個半舊半新式的人物，安於鄉間教書、育子，也可生活。但他想另闖一條生路，改變自己的命運，即通過滇、緬交界遠去南洋尋覓留學的機會。因為家中經濟條件有限，又蝸居一方，沒有謀取官費留學的機會。要想看世界，只有去冒險。以後他歷盡坎坷，沿途不得不多有滯留。自嘗試新文學創作，發表總名《南行記》自傳體小說引起文壇轟動，遂成為著名作家，在新文學史冊中，留下濃重一筆。

　　人是時代的見證，也是時代的塑形。艾蕪先生在書寫生命歷程的作品中，對大西南包括家鄉四川風土人情、歷史興衰沿革多有精彩記述。其中對辛亥革命所產生的社會影響，如通過他自己辮子存廢情節的描述，繪聲繪色，呈現出時代的風雲特色，也是社會歷史變革的縮影。

　　長篇自傳《我的幼年時代》（寫於 1948 年。這個作品顯然受到前輩郭沫若自傳的啟發）第二十五節敘述自己蓄留辮子的幻滅情結。這個題材早在他

〔註 1〕艾蕪，《你放下的筆，我們要勇敢地拿起來》，見載《郭沫若學刊》，2016 年第 4 期。
〔註 2〕艾蕪，《南行記・寫在前面的話〉》，成都時代出版社，2014 年，第 3 頁。

一九二七年於緬甸仰光寫作時,就有一個短篇小說發表,題目就叫《毛辮子》,兩處寫作,一件事體,無不曲盡其工。可見「去辮」這件事體,在當時社會影響之大,即便於小孩心中,也留下震動與餘波,成年之後仍不能忘懷。在這些點染勾畫中,艾蕪先生以相反相成、相互映襯的藝術手法,描寫自己兒提時代對辮子的審美懷想,不失天真爛漫:

> 辛亥革命發生的時候,我大概還不上六七歲吧,一天只管儘量地玩耍,野馬般地嬉戲,自然不懂得革命的意義,假使那時有人開玩笑問我:
>
> 「小朋友呵,現在革命快要成功了,你需要什麼?」
>
> 我必天真爛漫老老實實地答道:
>
> 「一切都不要,單願頭上留根毛辮子。」

作者詳述自己如何希望像成年男子那樣有一根「可愛的」毛辮子,無疑反映了成年崇拜乃至英雄崇拜的傾向。「祖父,父親,叔父他們都有辮子,獨獨我一個人卻沒有,每次剃頭匠挑起擔子,到我們家來剃頭的時候,我總要叫他給我留點頭髮,好讓它長起來梳成辮子,他不給我留的時候,我就拿手按在後腦上,不讓他剃掉。」「實在的,那時我愛頭髮辮子愛極了,做夢都想留著一撮毛在頭上。」他非常生動的描寫:

> 常常看了同玩的小朋友,腦袋後面飄了一根黑溜溜的辮子,繫著鮮紅的絨繩,隨著小小的頭,不住地飄搖,抖動,覺得有趣味得很,令人羨慕死了。

為此作者甚至編織一條假辮子掛在腦後,以滿足小小的虛榮心。這樣的形容描寫無疑是真實的,反映了有清二百多年來的時代風氣與審美習尚。又例如,當時同情反清革命思想的父親某日歸來,剪掉了口稱「豬尾巴」的辮子拋棄於地上,作者自述當時他竟悄悄拾來藏在枕下,日間佩於腦後,大大享受辮子之樂,卻被父親發現,一把抓下扔掉了,訓斥其為「小奴隸」。作為孩子的失望、羞惱、哭泣等,作者筆下頗有曲折,將父親的嚴教以及母親的仁慈等,伴著濃鬱的時代氣息,和盤托出。作者文尾結題:「在大人看來,毛辮子是整個民族受恥辱的標記,但在一個小孩子的眼中,卻把它看成很有趣的玩具哩。」「長大來,始知道,留辮子是一件歷史上的恥辱的事情。」

　　艾蕪先生描寫幼年時代的辮子情結,其實在清代中晚期乃至辛亥革命前夕都還是有一定代表性的。畢竟民間服飾、髮式與審美情懷等積成已久,不

可能一夜之間都改變，嬗變總有過程。何況二百多年來還有不少傑出人士、優秀俊朗的人物，其清代裝束的儀表形象，早已深入人心，贏得景仰。直到今天我們還有鮮明印象，如郭沫若先生的少年時代照片，馬褂長辮，儒雅英秀，可稱一個美少年。再如根據旗服改造的「旗袍」仍是我國女同胞保留並喜愛的「國服」。旗人男性帶有標誌性的辮子在近代的存廢，實際也突出了一個民族審美文化與時代風氣的漸變。著名華裔歷史學家唐德剛先生作口述歷史《李宗仁回憶錄》，有一節就頗有代表性，李宗仁先生回憶他清末在陸軍學校受訓時有道：

> 當時我們的服飾是十分別致的，學生多數拖著一條長辮子，卻穿著現代式的陸軍制服和皮鞋。今日回想起來，雖有不調和之感，但在那時是覺得十分神氣美觀的。我們的留日返國的教官，以及少數得風氣之先的梧州籍同學，間或有將辮子剪去的。也有少數將後腦剃光或剪短，把前面的頭髮編成辮子，再把辮子盤成一個餅，貼在頭頂上，然後戴上軍帽的。但他們在寢室內或操場上脫掉軍帽時，卻倍覺難看。〔註3〕

這真可與艾蕪先生的描寫加以對讀。剪辮之初，看不慣的、心中疑惑的可大有人在。魯迅等名家述及之作外，郭沫若、巴金、李劼人等川籍作家作品中對此多少也有記錄，如郭沫若自傳《反正前後》。唐德剛先生曾就李宗仁先生青年時代的辮子審美「借題發揮」，著有《紅樓夢》論文一篇，闡述時代審美習慣如何不能脫離所處的時代這一美學原則。唐先生爬梳紅樓原著，得到發現，指出《紅樓夢》作者曹雪芹，雖然託古著書，有意不留痕跡，故意不確定作品人物朝代歷史背景等，但在審美方面，卻不禁「露出馬腳」。唐先生列舉《紅樓夢》第二十一回以下行文：

> 黛玉起來叫醒湘雲，二人都穿了衣服。寶玉復又進來，坐在鏡臺旁邊，只見紫鵑，雪雁進來伏侍梳洗。……寶玉也不理，忙忙的要過青鹽擦了牙，嗽了口，完畢，見湘雲已梳完了頭，便走過來笑道：「好妹妹，替我梳上頭罷。」湘雲道：「這可不能了。」寶玉笑道：「好妹妹，你先時怎麼替我梳了呢？」湘雲道：「如今我忘了，怎麼梳呢？」寶玉道：「橫豎我不出門，又不帶冠子勒子，不過打幾

> 根散辮子就完了。」說著，又千妹妹萬妹妹的央告。湘雲只得扶過
> 他的頭來，一一梳篦。在家不戴冠，並不總角，只將四圍短髮編成
> 小辮，往頂心髮上歸了總，編一根大辮，紅條結住。自髮頂至辮
> 梢，一路四顆珍珠，下面有金墜腳。……

所謂「不打自招」，唐先生意思是《紅樓夢》作者曹雪芹寫賈寶玉梳頭，竟不覺之間摻入了自己身處的時代審美意識，竟也以「編一根大辮，紅條結住」為樂。這與前引艾蕪寫相較自己年齡大些的小朋友「腦袋後面飄了一根黑溜溜的辮子，紮著鮮紅的絨繩」可稱呼應成趣。可見時代的風氣很長時間都會連貫延續的。尤其在與外部世界相對少有聯繫的農業社會，其生態環境更多取之自然。清朝時候男子剃光腦門，露出潔淨的頭皮，後腦拖著一條「歸總」的所謂「黑溜溜的大辮」，在當時實為美其儀表，有青春的光彩。直到今日我們常見的清王朝題材影視劇，也頗有這類由明星妝扮出演的「尤物」，從視覺方面來說並不討厭。

我國內地民族的習俗自古以來原是沒有剃光腦門頭髮獨留腦後一根辮子這種風俗的，瞭解歷史的人都知道這是關外白山黑水間滿洲貴族八旗兵攻入建立清王朝後的強行推行。時在「1644 年 1 月 1 日，多爾袞進入北京。他向百姓頒布的第一道法令就是」──

> 所過州縣地方有能削髮投順，開誠納款，即與爵祿，世守富貴。
>
> 如有抗拒不遵，大兵一到，玉石俱焚，盡行屠戮。〔註4〕

所謂「留髮不留頭，留頭不留髮。」清初「揚州」「嘉定」等地的慘痛殺伐，相當長時間留在中原內地老百姓記憶中，忍受屈辱。當初不願服從不願苟活以死了之的，不乏其例。未料到了中晚清時代，習俗成自然，反感甚至變為愛好。太平天國起義廢除剃髮，稱「清妖」，老百姓未必都贊成，反稱「長毛」。粗胡亂髮，看上去似也不雅。到了廢帝時代，實現民國共和了，連旗人男子也不再剃髮留辮，張勳還率領辮子兵企圖擁立復辟。像大知識分子辜鴻銘、王國維等名流，還保留腦後辮子，即使已是一根花白稀疏的辮子。這都是眾所周知的事例。一般小老百姓，懷舊心態可想而知。筆者兒童時代（已是六十年代初）尚見高山村民下山尚有盤辮子於頭上並未剪掉的老漢，不以為怪。像艾蕪先生那樣辛亥革命時期的小孩子，將辮子看作成年男性的

〔註4〕（美）魏斐德著，鄧軍譯，《中華帝制的衰落》，黃山書社，2010 年，第 80 頁。

標誌，英雄主人翁精神的象徵，美的象徵，有如弗洛伊德性心理成長意識在，不為怪，更不荒唐了。艾蕪先生文革被批鬥，被攻擊為封建時代招魂，似乎也是有這把柄給人抓到了。其實，「一個時代有一個時代的文學」，一個時代也有一個時代的審美，由文化培養積澱的審美經驗與判斷標準，不是一蹴而就、一下改變的。艾蕪先生自傳體文學中對辮子的渲染描寫，說明的就是這個道理。

　　胡塞爾現象學「以一種特定的氣質：『面對事實本身。』」〔註5〕「認識者是在直接經驗自己的心靈生活，並且根據與自己的類比而『同感』其他的心靈生活。」〔註6〕艾蕪作品曾得到川籍前輩郭沫若先生稱讚，認為是「絕好的文學資料」「詩意的筆調」，寫出了「年青的一代人」的跋涉與夢想。這一評價今天看還是恰如其分、恰到好處的。

　　　　　2017 年 1 月 10 於四川大學「南門太守廬」，3 月 7 日小改。
　　　　　原載《艾蕪研究》第 1 輯，四川大學出版社，2017 年。

〔註 5〕胡塞爾著，倪康梁譯，《現象學的觀念・總序》，人民出版社，2007 年，第 1 頁。
〔註 6〕胡塞爾著，倪康梁譯，《現象學的觀念》，人民出版社，2007 年，第 67 頁。

第十八章 青春稍縱即逝
——對艾蕪先生的重讀與回憶

近期重讀艾蕪先生作品，不禁想到青春時代有關艾老的印象點滴。大約1973年尚是文革中，堪稱「苟延殘喘」、苦苦掙扎的《四川文藝》雜誌（眾所周知，那時候文藝凋零、砍伐殆盡），居然刊出了老作家艾蕪的文學新作，「編者按」隱隱透出編輯的歡喜，雖然不免用了些套話，讀者接到刊物，都不禁奔走相告：「艾蕪解放了！」所謂「解放了」，是當時指牛棚裏邊放出來的「黑五類」以及「走資派」「反動學術權威」等一應人，鄧小平同志也是稍後「解放」出來的。《四川文藝》在那個文藝荒涼的時代，不啻一汪甘泉，每期慰人渴思。我自己的父親——中專師範學校的一位語文老師，當時就在投稿。寫作時地上扔滿煙蒂與廢稿紙，這可令我母親乃至我們做兒女的，沒有少分擔家務活兒。父親自然是如饑似渴地閱讀艾蕪作品，將其看做文學的動向與標杆。我時只十五歲左右，卻也知道沙汀、艾蕪大名，自己本好閱讀小說。艾蕪的這篇小說是個中篇，題目《高高的山上》，我不止看了五遍，小說中那位青年「金小良」，為了公家的需要，孤守高山電站，與世隔絕，捱過一年多的寂寞孤獨。當聽說父親生病，並且得到公社指令下山探望，方急忙下山，不料途中遇到堅強的父親，帶病上山看守大隊的洋芋地，於是金小良陪伴父親入住窩棚，吃沒有鹽巴與菜肴的飯食。這點苦與父親從前悲慘的奴隸生活比較，簡直不算什麼。受到教育的金小良，更加堅定了獨自在高山上堅守電站的決心。不料稍後接到通知，他被調下山當發電學工的老師了。整個小說情節被金小良父親的悲慘經歷敘事占去一半篇幅，真正吸引人的，是金小良回歸人間那種急切而矛盾以及暗喜的心態，以及周遭風光的描寫，與青春氣息

的小良，相映成趣，隱喻頗多。仍舊是簡勁有力的筆墨，是滲透於字裏行間的抒情氣息，以及對底層社會沉實的洞察與同情。就是這麼一篇「革命作品」，不久就遭到全國性的批判，據說江青點了名，與批黑畫並列為復辟的黑小說事件，是「資產階級人性論」、「投降主義」「白專道路」等的典型代表。包括《四川文藝》也刊出檢討性質的批判。這可令我們讀者大吃一驚，堪稱百口莫辯。不用說，艾蕪先生從此又陷入沈寂。

我再次於《四川文藝》上看到艾蕪先生的小說新作，是他的「南行記續篇」《紅豔豔的罌粟花》，這已是 1979 年的時季了，我自己已在四川大學中文系就讀。同學們爭相傳閱，艾蕪先生又回來了！而且，這篇作品簡勁明麗、清新氣息撲面而來，裏邊的女性與流浪者的情懷，絲絲如扣。刻畫人性，惟妙惟肖！而其「南行」詩意，無疑達到了老人一生文學追求的最高境界！（這個作品副題：「為紀念五四運動六十週年作的」，顯係用心之作。今讀我更驚訝，老人當時居然就已將文革套路痕跡完全拋棄，非大智大勇，不能如此）我們當時「錦江」文學社一夥就派出代表（似為龔巧明，她還模仿艾老筆意，在《錦江》上寫了一篇小說《長長的國境線》），試圖邀請老人來講座，並找了小說課的李保均老師，表達願望。李師聽了滿口承諾，事實上他此前也請過艾蕪先生來給「工農兵學員」授課。但我現在忘了，不知何故我們最終並沒有請來艾蕪。記得李老師當時有些遺憾地手拍粉筆灰說：「請了一位崔 X 老師來代替講講，也不錯的」。

我受包括艾蕪先生小說的啟發，也在學生時代就試筆創作，寫自己若爾蓋插隊經歷見聞，敷衍成小說，多有模仿痕跡。習作發表，也成了《四川文藝》發展的重點作者吧。於是見過艾蕪先生多次，有一次座談會，我甚至肩挨著艾老坐過。紅星路二段新巷子 19 號，《四川文藝》（先後更名《四川文學》《現代作家》等）二進四合院小門裏，裏進半廂是編輯部（進去左側），半廂是艾蕪先生的家（進去右側）。我們在編輯部院子亭子間開座談會，艾蕪先生就在對面家門前走廊上散步，包括做些輕微勞動，面容清癯，身著舊布中山裝，常現思考的樣子，與我們距離應該不到十來步。有一次似乎是雁寧還是誰招呼說：「艾老，來給我們擺一下龍門陣嘛。」（當時在座幾位作者與艾老還要熟悉些，因此前有過一屆創作培訓班在艾老家鄉新繁舉辦，艾老是授課老師）艾老聽到就微微一笑，擱下手中活計，抱個茶缸，笑盈盈蹀步過來，在長條凳一端坐下與我們慢慢談文學，談生活。說些什麼，現在完全忘記了，

老人是一位十分樸實的人，訥於言，不善辯，也許是歷次政治運動教會了他們這樣的人，顯得遲頓一些、說話儘量低調、邊緣化一些，總是好的。我記得我在另一場合問過他《南行記》中的問題，似乎情節真不真實，他引用了魯迅先生的話，大體真實，本質真實，但有綜合，有增刪云云。他特別強調：「深入生活重要。」說完還點點頭，似乎表示自己認定。這也是他多次發言所及。《高高的山上》就是他文革中大涼山體驗生活的重要收穫。

　　今天重讀艾蕪先生作品，我一樣受到感動，仍覺清新細膩（用時下網絡語「待如初戀」），重拾了青春時代的感受與記憶。如果剔除時代的痕跡與附會，感覺艾蕪先生特別長於描寫青春的氣息與力量，在底層社會的生命氣場中，那些滇緬邊疆群山中美麗的各族少女、山姑，她們璞玉一般的相貌與金子一樣的心靈，情竇初開的姿態，真的可以從書中脫穎而出，一顰一笑，言談舉止，意味深長，演繹著人間愛的傳奇。而作者在行走中，青春稍縱即逝，青春又永不衰老。不完美的結局，是人性中永遠的疼痛與抱憾。這興許與時空都無關，再過一百年，或依舊如此。再如寫景，艾老也是才高八斗，往往寥寥幾筆，異域風光溢出，不可方物，如：

> 村子在長滿竹樹的山峰之間，露了出來，許多竹樓的人家，和著果木的花枝，以及竹籬圍著的園地，點綴在高低不平的坡地上邊，現出令人怡悅的景色。一種傣族話叫作麻桑蒲的果樹，高高的，沒有枝丫，卻有長葉柄的葉子，樹身上長滿了碗大的果實。芭蕉張著巨大的葉子，弔起豬肝似的大紅花。（《紅豔豔的罌粟花》）

　　寫人間氣息、異域風光，在艾老青春時代作品就引起關注與重視，年長他一輩的郭沫若先生當時就對《南行記》讚不絕口：「這是一部滿有將來的書。」（《癲》載《光明》第 1 卷第 2 期）預言正確。艾蕪作品已進入現代文學經典行列。我個人感覺艾蕪應算我國現代文學中的「流浪文學」之父，他筆下的流浪漢，並非從軍、科學考察或旅遊、獵奇、觀光等事由，是真正為基本生存為追尋人生意義而四處漂泊、跋涉、打工、掙扎、流浪。往往陷入窘境、絕境，峰迴路轉，柳暗花明，總是緊緊抓著希望在走。正如《南行記》中《人生哲學的一課》結尾講：「就是這個社會不容我立腳的時候，我也要鋼鐵一般頑強地生存！」真正具有世界現代文學中的流浪題旨與精神家園追尋意義。這當是學術論文所考察的話題罷。

　　我從十餘歲成為艾蕪先生的粉絲，以後年代多次見過面，但也許是敬重

有加，深怕打擾老人，每次見面我多抱以敬愛、沉默的目光，從沒向老人索取簽名或向他投書請教之類，也就是說，我手中至今沒有老人的片文真蹟。而當時的文壇本土老前輩如蕭崇素、李華飛先生等，我都有書信往來。現在想起，真是一件憾事，但是艾蕪先生永駐於我心中，睜眼閉眼，經過路過，感覺還是當年那位老人，頭髮並未花白，中山裝腰身也不彎曲，你提出任何問題，他都微笑平靜親和地注視著你，然後細聲回答。隨著「嘎呀」一聲門響，成都新巷子十九號小院走出那位世紀老人、文學大師……

2016.5.20 於霜天老屋

按：此文寫成，致謝龔明德先生賜贈《艾蕪全集》助力。

原載《郭沫若學刊》2016 年第 4 期。

第十九章　艾蕪《漂泊雜記》等作品的政治地理學

摘要

　　艾蕪《漂泊雜記》等散文作品與其小說《南行記》有異曲同工之妙，從某種意義講更呈現親歷、直觀與探險的魅力，行文從政治地理學即人與世界、地域環境關係加以考察，可以更加深刻地感受現代性，從而領略新文學「抒情與史詩」的基本風貌。艾蕪行文中有關西南邊疆地景人文的書寫，涉及多方面開創性質的貢獻，有著豐富的文獻資源。

關鍵詞：艾蕪、《漂泊雜記》、政治地理學、世界、現代性

　　夏志清名著《中國現代小說史》留下不少遺憾，其中之一是像對艾蕪這樣頗具特色的新文學名家未曾有鵠評，如其自述：「在第十四章裏，我對艾蕪、沙汀、端木蕻良、路翎四人作了些簡評，主要也因為作品看得不全，只好幾筆帶過。」〔註1〕就這「幾筆帶過」在中譯本中也未見出現，可能譯者感覺內容太過空洞簡疏，言不及義，從而刪除。這種著史的隨意性，被亞羅斯拉夫·普實克批評為「這些都是順嘴的評論，……缺乏對材料的科學和系統的研究。」〔註2〕「我認為，夏志清此書的主要缺點就在於，他沒能準確闡述

〔註1〕夏志清，《中國現代小說史·中譯本序》，復旦大學出版社，2005年，第16頁。
〔註2〕亞羅斯拉夫·普實克，《抒情與史詩——現代中國文學論集》，上海三聯書店，2010年，第201頁。

不同作家作品並加以區分，從而概括出它們各自的主要特徵。」〔註3〕發生於上個世紀六十年代的這場學術爭論已經遠去，於今看來夏（志清）、普（普克）二人都是留名的國際學者，著述各有側重，雖存遺憾，影響經久。客觀而論，對艾蕪作品重視研究不足的遺憾一直存在，以致有考取中國現代文學研究的考生對之一無所知。其實早在艾蕪創作出道成名之初，先行者郭沫若就表達了驚喜欣賞之情：「我讀過艾蕪的《南行記》，這是一部滿有將來的書。我最喜歡《松嶺上》那篇中的一句名言：『同情和助力是應該放在年輕的一代人身上的。』這句話深切地打動了我，使我始終不能忘記。」〔註4〕更早即 1931年，魯迅在艾蕪創作探索初期即給予教導支持，不僅寫信回答他與沙汀二人有關創作方面的問題〔註5〕，並稱讚艾蕪習作《太原船上》「寫得樸實」，〔註6〕還在艾蕪因左翼文學運動被插入獄後提供援助使其出獄。〔註7〕近些年對文學史的研究有所強化，國內對艾蕪早年文學成就不無精彩述評，如：「熟悉的生活卻是早年在他鄉異國的漂泊，以及所謂『化外』邊陲和華緬雜居地蒼茫雄闊。那種奇異的人生滋味，作為『人生哲學的一課』養育了作家大異奇趣的心眼。」〔註8〕「艾蕪在寫人和景時，常常把風俗畫和風景畫融會在一起。與沙汀的現實主義有所不同的是，艾蕪在風俗畫、風景畫的描寫中滲透著飽滿情感；……尤其是用畫畫和音樂來構築散文風格之美，這是艾蕪鄉土小說的浪漫主義特質，和沈從文、廢名小說一樣，這種浪漫主義的氣質造就了中國鄉土小說作家對於這種形式美的刻意追求，它影響著幾代中國鄉土小說作

〔註3〕 亞羅斯拉夫·普實克，《抒情與史詩──現代中國文學論集》，上海三聯書店，2010 年，第 204 頁。

〔註4〕 郭沫若，《癲》，原載 1936 年 6 月 25 日《光明》一卷二期，引見《郭沫若全集·文學編》第 10 卷，人民文學出版社，1985 年，第 386 頁。

〔註5〕 詳見魯迅 1931 年 12 月 25 日《關於小說題材的通信（並 Y 及 T 來信）》，原載 1932 年 1 月 5 日《十字街頭》第 3 期，後收入《二心集》，載《魯迅全集》第 4 集，人民文學出版社，1982 年，第 367～369 頁。

〔註6〕 見 1982 年艾蕪致中田喜勝信回憶，載《艾蕪全集》第 15 卷，四川文藝出版社、成都時代出版社，2014 年，第 238 頁。

〔註7〕 參見艾蕪，《三十年代的一幅剪影──我參加左聯前後的情形》，見載《艾蕪全集》第 11 卷，四川文藝出版社、成都時代出版社，2014 年，第 370 頁。原文：「後來周揚領導左聯的時候，便設法請律師出庭辯護，魯迅就捐助了五十元給律師史良作為出庭的費用（我出獄後知道是魯迅捐助的）。結果，我和同案的六個工人，都得到了自由。」對此艾蕪回信日本友人、研究者先後亦有相同說法可以參照，見《艾蕪全集》第 15 卷，第 93、234 頁。

〔註8〕 許道明，《插圖本中國新文學史》，上海古籍出版社，2005 年，第 252 頁。

家……」〔註9〕上引兩位學者評論都不約而同將艾蕪與稍早幾年進入文壇的沈從文進行比較，也都不約而同將關注重點擱在艾蕪早期漂泊題材創作領域。事實上，艾蕪文學創作成就的高峰在其青年時代，尤其在不同凡響的異域跋涉、求索、探險這一親身經曆書寫方面。這正應合了以後普實克關於中國現代文學「抒情與史詩」的生命體徵與藝術衡量。艾蕪「南行」據其自述以及作品主題反映是他受到世界新文化與新文學浪潮的推動影響，期望由邊陲過渡下南洋求取半工半讀的生活學習機會，從而使自己在理想的人生道路上奮勇前行。筆者認為，艾蕪構成呼應關係的「南行」題材文學篇章，是動態的，遞進式的，有如今之「全程直播」，有著懸念與實驗的宗旨，特別構成史詩脈絡與質地。在此方面，應該是他有別於沈從文等作家的地方，後者的題材更帶有隨意性、靈活性，是發散式的結構關係，乃至局外人的講述。將艾蕪在題材方面加以比較，也許不夠恢宏廣闊、瀟灑恣肆，侷限自我體驗，而正是這種「獨一性」，讓他早年的「南行」創作，表現出一種堅貞的氣質與單純的路向以及比較完整的結構，特別能夠映像出 20 世紀「探索」的世界題義。「只有當個人意識到自己的存在和獨一性時，他才能爭取自己的權利，以自己的方式安排自己的生活，決定自己的命運。」〔註 10〕艾蕪的主動漂泊跋涉甚至是「向死而行（生）」如現代西方哲學中常見形容的「在通向語言的途中」的「孤寂」的「漫遊者」〔註 11〕，無疑有著更多的悲劇節奏與氣息。我認為這也是他「南行」文學書寫不朽的根本原因，也是他有別於當時其他鄉土作家或漂泊題材寫作者的側重點。郭沫若當年有感而發「這是一部滿有將來的書」絕非信口雌黃，也非泛泛之論，其實表達了 20 世紀中國文學「在路上」即尋找、擁抱世界先進浪潮的義無反顧的勇氣、用意及其感受。

對艾蕪《南行記》等小說作品研究相對較多，而其散文、傳記作品等同是「南行」題材的書寫相對來說關注者不多。其實如前引學者認為他的小說有著「構築散文風格之美」的特點，而其系列散文創作，直書其事，更多地抒發情懷，在真實性與細節的淋漓盡致方面，表現出更多小說之外的樸素之美以及多樣化的邊疆異域生態特徵，這是艾蕪南行述寫文學成就中不可或缺的一環，是相互映襯的文學畫廊。《漂泊雜記》一書初版於 1935 年 4 月，1937

〔註 9〕丁帆，《中國鄉土小說史》，北京大學出版社，2007 年，第 136～138 頁。
〔註 10〕亞羅斯拉夫·普實克，《抒情與史詩——現代中國文學論集》，上海三聯書店，2010 年，第 1 頁。
〔註 11〕可參見（德）海德格爾，《在通向語言的途中》，商務印書館，2004 年。

年 2 月再版，由上海福州路生活書店、生活印刷所推出。毫無疑問，這是與其小說集《南行記》近同時期堪稱齊頭並進的文學嘗試創作。事實上也有個別篇章如《在茅草地》亦見載《南行記》，這一方面可說明艾蕪寫作小說與散文並無嚴格區分，題材多出自真實體驗；二方面南行經歷確是他生命中最難忘懷的挑戰，也是他創作道路上最為有力的活水資源。《漂泊雜記》初版與再版遺憾都沒有序跋，結束一篇《想到漂泊》似乎是一個總結、一個「跋」，其中寫道：

> 我自己，由四川到緬甸，就全用赤足，走那些難行的雲南的山道，而且，在昆明，在仰光，都曾有過繳不出店錢而被趕到街頭的苦況的，在理是，不管心情方面，或是身體方面，均應該倦於流浪了。但如今一提到漂泊，卻仍舊心神嚮往，覺得那是人生最銷魂的事呵。為什麼呢，不知道。這也許是沉重的苦悶，還深深地壓入在我的心頭的原故吧？然而一想到這種個人式的享樂，是應該放棄的時候，那遠處佳麗的湖山，未知名的草原，就只好一讓它閒躺在天末了。〔註12〕

更為有力的是，作者引用「諾貝爾文學獎」獲得者普寧記敘契訶夫臨終前嚮往漂泊流浪的高聲夢囈傳達自己的心聲。將艾蕪定性為一位頗具抒情色彩的漂泊者作家，這都是有力的例證。1982 年由雲南人民出版社重印《漂泊雜記》，艾蕪寫了一篇《重印前言》，闡述當年歷程，並說明將原來的四十篇行文擴充為四十六篇，「還得感謝四川大學中文系教師黃莉如、毛文同志，在三十年代舊報紙雜誌內搜集到，並加以複製。」〔註13〕文中提及的兩位都是筆者大學本科生時代的授業老師、前輩，於此不勝追懷之意。

王德威在《〈海外中國現代文學研究譯叢〉總序》一文中概述：「打開地理視界，擴充中文文學的空間座標，在離散和一統之間，現代中國文學已經銘刻複雜的族群遷徙、政治動盪的經驗，難以以往簡單的地理詩學來涵蓋。」〔註14〕雖然如此，筆者在思考這篇論文布局時，仍擬從地理學的範疇來加以切入討論，因為單從文藝美學著手，重複現實主義與浪漫主義的結合以及左翼作家對民間底層深切同情云云，前賢論多，重申不啻辭費。《漂泊雜記》等

〔註12〕艾蕪，《漂泊雜記》，生活書店，1937 年，第 247 頁。
〔註13〕艾蕪，《漂泊雜記》，雲南人民出版社，1982 年，第 3 頁。
〔註14〕王德威，《〈海外中國現代文學研究譯叢〉總序》，見亞羅斯拉夫·普實克，《抒情與史詩──現代中國文學論集》，上海三聯書店，2010 年，第 8 頁。

散文作品能夠深深吸引我的原因，不單在文學的主題與修辭、剪裁，更在其地理疆域與民族交會關係的具體呈現，以及探險穿越性質的跋涉丈量。「把自然地理和政治地理結合起來」〔註15〕，「希望把世界作為人類環境來研究，」〔註16〕地理學正是這樣「一種藝術」，包括「對特殊地區中較有興趣的特徵進行生動和有聯繫的描述。」〔註17〕我們只有從地理學特別是政治地理學、文化地理學關係方面解讀艾蕪作品，才能更深入理解他作品中所富有的現代意味礦藏以及經久不衰的文字魅力，從而豐富我們的認知學識與解讀版圖。

一、與世界整體聯動是其漂泊的推動力

　　長期以來有學者習慣將艾蕪稱為「流浪文豪」，稱其《南行記》等作品為流浪題材，其實這是有語義邏輯判斷方面的差池。在中文中，近義詞流浪、漂泊、流亡、流（離）散等，這些詞屬性質嚴格講是有差別的，限於本文篇幅，我們毋庸引經據典，僅據常識判斷可知，「流浪」傾向於經濟困頓無依、居無定所的被動物質生活行為。「漂泊」則意味有物質與精神雙重方面可能造成的生命移動行為。「流亡」更傾向於政治等社會原因，更側重於因政治避難而造成的逃離。離散（dispersed：scattered about）可能有上述種種原因從而造成的分離流散現象，這主要指一種家園關係，即與家園的疏隔、散失。艾蕪將自己的散文命名《漂泊雜記》，他更喜歡用「漂泊」形容自己當年「南行」的處境，當然時或也兼以「流浪」自我形容（如前引），但往往是處於戲謔乃至反諷的語文句式。他生命的體驗與求索經歷，實際用「漂泊」形容更加精確。關於他「南行」的動機，他有反覆闡述，這裡僅節取片斷：

> 　　我在成都省立第一師範學校的時候，北京工讀互助團、留法勤工儉學會那些肯做卑賤工作的前輩們，不僅使我受了極大的感動，而且我下定了決心去效法他們。蔡元培說的「勞工神聖」，簡直金光燦爛地印在我的腦裏。（《我的青年時代》）〔註18〕

> 　　一九一九年的五四運動，在全中國湧起巨大的新的思潮，熱烈

〔註15〕哈，麥金德，《歷史的地理樞紐》，商務印書館，2017年，第6頁。

〔註16〕同前。

〔註17〕同前。

〔註18〕載《艾蕪全集》第11卷，四川文藝出版社、成都時代出版社，2014年，第267頁。

地歡迎民主和科學。遠離北京的四川青年，也受了影響。總想多學些新知識，即使遠去外國，也是高興的。那時四川有好多學生，想到法國去勤工儉學。這一求學的機會，我錯過了。開始由於處在鄉村，不知道；隨後知道，卻又不再招生了。我自己想出一個辦法，到南洋群島去找半工半讀的機會，一九二五年夏天，離開了家鄉，向雲南緬甸走去，進入了社會大學，在昆明的街頭，上了人生哲學的一課。(《寫在前面的話》)〔註19〕

　　顯然，艾蕪的漂泊生活是有明確的目標性的，他更傾向於精神方面的追求。現代地理學的重要原理之一即「認為世界已經成為一個整體，因而也就成為一個完整的政治體系。……自從近代利用蒸汽改進航海技術以來，這樣的統一整體已經出現。」〔註20〕郭沫若新文學運動初期的作品對艾蕪產生重要影響，以致艾蕪《南行記》結集出版除寄贈魯迅（見載魯迅日記）外，也想請郭氏（郭沫若此前已在上海《光明》上讀到艾蕪作品並撰有佳評）指正（後經同是川籍的任白戈帶往日本）〔註21〕。郭沫若此前擁抱與謳歌海洋世界氣息的詩集《女神》，鼓動了無數青年讀者的心扉，顯然是充分的新世紀地理人文的中國版謳歌。民國初年以來形成的外出求學浪潮，是像艾蕪一樣的千萬青年學子的自覺行為。這在魏斐德《中華帝制的衰落》一書中對當時乃至更早的現象源流有鮮明揭櫫：「1911年，帝國政府的垮臺不僅解構了政治秩序，而且解構了支撐帝國的古典傳統。……因此新城市精英完全失去傳統紳士的認同，開始向外看——上海、日本、甚至遠至美國和培養下一代工程師與律師的大學。」〔註22〕千百年來只有鄉土與家國意識的中國人，現在更多有了世界地圖與知識，有了人類命運牽動的進步的聯想與共識。這無疑給了為理想求學、求索的青年更大的勇氣。事實上眾所周知四川青年留法勤工儉學湧現出來的傑出政治、軍事、文化人士，參與成功改變了現代中國的政治

〔註19〕載《艾蕪全集》第11卷，四川文藝出版社、成都時代出版社，2014年，第3頁。

〔註20〕哈·麥金德，《歷史的地理樞紐》，商務印書館，2017年，第11頁。

〔註21〕艾蕪與郭沫若關係直接記錄見艾蕪，《你放下的筆，我們要勇敢地拿起來》《悼念任白戈同志》等文（《艾蕪全集》第13卷），參見陳俐，《艾蕪與郭沫若的君子之交》，載《郭沫若學刊》，2016年第3期。另筆者青年時代約在1979年曾於四川大學中文系參與主辦郭沫若研究會上親耳聽到艾老發言講述郭老作品對他的影響以及郭老對他有過的嘉許勉勵。

〔註22〕魏斐德，《中華帝制的衰落》，黃山書社，2010年，第215～240頁。

體制與文化精神面貌。艾蕪在這條道上獨闢蹊徑，選擇徒步闖蕩邊疆過境以期下南洋群島求學，這一緣自他自身家庭經濟條件（農家子弟），二比較現成的「南絲綢之路」，自古川人借道西南攀西河谷走廊而達滇、緬、印度、馬來西亞、星島、印尼等，從事貿易與工役，這都見於艾蕪《南行記》《漂泊雜記》等作品多處描寫中，如其在緬東北，時常耳聞鄉音，如置身鄉土故地，四川人的南行與僑居歷程可上溯千年，但像艾蕪這樣為理想求學抱負而穿越山川叢林奮勇南行的，舉世無多（對艾蕪有救命之恩的川籍緬人萬慧法師是一例）。故而他的作品的現代性，亦反映在充分的地理學意識上，尤其在政治與文化地理方面，達到可稱飽和的內容與要素。他把顛沛流離、履險犯難甚至陷入困境的遭遇稱為「人生哲學的一課」，把邊疆社會形形色色的人際關係形容為「社會大學」，其「打不垮」的戰鬥精神，其實正標注了現代世界文學題材的鮮明特徵之一，如傑克倫敦、契訶夫、蒲寧、高爾基等，因為他研習中英雙文，加之酷愛肇始於京滬等地的「五四」新文學〔註23〕，對外國作家的接受事實上是相當廣泛深入的，其重要影響散佈在他的行文中，學者許道明有簡略概括：

> 在艾蕪《文學手冊》中，震顫著英國的哈代、挪威的易卜生和漢姆生、美國的傑克‧倫敦和舍伍德‧安德森等一大串名字，尤其是蘇俄作家屠格涅夫、契訶夫和高爾基，似乎像啟蒙導師一樣引領著他的文學生涯。〔註24〕

如同一張世界的文學地標圖案，艾蕪在穿越川滇緬叢林河谷地帶中，多次陷入危機、困境甚至絕境（如重病被趕出客店），但他能靠精神的力量與青春的韌力，始終不渝、頑強不屈，於行文中表現出相當的樂觀主義，這都與世界聯動的先進知識力量與詩意招喚分不開的。他在《南行記》首篇《人生哲學的一課》結束時宣告自己決不會半途倒下妥協：「就是這個社會不容我立足的時候，我也要鋼鐵一般頑強地生存下去！」已有類似傑克倫敦、海明威的硬漢精神，雖然艾蕪的寫作還比後者更早，這種啟蒙運動以來熱愛生命、追求真理、真知的永不退縮的超人式風範氣度，詳見於各個篇章，呵成一氣，他在旅途常被問及在外漂泊的動機，如：

〔註23〕關於五四新文學刊物書籍對艾蕪的具體影響和激勵，可詳見《我的幼年時代》《我的青年時代》《三十年代的一幅剪影——我參見左聯前前後後的情形》以及其生平多篇散文、序跋、回憶錄。

〔註24〕許道明，《插圖本中國新文學史》，上海古籍出版社，2005年，第252頁。

　　　　他們問到我為什麼要離家遠走，來過這種苦難的生活。我便
　　說，人是不應該安於他的環境的，應該征服他的環境。因為人是生
　　來活動的東西，便當不顧一切地去活動。一個人，能夠吃苦，能夠
　　耐勞，能夠過最低度的生活，外界無論什麼東西都不能嚇退他的。
　　這是我當時談話的最主要的意思。同時，我也全靠這些念頭，敢於
　　拋掉了我一切的所有，赤裸裸地走到世界上來，和世界作殊死的搏
　　鬥。(《我的青年時代》)〔註25〕

　　直到老年，他仍然堅持這樣的認識：「一個人應該勇敢地到世界上去，尋找
更新的思想，擴大認識面，增廣見聞。」(《我的幼年時代‧校後記》)〔註26〕

　　文化地理學者認為：「家園感覺（與家鄉）的創造，是文本中深刻的地理
建構。……家被視為依附與安穩的處所，但也是禁閉之地。為了證明自己，
男性英雄得離開（或因愚蠢或出自選擇），進入男性的冒險空間。……移動
能力、自由、家園和欲望之間的變動關係，被視為極富男性氣概之空間經驗
的寓言。」〔註27〕《南行記》《漂泊雜記》等作品正是建立在這種空間地理關
係突出的精彩之作，作品中隨時體現出來的關係世界人文精神與勇敢向外
突圍、探索的自由的勇氣，凸顯 20 世紀二、三十年代新文學的主體精神、世
界意識。

二、溯遊而行，川流不息

　　漂泊一詞原指水上漂移，最典出庾信《哀江南賦》：「下亭漂泊，高橋羈
旅。」又《太平廣記》《集異記‧嘉陵江巨木》：「江之滸有烏陽巨木，長百餘
尺，圍將半焉，漂泊搖撼於江波者久矣，而莫知奚自。」〔註28〕後引申形容
人的生活居無定所、四方奔走。艾蕪南行即由今成都北郊由岷江流域經大渡
河、金沙江、怒江、盤龍江、檳榔江、瀾滄江（湄公河），以及途經許多或有
名稱或無名稱的支流河溪，直至奔向海洋。可以說，除山地森林外，艾蕪南
行描寫最多的風景即江河谷地，他的徒步穿越行進，顯然帶有古人築水而居、

〔註25〕《艾蕪全集》第 11 卷，四川文藝出版社、成都時代出版社，2014 年，第 281
　　　　頁。
〔註26〕同前，第 113 頁。
〔註27〕（美）麥克‧克讓，《文化地理學》，臺北：巨流圖書有限公司，2008 年，第
　　　　48～49 頁。
〔註28〕參見百度百科 https://baike.baidu.com/item/。

溯遊而行的自然生態、人文地理元素特徵，因為只有築水而居，才有人居生存環境；而只有溯水沿岸而行，才不會迷失方向。同時，湧現他筆底的生命氣息以及「川人」向前奮鬥探索的精神，也因江河流水的象徵意蘊而更得充分體現。地理學家指出：「水流和氣流始終在進行移開那些阻擋它們道路的障礙物的工作。它們企圖達到理想的環流簡單化。」〔註29〕江河水流自來有賦予生生不息、川流不止的詩興寓意。蘇軾當年《文說》即有「萬斛泉源」「滔滔汩汩」「隨物賦形」的比喻。連姓名也改取川江符號的郭沫若（這個筆名有「關沫若」典故，〔註30〕即沫水與若水的合稱），對艾蕪作品欣賞評論，指出「邊疆的風土人情，正是絕好的文學資料。希望能有人以靜觀的態度，以詩意的筆調寫出。艾蕪的《南行記》便以此而成功者也。」〔註31〕郭沫若認為的「成功」，想來「邊疆的風土人情」與「詩意的筆調」兼得，川人如川江奔流不息、前赴後繼的進取精神，要旨應在其中。

《漂泊雜記》首篇《川行回憶記》即以愉快甚至天真（作者自喻「孩子氣」）的筆調記敘出行首站「從成都出發，搭乘岷江的下水船，直到犍為，才登岸去住宿息客店子，」「本來要由水路去到敘府的，但因岷江下游，匪太多了，船不敢下去，才把貨物和旅客，通留在犍為，而我們也只好由水上移到陸地上去住。」〔註32〕這篇散文描述了與同伴因為界地權力的變換，貨幣流通障礙遭遇的尷尬，由此可見當年國內西南地域經濟與政治分割零亂的現實狀況。文中直到作者再次登船渡江，已「想不出錢的辦法」，作者不啻神來之筆，引用《史記‧藺相如傳》「相對而嘻」，形容少年人闖世界的莽撞與天真、無奈，以及川江流域人情世故。「不管，不管，索性今天再同人吵架好了！」

> 然而到底還是富有孩子氣的原故吧，看見對岸漸漸移近，船伕子要收錢的時候，兩人的額上就都冒出不安的毛毛汗了。〔註33〕

文章到此戛然而止，沒有結果，餘味悠長。應該是像這樣履險犯難、遭遇尷

〔註29〕哈‧麥金德，《歷史的地理樞紐》，商務印書館，2017年，第43頁。

〔註30〕詳見拙作，《論郭沫若早期海洋詩歌特色書寫中的文化地景關係》，載《現代中國文化與文學》，2017年第2輯。

〔註31〕郭沫若致彭桂萼書信，最早刊於1940年代中，《警鐘》雜誌第6期。詳見陳俐《艾蕪與郭沫若的君子之交》，載《郭沫若學刊》，2016年第3期。

〔註32〕艾蕪，《漂泊雜記》，生活書店，1937年，第2頁。

〔註33〕艾蕪，《漂泊雜記》，生活書店，1937年，第6頁。

尬的情形在南行旅途當時太多，作者以後或許認為也沒有必要一一交底。再有據作者講，當時是應《申報·自由談》副刊要求〔註34〕，估計字數篇幅也都是有所限制的，筆到意到，艾蕪的《漂泊雜記》反而更有《南行記》之外的雋永之趣。同時也頗能顯出作者駕馭文字的神采精練。

從川滇到緬甸終至上海，作者逐水攀越，事無鉅細，如江水「隨物賦形」，頗得人文地理之曼妙，這也許正是前引郭沫若所感受到的「詩意的筆調」，洋溢在行文中的，自有堅韌與樂觀的氣息。但每每涉及苦難人間，遭遇悲慘事實時，作者雖然亦含有微笑，卻是帶著眼淚甚至是悲憤的心音。《江底之夜》堪稱合集中一篇傑作，抒情的筆調，寫實的態度，酸澀的苦嘲，悲哀的同情，湧現於滇東河谷地帶、極其自然的筆端：

> 這兒名叫江底，看地勢正是名符其實的，對面陡險的山岩，帶著森森的夜影壁立著，繞有霧靄的峰尖，簡直可以說是插入雲際了。這面呢，山坡雖不像那樣的高聳著，但傾斜的長度，也就夠人爬著流汗了，而且從江底的街口，仰著望上去，那給晚煙封住的嶺頭，已是和著入夜的天色混而為一了，令人分認不出來。江上軟軟地橫臥著一長條鐵索橋，是聯繫著東川和昭通的交通血管的，白天馱貨的馬隊經過時，一定是搖擺抖動得很厲害，這時卻只有二三歸去的村人踏著，發出柔和的迫微的吱咖聲音。水勢極其兇猛，不停地在嶙峋的岩峽間，碰爆出宏大的聲響，有時幾乎使人覺得小石挺露的街道，瓦脊雜亂的屋子，都在震得微微抖動的一般。〔註35〕

作者在渲染之間，講述了一名「馬店主」的故事，「一位三十來歲的粗女人」，她在照顧「三個高矮不齊的孩子和一個尚未滿歲的嬰兒」吵鬧之間，卻偷翻客人即作者的行囊試圖竊取財物，夜裏又與山上相好私通，為此得到一隻南瓜的晨炊接濟，為孩子果腹。作者經歷了極不愉快也不舒適的一晚，臨別時「在挨近水缸的桌上，取一支粗瓷飯碗，忽然看見壁上掛著一張小小的相片，就著窗外透進來的鮮明的晨光，還可以從一層薄薄的塵灰上面，分辨出兩個青年軍人的雄健姿影。側邊有字，細看始明白」：

> 民國八年與徐排長攝於四川之瀘州，後徐君陣亡於成都龍泉驛

〔註34〕艾蕪，《漂泊雜記·重印前言》，雲南人民出版社，1982 年，第 2 頁。
〔註35〕艾蕪，《漂泊雜記》，生活書店，1937 年，第 32～33 頁。

一役，即將此僅存之遺影，敬贈君之夫人惠存。

陳長元謹贈〔註36〕

　　可稱文雅的口吻與現實嚴重的境況形成極大的反差乃至反諷，而地理的關係躍然眼前。我們沒有必要去考索那次川滇戰役的具體名目與經歷，事實上民國初年無數次的西南地區內戰巷戰耗戰之類，自古沙場埋征骨，家人猶見夢寐。作者收筆是以「回頭去看見孩子們和母親還在那裡熱心地弄煮著南瓜，心裏便禁不住黯然起來。」作為一名左翼（普羅）作家，艾蕪的行文多存有這種底層的掙扎以及同情悲憫，有對社會批判的指向。但他駕馭行文的描寫，沒有口號，也少有理論與疣筆，總是抒情白描寫意之間，映襯著深深的內涵及人間情懷，令讀者感受到自然山川雄奇的同時亦感受人世間的不公平。如本文前引「把自然地理和政治地理結合起來。」「自然地理的三個不同方面：低地區，北極和內陸河流的流域盆地，以及草原地帶，這三個區域在空間和時間方面都不是恰好相合的。」〔註37〕《漂泊雜記》與《南行記》採寫「流域盆地」自有突出的空間意識與時間意義。《江底之夜》與《南行記》中的《松嶺上》有異曲同工之妙，後者描寫一名曾經殺人復仇及至藏匿邊地山嶺沉醉鴉片煙的老漢，相同是都在諷刺乃至有著黑色幽默的同時，表達著嚴肅的人間關懷和悲憫，並構成鮮明的山川圖景與人際關係。

三、與邊疆傳教士的接觸與疑竇

　　《南行記》與《漂泊雜記》等作品多處寫到滇緬地區的西方傳教士與教會神職人員。展現了 20 世紀初期教會在西南邊疆地區的活躍分布並對部分居民精神生活所產生的影響。顯然艾蕪對這一近代文化地理關係有相當的注意，鴉片與洋教，這兩種漂洋過來的風氣，幾乎相繼出現甚至盛行在舊年川滇各地，尤其「南絲綢之路」、「茶馬古道」交通樞紐，從而形成病態的風景。艾蕪涉及教會的筆墨較為公允客觀，同時表現出知識青年漂泊者不肯置信卻多有觀察的細微特徵。這方面的內容他有敘述，有輕嘲、諷刺，有交流，也有比較公道的報告記錄，似乎承認教職人員深入滇緬邊疆高原山區河谷地傳教兼行教育、醫療的艱苦努力。

〔註36〕艾蕪，《漂泊雜記》，生活書店，1937 年，第 45～46 頁。
〔註37〕哈·麥金德，《歷史的地理樞紐》，商務印書館，2017 年，第 18 頁。

　　《漂泊雜記》中《進了天國》一章專題記錄為了有一個比較好的環境閱讀、接觸西方書刊，同時獲得片時休息，他在雲南進入「禮拜堂」的遭遇。因為漂迫露宿生活呈現出的裝束面貌，「在禮拜堂前拉客去聽聖經男女，就並不拖我，但我卻偏要進去，雍容不迫地走了進去。」他以白描的手法惟妙惟肖地描繪了教堂中的情形，同時寫到自己所受到的莫名歧視，最終被一名男性教職人員趕出教堂，最後這段行文顯然有著傾向化的諷刺、置疑，並不無自嘲之意：

　　　　他簡直氣得周身發顫起來，話聲雖是仍舊低小，但卻像從牙齒裏磨出來的一樣。聽著那女的吐著清朗的媚人的聲音，又說到窮人苦人最受上帝愛憐那一句的時候，我便被人推出門外，走到秋風掃著的街頭去了。〔註38〕

　　另外一篇散文《在昭通的時候》也述及「在昭通學生的排外聲中，我還不時到福音堂去：這並非去聽牧師的傳道，而是在閱書報處，尋覓精神的糧食。」〔註39〕內容講述結識一名由成都教會創辦華西大學（今併入四川大學）卒業的現任中學教員，二人結伴遊覽，在街巷熬鴉片煙的氣味中，對西方文化加以討論，意見不無分歧。作者最後自認：「文化不發達的地方，文化的侵略畢竟是很難抵抗的。全中國都需要盡力發展自己的文化，昭通只是可舉的一例。」〔註40〕

　　特別詳盡述及傳教者生活的是《在茅草地》，這篇界乎小說散文體例之間的作品篇幅較長，分別收入《南行記》與《漂泊雜記》，可見作者重視程度，至少表明記憶深刻。這篇作品記述由緬甸境內「八募」返回曾經經過的「茅草地」求取工作，由趕馬店老闆告之「深山裏，有座洋學堂，聽說要請個教漢文的老師，」作者於是寫好一篇英文的自薦書，「穿入霧的山林，向疑著是否有無的陌生地方去了。」最終確實不虛此行，在山中村落真找到一座「洋學堂」，「天主教堂和小學校的英文招牌都掛在一塊兒。」見到一名「法蘭西」的「洋修女」，方知學校並不要招收漢文教師，而是需要一名「加青話」教員。作者失望之餘得到一餐不錯的招待，臨別時還得到一枚「銀角形式的」神女小像掛件，「洋修女」叮囑他下山「叫你的姐姐妹妹來這裡聽聽福音啦」。掛

〔註38〕艾蕪，《漂泊雜記》，生活書店，1937 年，第 30 頁。

〔註39〕如前，第 24 頁。

〔註40〕如前，第 25 頁。

件帶下山後令店主一家感到十分好奇。在文章中，現實的困頓與願望的失落
再次產生強烈的碰撞構成行文張力，景物描寫之間，映像出更多的漂泊求索
之意。即便有反諷的意味，但對洋教真實存在於滇緬邊界山中村落，並未加
遮掩與醜化。

　　東西方文化的碰撞交會，從而展開文化的地理版圖，正如文化地理學者
所論：「東西方之間的關係是『時間性』形式的對比。西方界定自己為先進的，
要創造歷史，改變世界，東方則是被界定為靜滯與永恆。……歐洲塑造了未
來，而東方只能不斷重複。」〔註41〕在艾蕪時代，勇敢跋涉試圖向國門外的
西方環境求學，是當時毋庸諱言的政治文化態勢，他《南行記》《漂泊雜記》
等作品，詳細表現了這一心路歷程，呈現了 20 世紀二十年代中葉西南邊疆乃
至鄰國「開化」（「西化」）與半開化狀態的生態景觀，也是其作品富有文學建
構多重魅力的符號學資源。除了「洋教士」之外，《漂泊雜記》還涉及一些佛
教、本土教的宣化現象，如《邊地夜記》記述投宿一老婦人家中，遭遇「保
安隊」上門劫掠，一名「老師」即宗教人士不無傳奇色彩的前後遭遇。表達
了作者不無疑惑同時也是隱憂的民間關懷。

四、多民數疆域版圖的交通與交攻

　　西南地區是中國少數民族聚居最多的區間，艾蕪的冒險「南行」穿越與
逗留多個民族區域，這之間的觀察、體驗、交流、戒備等，頻現於行文中，
可稱淋漓盡致。他無疑是「五四」新文學至三十年代中採寫與涉及中國西南
少數民族種族區域題材最多最早的作家，這方面興許只有沈從文的湖南湘西
書寫可以與之媲美。但艾蕪的親身經歷與漂泊冒險遊記寫實，是沈的唯美主
義情調的「希臘小廟」式的建構不能取代的。早在 19 世紀後期，川滇黔這些
「西南夷」地區除傳教士、商賈外即經歐美探險家考察穿越甚至置留，例如
舉世皆知的奧地利籍美國人約瑟夫·洛克，他比艾蕪稍早一點（自 1922 年始）
深入滇、川、康等地區進行科考，與納西、彝、藏、羌、回等多個中國少數
民族族群有所交會。後來三十年代英國作家詹姆斯·希爾頓（James Hilton）
依據其素材創作小說名著《消失的地平線》。洛克當時的遊歷是得到美國《地
理雜誌》的資助，他的穿越往往是有西南族群頭領交接保護，派出數名保鏢

〔註41〕（美）麥克·克讓，《文化地理學》，臺北：巨流圖書有限公司，2008 年，第
　　　　66～67 頁。

以及差役，馬轎從行，安全是有保障的。限於當時的傳媒管道，1925 年從成都動身南行的艾蕪似乎還並不確知洛克等人，而他的徒步無產式漂迫穿越與洛克等人比較，更有天淵之別。其冒險犯難、前途未卜、生死一線間，都構成《南行記》《漂流雜記》等作品不可複製的藝術懸念與張力。顯然在 20 世紀中期西南多民族區域特別「南絲綢之路」「茶馬古道」已構成交通的現代初步人際關係，但不可逆料與民族衝突隔膜、風險，仍如影隨形。艾蕪不迴避矛盾衝突與社會問題的紀實作品於三十年代還引起雲南省政府駐南京辦事處的抗議，指斥其歪曲滇東沿線民俗事實。〔註 42〕

我在拙作《論艾蕪〈南行記〉交織反射的鴉片煙與青春氣息》〔註 43〕論文中，述及《南行記》所成功塑造川、滇、緬邊地多民族區域青春女性形象，如《瑪米》《我詛咒你那麼一笑》《月夜》《山峽中》《流浪人》等涉及傣、回、彝、漢等多民族。這些女性形象既是那個時代與外界交通交流的森林片葉，也是亂世交攻、提防、戒備帶有反抗壓迫掠奪的生命形態寫真。《漂泊雜記》中有多篇述及多民族分布區域的行路歷程，如《蠍子塞山道中》《潞江壩》《走夷方》《擺夷地方》《鄉親》《克欽山道中》《古卡爾》等。自然生態抒情與人際關係的錯綜複雜、交會而戒懼，最終突出人性的美善包容與堅忍不拔，繪製出文學的西南通道地景關係，是這些作品共通的特色。「男走夷方，女多居孀，生還發疫：死棄道旁。」〔註 44〕是《走夷方》一文的題引，傳說濕熱煙瘴能夠殺人，就是「擺夷婦女，多是眉目清秀的」，也可用巫蠱殺人，一個同行的暗自從事鴉片貿易的同伴就煞有介事地警告作者。在這些看似悠閒、抒情的行文中，密布緊張感覺，作者防人，人防作者（看見有手持鋤刀的莊稼漢會驚心，而有一次因隨行林中手中持有一節樹枝還引起作者前邊一群學生的恐慌），都充分表現了細節的生動。有驚而無險，作者在《潞江壩》借宿「擺夷人」家中，受到招待，文尾不覺自心裏呼出：「這是和平良善的民族啊！」

多語種交匯也是一個特點，「擺夷人」會「說著生硬的雲南話」，作者因漂泊期間逗留山谷中從事工役也學會了一些如傣語、克欽語、緬語等。作者在師範學校和昆明置留期間比較熟練地學習掌握了英語。這些語言交匯雜用

〔註 42〕 艾蕪，《漂泊雜記・重印前言》，雲南人民出版社，1982 年，第 2 頁。
〔註 43〕 張歎鳳，《論艾蕪〈南行記〉交織反射的鴉片煙與青春氣息》，載《中華文化論壇》，2018 年，第 6 期。
〔註 44〕 艾蕪，《漂泊雜記》，生活書店，1937 年，第 88 頁。

無疑也襯托出一幅 20 世紀初期雲南邊地的文化地圖。《漂泊雜記》涉及較多的是「夷人」、「擺夷人」，即今之稱定的「彝族」或「摩梭族」，前者可能性更大。筆者在拙作《早期涼山彝族題材詩歌地標與風物特色書寫》等〔註45〕論文中曾有詳細引證可參見。「夷」、「彝」同音，新中國建立後正式定名，據說：「按照廣大彝族人民的共同意願，以鼎彝之「彝」作為統一的民族名稱。」〔註46〕迄今分布川、滇、桂等西南區域，彝族總約八百七千餘萬人口。梳理下來，艾蕪極可能是新文學史第一位書寫彝族境界題材文學的作家。以陌生化的內容書寫與近距離地交流觀察，寄寓深深的關愛、理解與同情甚至是讚美，這是艾蕪《漂泊雜記》中對西南少數民族同胞比較一致的人文態度與文學情調。

限於篇幅，《漂泊雜記》等作品中所涉及邊疆官民、匪患、軍閥、商貿、走私、邊境、性別、民俗、出產、交通、家族、教育等大量牽涉政治文化地理學的內容，不遑具論，留待他日。

如本文前引，捷克漢學家普實克以「抒情與史詩」總括中國現代文學的基本風貌特徵，指出中國的現代文學比以往任何時期都敢於敞露自己的心扉，抒發人間關懷，同時彰顯作者的個性，有悲劇的感受表現力，他說：「新的語言並不是新文學誕生的基本條件，以現代方式成長起來的作家，能以現代的眼光觀察世界，對現實生活的某些方面有與眾不同的興趣，這才是新文學誕生的根本前提。」〔註47〕如本文前論，艾蕪《漂泊雜記》等散文作品，從政治地理學即人與社會環境的關係作用這一角度加以探討詮釋，特別能夠從中感受到世界性與現代性的審美標出，雖然作品內容情節大多已經成為遠去的歷史，但解讀名著，闡發新意，「發現和說明在社會中人類之間和他們在局部發生變化的環境之間存在的關係」，這是「政治地理學的職能，」〔註48〕同時也是文學理論與批評的職能義務。正如魯迅當年回覆沙汀、艾蕪求教信中所說：「取其有意義之點，指示出來，使那意義格外分明，擴大，那是正確的批

〔註45〕張歎鳳，《早期涼山彝族題材詩歌地標與風物特色書寫》，載《阿來研究》，2016年第 5 輯，四川大學出版社。《大涼山的「麥田守望者」——俫伍拉且生態詩歌研究》，載《民族文學研究》，2018 年第 2 期。

〔註46〕參見百度彝族辭條，並中華人民共和國中央人民政府網站 http://www.gov.cn/彝族辭條。

〔註47〕亞羅斯拉夫・普實克，《抒情與史詩——現代中國文學論集》，上海三聯書店，2010 年，第 201 頁。

〔註48〕哈・麥金德，《歷史的地理樞紐》，商務印書館，2017 年，第 25 頁。

評家的任務。」〔註49〕

2019 年 5 月 30 日作畢於四川大學南門太守居

〔註49〕見魯迅 1931 年 12 月 25 日《關於小說題材的通信（並 Y 及 T 來信）》，原載
1932 年 1 月 5 日《十字街頭》第 3 期，後收入《二心集》，載《魯迅全集》第
4 集，人民文學出版社，1982 年，第 368 頁。

第二十章　飄零的身世，奇崛的才情
——吳芳吉先生的價值

摘要

　　吳芳吉是中國現代文學史上一個比較特殊的著名詩人，一般認為界乎於新舊詩人之間。探究其價值，應在形式之外，他是一位以生命熱血書寫詩歌的現代人，是一位「憤怒」詩人，其才情來自飄零的身世，這種「飄零感」論者認為正是 20 世紀二十年代文學家比較共通以及經久不凡的價值所在。

關鍵詞：飄零、奇崛、悲劇意識、「詩史」

　　懷著崇敬的心情，來此紀念七十四年前我校的前輩師長、著名詩人吳芳吉先生。

　　吳先生是 20 世紀二十年代非常特殊的一位詩人，新詩史稿講義上迄今一般不記載他的名字，舊詩論壇則又認為他屬於「語體詩」詩人，言下之意還歸新派，比較一致的看法如「就風格而論，他的詩處在雅與俗、新與舊中間。」〔註1〕這似乎是一個有著悖論的孤例，興許連吳氏後人，也弄不清先生究係新詩人，還是舊詩人。但不容置疑的是，吳芳吉詩作風靡一時，《婉容辭》等作品膾炙人口，堪為一時之選。至今華人世界還有不少吳詩愛好者，今天在座就有「吳芳吉詩歌研究會」多位成員、前輩。探討吳芳吉的詩壇分屬地位問

〔註1〕《二十世紀舊詩史》（五～七章），田應壯著，載校園博客。

題不是本文的主旨,尋求吳芳吉作為詩人影響長久不衰的魅力與奧妙所在,
應是本文寸心綿力之所在。

我所特別留意的,是吳先生飄零的身世與奇崛的才情。生命的光輝如殞
星閃逝,身前歷受坎坷,孤憤憂患,懷揣著一份纖仄敏感,這似乎成了我國
詩壇在多患難的時代詩人一個比較共通的現象。晚唐詩人李商隱曾有詩感歎:
「中路因循我所長,古來才命兩相妨。」〔註2〕似乎是一成不變,世道的坎坷,
身世的飄零,滿目的蒼涼,總是「因循」,才華與壽命似為宿敵剋星,多少詩
人含恨抱憾,壯歲而終。吳芳吉先生恰恰生於亂世、苦世,他的一生堪稱憂
患餘生,年僅三十六歲就飲恨身亡。比古代的李賀、李商隱、曹雪芹等,除
身世感歎之外,更多了一份亡國的憂患與民族被外強凌辱時身受心悸的無限
憤懣與大義。其實這也是二三十年代許多現代作家身上表現出來的時代特性
與新文學著意干預現實的進步意義。

雖然吳先生並不號稱自己是新文學作家,(他觀點比較固執地認為文學只
有是非,而無新舊。)但讀他詩的時候,你會感到時代的脈動,以及黑暗令
人近乎窒息的苦悶,他那種蒼茫世間孑孑獨行,荷戟悲歌的探索者作風,
你會油然聯想到魯迅筆下不依不傍、冷然前行的「過客」形象。腦海裏還會
閃現出同時代的作家:蔣光慈的偏執;高長虹的孤憤;朱湘的敏感;郁達
夫的自憐;徐志摩的身不由己;這些不壽作家,都身處大轉折、大動盪時
代,不是身世飄零,或就有著嚴重的飄零感與離析感,他們的才華驚世,作
品轟動一時,但「中路因循」,差不多都是以身殉志,結局無不淒慘,令人扼
腕三歎。

為什麼包括吳芳吉在內,猝然去世多年仍為讀者紀念,其詩作人品,生
命力長久,相映生輝。考究起來,我以為在這些身世飄零的作家身上,特別
有著大時代的影子,有著如影隨形的深刻的憂患意識,他們差不多是將自己
作為犧牲祭祀,為悲劇的時代充作了見證的「詩史」。他們的作品似乎不是用
筆寫成的,而是用生命作代價嘔心瀝血結撰出的。他們的激情與才華,正如
魯迅《摩羅詩力說》裏所指出:「力足以振人,且語之較有深趣者……凡立意
在反抗,指歸在動作,而為世所不甚愉悅者悉入之……」我以為,中國「五
四」文學與前最大的不同在於文學家特別關注時代際遇與民族興亡,關注世
界局勢變化,不迴避人生問題(哪怕是「慘淡的人生」),從內容到形式,皆

〔註 2〕李商隱,《有感》,見《李商隱詩歌集解》,中華書局,1988 年版,第 1989 頁。

是一種走向並融入世界的文學。悲劇意識的建立與深入，是那個時代文學的普遍特徵與重要價值構成要件。吳芳吉的詩歌雖然不復依傍，不稱派別，但很顯然，他處於亂世的深刻飄零感與自號「以天下名教是非為己任」而不時產生的有著強烈責任感的悲壯謳吟，正是吻合了這種大時代的觀念悲劇意識。故而他所揄揚的文學家，幾乎都是同類項，即那些凜懷責任、壯歌悲吟派的文學家。

從吳芳吉身上，可看到屈原、杜甫、陸游、黃遵憲、丘逢甲的影子，那都是他最為推崇的古人，無論筆端講臺，均褒揚推崇有加。就其身世飄零、多愁善感方面而言，古代但有悲劇意識的詩人他似乎均有所沾溉。他多數時候選擇的是直抒胸臆，一吐心中塊壘：「三日不書民疾苦，文章辜負蒼生多。」「我生劫運丁鼎革，坐見神州淪戰國。骨肉年年爭未休，里鄰處處愁煎迫。」（《驪山謁秦始帝墓詩》）「長望一揮淚，振衣唱大風。」（《弱歲詩》）民窮困苦，尚可言隱忍。外寇威逼，民族受辱，最是正義的知識分子不能蒙受與隱忍的奇恥大辱，直要擲筆從軍，以血肉之軀捍衛疆土，當時已是大學教授的吳芳吉決意請纓從軍赴防禦日，雖事終未果，但他心肝碎裂所催生出來的一首《巴人曲》，亦可稱時代悲歌，是一首扛鼎力作。「他人無抵抗，我輩敢擔當！」彷彿聽到他怒吼的聲音，可見其真血氣與真性情，以及對時代百憂焦慮的憤激之心。他最後一次參與公開社會活動，即當眾吟誦這首《巴人曲》詩作時，未竟之間即因憤怒投入過甚發病昏死於講演臺，十餘日後含恨去世。

吳先生六歲即逢家道敗落，由此流離於人間，飽嘗艱辛疾苦，深知世態炎涼，養就了一個不服輸的性子。他正義、孤憤、富於同情心。自清華留美預備學校因權益率眾與校方據理抗爭從而被開除，他從不向邪惡勢力低頭，寧折不屈，秉持公理，堅守良知，刻苦自勵，以後輾轉各地的旅次中，詩作不輟，披肝瀝膽，多為人間不平之鳴。如果說賀拉斯「憤怒出詩人」這句西諺需要一個中國式的注解的話，想來吳芳吉可算一個風骨凜然可標的典型。那些民眾輾轉溝壑、血淚之聲的代言作品，在「白屋」（白屋取喻人生清白之意）詩集中觸目皆是。中國詩史杜甫被稱作「詩聖」，作品被稱「詩史」，吳芳吉不是有意摹仿，他所看到聽到的，他所身親感受到的，無不促使他走上「詩史」的路子，以詩為二十世紀苦難而屈辱的中國現實立傳存照，發抒悲壯之聲。在他作品中所看到的怨婦棄子，罹難生靈，形形色色，讓人感受到

的是歷史悲劇重演的可怕，以及一個現代知識分子面對嚴峻現實的憂憤深廣與無奈的選擇。

這大量同類題材的詩歌篇什興許說不上精美雕琢，更非風花雪月，但嘔吟皆出於真實，是胸中灼裂的憤火與同情，正如魯迅評論珂勒惠支窮人題材的版畫以及蕭紅的《生死場》，粗放潑烈但不做作，是醒過來的人的真聲音。魯迅在《論睜了眼看》一文中曾這樣精闢地指出：「中國人向來因為不敢正視人生，只好瞞和騙，由此也生出瞞和騙的文藝來，由這文藝，更令中國人更深地陷入瞞和騙的大澤中，甚而至於已經自己不覺得。世界日日改變，我們的作家取下假面，真誠地、深入地、大膽地看取人生並且寫出他們血和肉來的時候早到了；早就應該有片嶄新的文場，早就應該有幾個兇猛的幹將！」吳芳吉也許不算是新文學創作領域中的典型作家，但他的取材與文風，則正是典型的「兇猛」派，是反對「瞞和騙」的幹將派，他的文學價值，百年不衰，他的名字，未曾被世人遺忘，也許奧秘正在這裡。

吳先生曾經風靡文壇的《婉容詞》，可算是一首「問題詩」，是一個新的時代的悲劇題材，通過清新可誦的民歌風語體詩，刻畫了一個被留洋學生拋棄的日夜哀怨的女子形象。這首詩拷問了轉型期間國人的良知與道德，全篇閃爍著人道主義的關懷之情，詩作構造有著探索的精神與勇氣。一是「名教是非」方面的探索，二是詩歌樣式的探索。《婉容詞》與反映古代離婦怨女的舊辭已截然不同，是社會開放以後家庭倫常新問題以及東西道德規則如何融合與重建的一份思考狀與公啟。在其獨創的「白屋詩體」中，算是最成功的一次嘗試。當時能夠不脛而走，產生很大影響，與其思想藝術的成功是分不開的。

吳芳吉先生能以新文學作家身份立足講壇，執掌教務，先後被邀至西北大學、成都大學與四川大學、重慶大學等校教授並主導，足以充分說明他在當時新文化領域所產生的重大影響以及代表性。毛澤東 1920 年曾讚揚吳芳吉詩「才思奇捷，落筆非凡，芳吉知春，芝蘭其香」。周恩來建國後曾對吳芳吉長子吳漢驤說：「你父親的詩很好，我喜歡。」〔註 3〕非同泛泛，可見一斑。

早年知疾苦，流浪天涯，後從教輾轉各地傳道授惑，吳芳吉的腳步從沒有在亂世間有所畏懼停留，他真如匆促堅定的過客，執著地尋找著真理所在。

〔註 3〕見載《重慶晚報》06 年 4 月 23 日，龐國翔《白屋詩人吳芳吉》。

他似乎有意不囿於時風與小我的純文學圈域，有意擺脫形式主義，不分古今中外，但凡合乎心聲，合乎理想（他所謂「天下名教是非」）即一逞為快。法國浪漫主義作家諾迪埃曾說「浪漫主義詩人的理想在於我們的苦難。」〔註4〕吳芳吉取材現實雖多，但究其實質講，他也還是一個浪漫主義詩人，追求熱烈、自由與解放，心懷綺麗遐想，故他精通古典詩歌的同時，也熟曉與熱愛但丁、莎士比亞、拜倫、丁尼生、彭斯等西方文學家，他有表現沉重苦難的題材，卻也有抒寫愛美情懷不拘一格的浪漫篇什。這在二十世紀有著飄零身世的文學家身上，頗多體現。他們力求擺脫窠臼，寄身藝術之舟，勇往直前，意象美輪美煥。

吳芳吉曾以詩論詩，來闡釋自己的愛好與平生所為，詩歌貼切優美：

上古有詩人，君愛屈靈均否？《離騷》字字幽香，中有芳魂一縷。我曾打槳汨羅，採得蕙蘭百畝。願持寶璐瓊枝，與君為儔為友。

近古有詩人，君愛杜少陵否？騎驢飄忽半生，君國一腔白首。我曾荒宿草堂，解衣長望南斗，願繞池樹追涼，與君為儔為友。

——引自《論詩答湘潭女兒》

屈靈均與杜少陵，是吳芳吉的最愛，因其二人都有憂國憂民之心，胸懷天下，同時不無綺麗壯想，聯想特別豐富，「路漫漫其修遠兮，吾將上下而求索。」「清辭麗句總為鄰。」立足現實，寄意天外。像吳芳吉這樣的熱血率真詩人，的確是可與賢者、智者「為儔為友」的。

吳先生原是學英文出身的，但他卻以「舊詩」出名，而又迥別於「舊詩」。他是一個不肯屈附與人，不肯將詩句搞得像是泊來的翻譯品的藝術家。他力求探索一條適合自身發展的道路。他並不反對新詩，只是如他自述：「余所理想之新詩，依然中國之人，中國之語，中國之習慣，而處處合乎新時代者。」〔註5〕且不論探索成功與否，他有這種探索精神與勇敢實踐，並產生廣泛深遠的影響，就足以讓他立足於二十世紀文學變革的新地圜，佔有一席之地，令人尊敬。

有史以來，往往在有著飄零身世的詩人身上，更見到人類的良知道德與

〔註4〕轉引自殷國明著，《二十世紀中西文藝理論交流史論》，華東師大出版社，1999年出版，第339頁。
〔註5〕轉引自施幼貽，《吳芳吉評傳》，重慶出版社，第93頁。

勇氣（司馬遷論聖賢發憤而作一段於此可證），感受到來自社會底層的呼聲與生活氣息。文學永遠來自創造，而創造源於生活。吳芳吉奇崛的才情正好做了充分的說明。自古有諺道：「國家不幸詩家幸。」二十世紀初期現代史的飄零詩人，遇上轉折動盪的亂世，死於非命或不測，是他們的大不幸，但生前激發出不朽的靈感篇章，熱血之什，長留於世，則又是他們的大幸。

李劼人先生當年在成都文藝界吳芳吉先生追悼會上說得十分真切公允：「今天我們追悼的人，並不是有權有勢的達官，也不是退居林泉的遺老，而是窮困孤憤、抑鬱牢騷的一位詩人……」。〔註6〕這也從另一角度指明了吳芳吉作為一位有時代新意的卓越詩人的價值所在。

由吳先生「白屋詩」反思近年詩壇，詩人雖眾，流派堪多，在紛繁玄奧的詩行中，卻鮮見真生命真氣息，更乏民生疾苦，有的全然不關痛癢，不知所云。也許像七十四年前吳芳吉那樣的身世飄零詩人，正為我們印證了一句古老的箴言：「生於憂患，死於安樂。」

隔著七十四年的風雲變幻，我們今天坐在這兒緬懷吳先生，同當年李劼人先生的緬懷之情並沒有兩樣，正同大家熟悉的那句新詩「有的人死了，但他還活著。」永久的價值自有其永久性。在吳先生誕辰一百一十週年之際，我們大家吟誦並探討他的詩歌思想與藝術，這或許本身就足可說明了問題。

2006.9.13 寫，2007.1.31 改

原載《吳芳吉研究論文選》四川人民出版社，2010 年 3 月。

〔註6〕見陳連剛，《飄零詩人吳芳吉》，載《成都日報》06 年 8 月 21 日。

第二一章 「一經品題，便作佳士」
——英語世界的李劼人研究、成果與現象

提要

近三十年來李劼人在英語世界的傳播、接受與研究已取得初步成就，《中國文學》雜誌及熊貓叢書是最早的譯介者，司崑崙、陳小眉、吳國坤等學者對李劼人的歷史觀、異域體驗、地緣詩學等作了宏觀視域裏的精微闡釋，司崑崙、王笛、路康樂、戴英聰等「以詩證史」，將李劼人筆下的晚清成都社會萬象作為史料文獻徵引入學術專著；馬悅然、英麗華、王德威等將李劼人作品編入中國文學「手冊」、「辭典」和「文學史」。地方色彩、歷史敘事、社會史料等是漢學家特別關注的重點，因跨文化、跨學科的學術背景，這些英語世界中的李劼人研究學術視野開闊，立論高遠，解讀精細科學，自成一派特色。在今天多元共生的文學評價環境裏，李劼人文學地方書寫的價值日益凸顯，相關研究漸行豐富，必將呈現出新氣象、新格局。

關鍵詞：李劼人、英語世界、地緣詩學、「以詩證史」、邊緣認同

一、作品譯介：從《中國文學》走向英語世界

川派鄉土作家李劼人（1891～1962）的文學創作起步很早，在「五四」前夜就發表了《遊園會》、《兒時影》、《盜志》等白話短篇小說，是中國現代

白話文學史上的先行者之一，其代表作「大河小說」三部曲（《死水微瀾》、《暴風雨前》、《大波》）均寫作、初版於三十年代，但他的作品在國外的譯介、傳播與研究卻遲滯了近半個世紀。姍姍來遲並不等於低估其價值，有多種原因，方土語言方面的障礙無疑為傳譯困難之一。於今，《死水微瀾》已有英、法、日三種譯本，《暴風雨前》有日譯本〔註1〕，英譯本出現較晚，直到1981年底，李劼人才從《中國文學》雜誌（英文版）走向英語世界，為英語讀者所認識。

　　《中國文學》（英文版）〔註2〕是新中國文學外譯的奠基石與主要陣地，是海外中國文學研究者、愛好者的重要讀物，其翻譯介紹的篇目以中國現當代文學作品為主，兼及中國古典文學與文藝評論，七十年代末由楊憲益主持編輯。1981年第11、12期刊出了《死水微瀾》節選，即原著的「死水微瀾」、「餘波」兩章〔註3〕，情節從農曆新年顧天成、羅歪嘴、蔡大嫂等人逛成都東大街釀成「耍刀」風波開始直到文本末尾蔡大嫂改嫁顧天成結束，譯者為著名翻譯家胡志揮，並配有9幅連環畫風格的黑白插圖。在兩期的小說標題「*Ripples Across Stagnant Water*」之後、正文之前都有編者按，概述整個小說以及未譯載的前幾章的主旨大意，以便讀者瞭解更多的背景信息，並稱：「這篇小說細緻地描繪了那個時代社會生活的豐富細節，具有濃厚的地方色彩」〔註4〕。同時，第11期還以《李劼人和他的長篇小說》為題刊出了國內最早對李劼人做出評價的郭沫若（他是李劼人的中學同窗）《中國左拉之待望》一文的精簡版，譯者為王明傑。第12期又刊出了李劼人長女李眉的文章《我的父親李劼人》〔註5〕，譯者為沈真。這兩期《中國文學》雜誌是李劼人作品英

〔註1〕《死水微瀾》、《暴風雨前》的日譯本由竹內實譯，收入《現代中國文學》叢書第七卷，日本河出書房新社，1970年出版；《死水微瀾》法譯本由溫晉儀譯，法國巴黎Gallimard出版社，1981年出版。

〔註2〕從1951年創刊到2001年停刊，歷時50載，共出版590期，介紹作家、藝術家2000多人次，譯載文學作品3200篇，徐慎貴，《〈中國文學〉對外傳播的歷史貢獻》（《對外傳播》，2007年第8期）。

〔註3〕第11期刊出的是第五章的第1～10節，第12期刊出的是第五章的第11～16節以及第六章「餘波」。

〔註4〕*Chinese Literature*, November, 1981, p3，筆者譯。

〔註5〕即「*Reminiscences of My Father*」，附在本期後的《中國文學》一九八一年總目錄」將該文的題目稱為「我的父親李劼人」，*Chinese Literature*, December, 1981, p137；而收入成都市文學藝術界聯合會/李劼人研究學會編的《李劼人研究：2011》時該篇的中文題目是「回憶我的父親」（成都：四川文藝出版社，

譯的最早媒介，楊憲益、胡志揮、王明傑、沈真等翻譯家為之做出了最初的精心的貢獻。

也就在 1981 年，主編楊憲益倡議出版「熊貓」叢書，將雜誌上已譯載但尚未出書的作品結集出版，以單行本的形式系統地對外介紹中國文學經典作品。「熊貓」叢書作為《中國文學》雜誌的副產品，是對外傳播中國文學事業的重要組成部分，幾乎涵蓋了所有中國現當代重要作家的經典之作，在海外產生了廣泛影響，如古華等不少作家藉此獲得了國際性聲譽〔註 6〕。《死水微瀾》也被納入「熊貓叢書」，1990 年中國文學出版社初版。此為全譯本，譯者仍為胡志揮〔註 7〕，扉頁有李劼人的生平簡介，並說：「他最重要的作品是《死水微瀾》、《大波》和短篇小說集《好人家》，還翻譯了莫泊桑、福樓拜、普勒斯特等人的作品」〔註 8〕；前言則是節選自第 11 期刊出的郭沫若《中國左拉之待望》的第 2、3 部分，隨後是第 12 期刊出的李眉《我的父親李劼人》，去掉了各節小標題；封底有一幅李劼人的小照和評語：「《死水微瀾》是三卷本小說的第一部，這一系列小說以成都及周邊為背景，時間跨度四五十年，描寫了辛亥革命之前死水般的時代。作者李劼人……熟悉社會各界人物的生活，農民、掌櫃、妓女、地主、土匪……他的人物生動、現實，真實地描繪了那一時期成都平原的社會，抨擊、諷刺了導致國家落後的各種無知、保守、腐敗等現象，堅信中國將會迎來更好的時代。如今眾多封建傳統又在復現，這本小說有著重要意義。」〔註 9〕這是目前已經出版的《死水微瀾》唯一的英譯本〔註 10〕。

2011 年），第 388 頁。

〔註 6〕 金介甫，《中國文學（一九四九～一九九九）的英譯本出版情況述評》（查明建譯，《當代作家評論》，2006 年第 3 期）。

〔註 7〕 《中國文學》刊出胡志揮譯的《死水微瀾》下半部之後，深受好評，準備出單印本，便寫信邀請美國著名翻譯家、漢學家葛浩文（Howard Goldblatt）續譯此書的上半部，但葛浩文婉拒了，理由是「已經有很好的譯者」，因而上半部仍然由胡志揮譯出，被譽為中國現當代文學「首席翻譯家」的葛浩文就此與李劼人失之交臂。胡志揮，《從弱小到強大──漢譯英的六十年發展之路》（《文藝報》2009 年 9 月 22 日第二版）。

〔註 8〕 *Ripples Across Stagnant Water*, Chinese Literature press, 1990，筆者譯。

〔註 9〕 *Ripples Across Stagnant Water*, Chinese Literature press, 1990，筆者譯。

〔註 10〕 夏威夷大學出版社將推出《死水微瀾》的另一個英譯本，但尚未出版，在此暫不論。通過 Google 可以搜索到該書的簡單信息：*Ripple on Stagnant Water: A Novel of Sichuan in the Age of Treaty Ports*, Liu Jieren, University of Hawaii Press, 2013，共 350 頁，但沒有提供譯者信息。

以譯介經典作家作品、弘揚中華文化為要務的《中國文學》雜誌及其「熊貓」叢書隆重推出李劼人，譯介作品及刊載重要評論、親友回憶文章，簡介作家生平、創作經歷，加之簡短肯綮之論，為李劼人在英語世界的傳播奠定了初步的基礎，節選本和單行本都成了不少海外專家學者的參考書目，如後文提到的路康樂（Edward J. M. Rhoads）、司崑崙（Kristin Stapleton）、吳國坤（Kenny Kwok Kwan Ng）、戴英聰（Yingcong Dai）等專家學者在他們的論著中都參考、引用了該譯本〔註11〕。但李劼人作品的譯介還遠遠不夠，英譯的僅有《死水微瀾》，這固然是李劼人最優秀的代表小說，但「大河小說」三部曲是一個連續的整體，只有將這三部放在一起考察才能更清晰地展現李劼人創作的藝術特色，也才能更好地透視他筆下清末民初成都的社會歷史萬象。因而，《暴風雨前》、《大波》的譯介迫在眉睫。此外，李劼人還有為數不少的優秀作品，如在中國現代文學史上具有重要意義的早期白話短篇小說《兒時影》《盜志》，五四時期異域題材的中篇小說《同情》，屬於抗戰文學的長篇小說《天魔舞》等，都值得關注，這些作品在國內學界已經取得相當程度的研究與推崇，在英語世界尚處於墾荒與萌芽階段，但可以相信，這些作品的推介必將走出國門，在海外漢學界形成氣勢。畢竟李劼人作品的譯介需要更加專業、全面、貼切、系統，這還有一段很長的路要走。

二、專家專論：宏觀視域裏的精微闡釋

雖然李劼人的作品譯介到英語世界已有三十多年，關於他的研究專論卻屈指可數，迄今為止，公開發表、出版的英文文獻主要有美國肯塔基大學歷史系司崑崙教授的《李劼人的歷史觀》（1992）〔註12〕、美國加州大學戴維斯校區東亞語文系陳小眉教授（Xiaomei Chen）在《西方主義：中國後毛澤東時代的反話語理論》（2002，以下簡稱《西方主義》）中對李劼人中篇小說

〔註11〕Edward J. M. Rhoads, *Manchus and Han: Ethnic Relations and Political Power in Late Qing and Early Republican China, 1861~1928*, University of Washington Press, 2000, p361; Kristin Stapleton, *Civilizing Chengdu, Chinese Urban Reform, 1895~1937*, Harvard University Asia Center, 2000, p313; Kenny Kwok Kwan Ng, *Monumental Fictions: Geopoetics, Li Jieren, and Historical Imagination in Twentieth-Century China*, Harvard University, 2004, p244; Yingcong Dai, *The Sichuan Frontier and Tibet: Imperial Strategy in the Early Qing*, University of Washington Press, 2009, p301.

〔註12〕能找到的只有中文版，收入成都市文聯／成都市文化局編的《李劼人小說的史詩追求》（成都：成都出版社，1992年），第91~96頁。

《同情》的解讀〔註13〕和香港科技大學人文學部吳國坤教授的哈佛大學博士學位論文《小說的豐碑：李劼人的地緣詩學與二十世紀中國歷史想像》（2004，以下簡稱《小說的豐碑》）〔註14〕等，篇目不多，但卻各有精闢的創見與發微。

司崑崙的《李劼人的歷史觀》應是英語世界首篇專論李劼人的學術文章，也是國內學界所熟悉的一篇文獻。司崑崙首先舉出歷史學界兩種截然相反的歷史觀，即社會歷史進程不以個人意志為轉移與偉人創造歷史說，兩者的論爭似永無休止，有些歷史學家為避開這一難題僅開列歷史事件清單而不作主觀判斷，但四川作家李劼人採取了一種較為有趣的做法，即描述社會不同階層的人如何受到歷史大勢力如帝國主義與革命的影響，以幫助讀者理解個人與歷史的關係，《死水微瀾》對帝國主義這一命題採取了十分巧妙的處置方式，沒有正面描寫外國人，而是通過集中描述當地人的生活揭示外國勢力的廣泛深入影響；《大波》描述了革命以及人們為何參與革命，但他們很少清醒地知道行動的目的，如楚用、黃瀾生等並不是革命者，但朝廷的垮臺仍有他們的功勞，趙爾豐的個人舉動是理解歷史事件的關鍵，英雄行為經常發生於計劃之外〔註15〕，屬於一種集體無意識的行為。

> 李劼人的小說卻很有說服力地闡明，假如我們不瞭解人與人之間的關係，以及人們如何對發生在他們周圍的社會變遷做出反應，我們將永遠不會理解帝國主義是如何影響中國的，以及革命是如何在四川發生的。對於史學家來說，唯一的辦法是去做李劼人所曾做過的事情，即跨出文獻記錄而開闊對整個社會的視野，去觀察它的各個部分是如何相互作用的……在我看來，李劼人在他的歷史小說中對社會學方法的運用是十分成功和有效的。〔註16〕

〔註13〕Xiaomei Chen, *Occidentalism: A Theory of Counter-Discourse in Post-Mao China*, Rowman & Littlefield, 2002, p147~150。這是修訂版，第一版由牛津大學出版社，1995年出版，尚未出版中文版，此處書名為筆者譯。嚴格地說這並非李劼人專論，而是其他主題下的一個例證，但它對作品進行了解讀，不同於史料引證，故將其放在這裡論述。

〔註14〕Kenny Kwok Kwan Ng, *Monumental Fictions: Geopoetics, Li Jieren, and Historical Imagination in Twentieth-century China*, Harvard University, 2004。此題目為筆者譯。

〔註15〕此段為筆者對司崑崙文章大意的概括。

〔註16〕司崑崙，《李劼人的歷史觀》，收入成都市文聯／成都市文化局編，《李劼人小說的史詩追求》（成都：成都出版社，1992年），第96頁。

　　很顯然，司崑崙是從歷史學家的角度闡釋李劼人的小說，表達他認為更為合宜的歷史觀，尋找更好地書寫歷史的方式，李劼人的方法是「一種本文作者認為史學家們應該更多地使用的方法」〔註17〕。

　　陳小眉的《西方主義》第二版增補了「中國寫作回顧：閱讀中國人的離散故事」一章〔註18〕，重點關注中國作家講述自身的「西方體驗」，如郁達夫《沉淪》、郭沫若《殘春》、蔣光慈《鴨綠江上》、張聞天《旅途》等，對李劼人的《同情》也作了較為細緻的解讀。她認為《同情》講述了一個樸實的經驗，表現了作者對現代法國社會與自身中國傳統的含混態度：在中國尋找同情多年而不得，到法國十個月後就找到了，「東亞病夫」在平民醫院得到了悉心的照顧而非弱國小民的歧視，因而感到很幸運，這體現了明晰的反傳統精神；但這是一個離鄉而敏感的以自身文化傳統而自豪的知識分子的立場，因敘述者對法國文化也存有疑慮，如對待中西不同的婚戀觀，他解釋是歐洲人強在肉體而中國人高在精神，中國人在精神上優於法國人，這就支持了國家主義立場，同時又可能因自身的反傳統立場轉而倡導一種來自政治權力與社會普世價值的『強大』主題，回應五四「救救孩子」的情緒，關注中國未來一代，竟宣稱因男女擇偶觀的差異法國人種族天生就優於中國人〔註19〕。

　　　　偏愛法國人，是一種自我強加的種族觀，說明作者在尋求一種在西方引領下的更好的社會發展模式，當他描述法國黑種男人與白種女人之間所謂的平等時，這一姿態更成問題。如敘述者在醫院裏遇見一個妖豔的白種女人看望一個中年黑人，他們顯然深愛著，但他說法國人看見黑種男人與白種女人手挽手逛街習以為常，像他這樣的遠東人則不。在李劼人筆下，法國人對待黑人就比中國人更少偏見？或者他建構的中國民族身份立即就次於法國人而優於黑人？或許他建構這一系列矛盾的形象反映出他對待自我文化與異國文化的矛盾態度？依我看，可以通過考察李劼人的寫作環境來解釋這個故事中的反傳統與國家主義之間的具有諷刺意味的緊張關係。〔註20〕

〔註17〕第 92 頁。

〔註18〕題目為筆者譯。

〔註19〕此為筆者對原文大意的翻譯。

〔註20〕Xiaomei Chen, *Occidentalism: A Theory of Counter-Discourse in Post-Mao China*, Rowman & Littlefield, 2002, P148~149。此為筆者譯。

　　陳小眉認為這一方面是李劼人病中觀察到的法國社會平等給他留下了深刻的印象，影響到他的種族觀，他從國內文化精英到國外窮學生這一地位的跌落又可能影響到他對法國種族、國家問題的感知，以及親歷死亡經驗後所建構的「法國平民的精神」；另一方面，階級與種族相互交織的觀點普遍存在同時期知識分子的文本中，法國作為一個社會平等的地方形象可以追溯到五四，如陳獨秀曾將法國文明看作是鼓舞人心的中國未來模式，法國留學潮就是對歐洲文明中心的嚮往，因而可以說敘述者對法國正面而又質疑的描述折射出作者對尚未出現的、與西方對等的理想中國的尋求，這一理想的模式在他想像中的西方已經實現〔註21〕。

　　陳小眉解讀《同情》這樣的二十年代中國人的離散故事，從屬於她整個論著對「東方主義」中西方霸權的解構主題，通過閱讀作家「自我」的講述，回應跨文化挪用中可能對「他者」產生的錯誤感知，這些關於「西方」的敘事與他們的本土環境和異域體驗相互交織，從而建構自我身份認同與對西方他者的想像，《同情》在陳小眉那裡成了一個不錯的例證。

　　吳國坤的《小說的豐碑》是國外第一部專論李劼人的博士學位論文〔註22〕，其前半部分以《李劼人「大河小說」中的地緣詩學與歷史想像》為題收入樊善標等人編的《墨痕深處：文學、歷史、記憶論集》，又以《城與小說：李劼人「大河小說」中的成都歷史記憶與想像》為題收入姜進等主編的《近代中國城市與大眾文化》，後半部分即第五章和結語以《〈大波〉中的時間性和複調性》為題收入《李劼人研究2011》〔註23〕，與英文原文相比，中文版有不少刪節、調整的地方，但大意相同。該文旨在追尋二十世紀中國文學現代性過程中地緣詩學、地方性、歷史想像的形成，探討空間性、地方性和日常生活等概念在「現代史詩」建構裏如何被構想，小說又在多大程度上容納了地方與國家、平凡與偉大、部分與整體等問題，而李劼人的「大河小說」提供了一種路徑，他重新發掘晚清通俗小說的潛能，借鑒西方大河小說開闊的體

〔註21〕此為筆者對原文大意的翻譯。

〔註22〕該論文與國內第一篇專論李劼人的博士論文，即雷兵的《改行的作家：市長李劼人角色認同的困窘，1950～1962》出現在同一年。

〔註23〕樊善標／危令敦／黃念欣，《墨痕深處：文學、歷史、記憶論集》（香港：牛津大學出版社，2008年），第329～349頁；姜進／李德英，《近代中國城市與大眾文化》（北京：新星出版社，2008年），第121～140頁；成都市文學藝術界聯合會／李劼人研究學會，《李劼人研究2011》（成都：四川文藝出版社，2011年），第67～88頁。

式，專注於鄉土空間敘事，將地方性作為『歷史空間』在小說中構成『地域詩學』，充分展現地方獨特的地理、歷史風貌和日常生活片段，將其作為現代性的軌跡，用複調性的文本敘述出新與舊、地方與國家等歷史轉型期的複雜性，挑戰了五四時期將現代性簡化為鄉村與城市、傳統與現代對抗的歷史決定論的宏大話語〔註24〕。

吳國坤把李劼人放在晚清至五四這一歷史語境下來凸顯「大河小說」出現的重要意義：晚清李伯元的小說有了部分變革，新的「國家」空間、思考時間與歷史的方式都在悄然孕育，但形式上仍囿於傳統白話小說；五四文學革命的現代性修辭並沒建構起具有民族風格的現代長篇小說形式，進化論等線性時間歷史觀沒有抓住地理／空間這一小說敘事中歷史想像的關鍵元素；茅盾的《子夜》首次關注城市現代性與革命，試圖寫出從農村到城市的空間進程，但它是敘事學與意識形態上的敗筆，未能整合鄉村敘事展現國家建構與現代性，短於描述歷史的鮮活性和現實的凝練性，小說如何容納國家與地方、當下與未來？〔註25〕而這些敘事尷尬在李劼人整合鄉土日常存在狀態的「大河小說」中都得以成功解決：

> 李氏小說卻另闢蹊徑，採用『大河小說』的開放格局，以歷史時間為經，鄉土地域為緯，以一城一地的微觀角度，輻射作家心目中的歷史宏圖（panorama）。李氏對現代歷史小說形式及其內涵的探索和創製，嘗試以西方小說的結構和體制為鄉土小說注入恢宏的視野和時間向度，又輔以細密的筆法勾勒出一幅幅富有地方色彩的民俗風情畫；在這樣的書寫策略中，作者將其對故鄉的追憶演化為對地域性（locality）的偏執，其作品的鄉土風味進而與小說的形式格局和歷史時間的進程層層緊扣，構成互動、複雜的關係。〔註26〕

吳國坤用如此富於理性與詩性的語言稱讚李劼人，在他看來，李氏的獨到之處在於歷史敘事策略，並以《死水微瀾》《大波》等全景式寫作文本為考察對象作了細緻的分析：一是「大河小說」的美學實驗，融合中西文學傳統

〔註24〕此為筆者對其主旨的概述，參見該論文的「Abstract」部分。

〔註25〕此為筆者對該論文「Introduction」「Chapter One」「Chapter two」「Chapter Three」的概要。

〔註26〕吳國坤，《城與小說：李劼人「大河小說」中的成都歷史記憶與想像》，收入姜進／李德英，《近代中國城市與大眾文化》（北京：新星出版社，2008年），第121頁。

為現代歷史小說找到了恰當而獨特的體式，它賦予作者較大的彈性和自由，通過千變萬化的歷史塑形提供人物與環境的複雜社會視角；二是空間敘事，將歷史事件空間化，著力描繪一個相對微觀的鄉土空間，《死水微瀾》的情節都是圍繞商人家庭、私人賭場、洋人教堂、鄉間集市、燈會廟會等生活空間而推移，如小說開首所寫的成都到天回鎮及周邊的道路網絡，將孤立的鄉鎮與更大的政治、社會領域相聯繫，令昔日偏遠落後的天回鎮以至成都捲入了政治洪流，其「地理—歷史」話語創造了一種新的歷史小說範式；三是側影敘事，偏離意識形態的驅動，不寫典型人物的英雄情結，不寫歷史斷點處個體的覺醒，而寫日常生活的片段，人物並沒站在歷史的最前面，也沒採取任何明確的行動，個體欲望支配著行為，如黃表嫂與姪子楚用的情慾與政治相互牽扯的關係，人物的主觀世界和歷史環境分裂，這種寫法不同於盧卡奇而近乎托爾斯泰；四是敘事的當下感與複調性，《大波》納入多層次話語寫出人物對一系列潛在和突發事件的感知，營造出連續的變化無常的印象，讓事件面向未知的將來，在對歷史場景的回歸中展示出人物的真實感覺，把『當下感』帶入歷史的寫作策略異於任何在單一語境中尋求歷史發展秩序和意義的主導性歷史話語，而表面上的客觀敘事、人物的見證和敘事人評論聲音的偶而穿插三者並行構成了小說的複調話語，等等〔註 27〕。吳國坤認為，正是李劼人與眾不同的歷史敘事話語讓他的作品疏離了他的時代：

> 李劼人的歷史小說通過辛勤的研究和對社會生活細節的揭示恢復了一個已逝去年代的「靈氛」（aura），讓我們目睹了在文學寫作面對不斷提高的政治和意識形態需求時，一位全情投入的作家為創作自由付出的抵抗和努力。自 20 世紀 30 年代以來，《大波》生發出很多閱讀和闡釋上的問題，這不僅僅因為它的篇幅之巨，更因為作品本身包含了諸多爭議、相互頡頏的聲音，這些聲音同強加於小說形式上的政治和現實主義需求展開交涉。〔註28〕

李劼人的堅持和努力表明他急迫地想要在新世紀到來之前描寫出陳舊、貧乏的舊社會，他不朽的小說和地域詩學為我們開啟了諸多思考空間，如歷史書寫中的空間性與虛構、日常生活與現代性、地方性與邊緣性、文學史的

〔註27〕此為筆者對其大意的整理、歸納。

〔註28〕吳國坤，《〈大波〉中的時間性和複調性》，成都市文學藝術界聯合會／李劼人研究學會，《李劼人研究 2011》（成都：四川文藝出版社，2011 年），第 67 頁。

經典化、小說與國族之間的複雜關係等〔註29〕。

　　吳國坤在論述中把李劼人與李伯元、茅盾、魯迅、巴爾扎克、盧卡奇、托爾斯泰、福樓拜、左拉等中外大家、名家進行比較研究，進而確立李劼人歷史小說的重要地位，並引入莫惹提（F. Moretti）的「地理環境」、莫森（G. S. Morson）的「側影」敘事概念、巴赫金（M. M. Bakhtin）的複調理論等西方文藝理論，視野開闊，立論新穎，闡釋精微。吳國坤師承李歐梵，他的論述角度明顯帶有李歐梵關於現代性闡述的痕跡，李歐梵曾說：「我熟悉李劼人的許多著作。我在哈佛大學執教時期，鼓勵學生吳國坤專攻李劼人，他完成的研究李劼人的博士論文我評價較高……他可能是當時美國唯一一個研究李劼人的學者，這也體現出美國學界對李劼人的文學成就缺乏瞭解。我認為，李劼人絕對是一流的文學大師，他深受法國文學影響，是一種嚴肅的寫實主義，展示宏大歷史的細部結構。他是非常獨特的歷史小說家，《死水微瀾》《大波》等在現代文學史上具有舉足輕重的地位。」〔註30〕可見吳國坤的李劼人研究深受李歐梵的鼓勵與啟發，也代表了李歐梵的部分思考和立場。

　　縱觀上述三家專論，均屬於某個宏觀主題下的精微闡釋，司崑崙抓住獨特的歷史觀審視李劼人書寫中的「歷史與個人」、「《死水微瀾》與帝國主義」、「《大波》與革命」，陳小眉則從解構「東方主義」的目的出發解讀《同情》等五四時期中國作家的離散故事，而吳國坤又從現代性、國家民族等角度深入闡釋李劼人「大河小說」的地緣詩學，立論雖異，個中觀點卻也不乏同調，如吳國坤所說的「側影」敘事策略與司崑崙所認為的李劼人獨特的歷史觀頗為相似，他們在論述中均援引小說細節進行文本細讀，闡述精微，發掘深刻，頗具說服力，代表了海外英語世界李劼人研究的學術水平。

三、「以詩證史」：作為社會史料文獻的百科全書

　　除了文學方面的學術專論，李劼人的作品更多地作為社會文獻史料出現在一些研究晚清歷史、社會文化、民族政治的專著中。「大河」三部曲早就被郭沫若稱為「小說的近代史」、「小說的『近代華陽國志』」〔註31〕，史詩追求已成為學界的共識；李劼人又是民俗史家，他的作品是「民俗的百科全書」

〔註29〕此為筆者對他博士論文結語的概述。
〔註30〕《招傳統文化之精魂，需創造性和想像》（《成都日報》2011 年 10 月 10 日）。
〔註31〕郭沫若，《中國左拉之待望》（《中國文藝》，1937 年第 2 期）。

〔註32〕，巴金說「過去的成都活在他的筆下」〔註33〕，他對晚清成都社會萬象的精細描摹，對諸多歷史細節的忠誠，對川西平原民俗風情的生動展現使得他的作品不僅具有獨特的文學審美風格，還是當時社會的百科全書，具有重要的文獻史料價值。近年來國外研究中國晚清社會歷史的著作湧現，成都在此時段的城市、社會、民族等問題都得到關注，李劼人的小說無疑成為重要參考的社會文獻。如司崑崙的《成都文明，中國現代城市的形成，1895～1937》（2000，以下簡稱《成都文明》）〔註34〕，王笛（Di Wang）的《街頭文化：成都公共空間、下層民眾與地方政治，1870～1930》（2003，以下簡稱《街頭文化》）和《茶館：成都的公共生活和微觀世界 1900～1950》（2008，以下簡稱《茶館》）〔註35〕，路康樂的《滿與漢：清末民初的族群關係與政治權力（1861～1928）》（2000，以下簡稱《滿與漢》）〔註36〕，戴英聰的《四川邊境與西藏：清初的帝國戰略》（2009，以下簡稱《四川邊境與西藏》）〔註37〕等，多處徵引李劼人作品，以近乎信史的眼光看待小說，可稱「以詩證史」。

在李劼人研究中，這種「以詩證史」的方式依然是司崑崙開風氣之先，他的歷史著作《成都文明》勾勒了成都在早期現代化進程中的獨特歷史發展軌跡，講述成都的歷史沿革、地理環境、城牆街道、風俗民情，特別是清末民初以周善培、楊森等為代表的城市新政改革，該書的扉頁有題詞：「獻給姜夢弼，紀念李劼人」，可見李劼人對於此書的重要性。書中以李劼人的小說來

〔註32〕 陳玉琳，《語言的瑰麗寶庫 民俗的百科全書》，收入成都市文聯編研室編，《李劼人作品的思想和藝術》（北京：中國文聯出版公司，1989年）。

〔註33〕 《巴金至李眉信》（《郭沫若學刊》，2011年第4期）。

〔註34〕 Kristin Stapleton, *Civilizing Chengdu, Chinese Urban Reform, 1895~1937*, Harvard University Asia Center, 2000。未見中譯本，此書名為筆者譯。

〔註35〕 Di Wang, *Street Culture in Chengdu: Public Space, Urban Commoners, and Local Politics, 1870~1930*, Stanford University Press, 2003。李德英／謝繼華／鄧麗譯，《街頭文化：成都公共空間、下層民眾與地方政治，1870～1930》（北京：中國人民大學出版社，2006年）；Di Wang, *The Teahouse: Small Business, Everyday Culture, and Public Politics in Chengdu, 1900~1950*, Stanford University Press, 2008。王笛著譯，《茶館：成都的公共生活和微觀世界 1900～1950》（北京：社會科學文獻出版社，2010年）。

〔註36〕 Edward J. M. Rhoads, *Manchus and Han: Ethnic Relations and Political Power in Late Qing and Early Republican China, 1861~1928*, University of Washington Press, 2000。王琴／劉潤堂譯，李恭忠審校，《滿與漢：清末民初的族群關係與政治權力（1861～1928）》（北京：中國人民大學出版社，2010年）。

〔註37〕 Yingcong Dai, *The Sichuan Frontier and Tibet: Imperial Strategy in the Early Qing*，University of Washington Press, 2009。未見中譯本，此書名為筆者譯。

論證晚清的社會歷史，多達十餘處提及李著〔註 38〕，涉及李劼人對成都人文地理環境的描寫，大運動會上警察與學生的衝突，周善培辦警察署對茶館文化的影響，保路運動中成都罷市期間的日常生活，各街坊塑立光緒牌位進行抵抗，軍閥混戰時期的社會黑暗，四川哥老會組織，以及創辦少年中國學會成都分會、辦報、辦實業、拒絕加入楊森政府等等事件經歷〔註 39〕，參考的作品有《死水微瀾》、《暴風雨前》、《大波》、《戰地在屋頂山》、《好人家》等，例如，在介紹成都的「警察和街正」時寫到：「儘管不能說街正怎樣履行了他們的職責，扮演他們作為警察眼線、調解者、公眾申訴者甚至稅款收集人等角色，李劼人在《大波》中為我們虛構了這樣一個人物形象，《大波》是他的長篇小說，寫的是辛亥革命之前他青少年時代的成都。他寫的街正沒有特別的社會地位，但脾氣好、受尊重，他是鄰居的期望，人們時常友好地圍著他擺龍門陣，僅想知道這個城市正在發生的事。……通過他，可以窺見到除官場和科技之外的整個國家的所有情狀」〔註 40〕。李劼人的作品為司崑崙的成都文明史提供了參考，即便是傅隆盛這樣的虛構人物也能說明當時的社會情形。

　　出生於成都的旅美學者、得克薩斯 A＆M 大學歷史系王笛教授的兩部著作《街頭文化》和《茶館》也多次提及或引用李劼人《暴風雨前》、《大波》及短篇小說集《好人家》。其中，《街頭文化》共有 15 處〔註41〕，內容涉及李劼人所寫的公共空間茶館、街民苦力挑水夫、街頭婦女與娛樂、滿漢間的族群衝突與社會排斥，周善培辦警察、四川保路同志會、街頭搭建先皇臺、成都慘案等，原文引用的有兩處，即市民「吃講茶」和市民自衛街頭守夜的情景〔註 42〕，其他都屬間接引用。《茶館》引用《暴風雨前》、《大波》多達 20

〔註38〕具體頁碼為 34、95、98～99、100、110、174、191～192、193、200、201、237、238。

〔註39〕周錫瑞編的論文集《重建中國城市：現代性與國家認同，1900～1950》中收錄了司崑崙的論文《楊森在成都：內地城市規劃》(Yang Sen in Chengdu: Urban Planning in the Interior)，其中也提到李劼人、孫紹荊等創立的少年中國學會成都分支，李劼人拒絕參與楊森政府等。Joseph W. Esherick, Remaking the Chinese City: Modernity and National Identity, 1900~1950, 2002, P99~100; p235。

〔註40〕第 98～99 頁，筆者譯。

〔註41〕中譯本提及李劼人的具體頁碼為：59、109、128、134、139、141、223、228、251、310、315～317、330～331。

〔註42〕第 141、330 頁。

處〔註 43〕，涉及茶鋪布局、茶水來源、坐茶館、喊茶錢、吃講茶，茶館裏的階級分野、秘密政治、性別歧視、經營管理，以及市民對茶館的依靠、手藝高超的補碗匠等，且多為直接引用、抄錄（共 16 處），如在第四章《群體──階級與性別》中引了《暴風雨前》中的一段作為題記，並說：「作為一個本土作家，李劼人十分瞭解成都，發現茶館不僅是一個放鬆和娛樂之地，而且具有市場、聚會、客廳等多功能的公共場所」〔註 44〕。

　　與純粹的文獻引用不同，王笛在徵引的同時還對李劼人的小說特色、寫作立場和心態作了精彩點評。例如，《街頭文化》寫到成都街民「吃講茶」時，王笛說：「李劼人以諷刺的語調描述了成都茶館講理的情景」，並認為他是以一種「嘲弄」的心態在寫如果茶館發生打鬥茶鋪便可發橫財，茶館老闆因此歡迎人們前來「講理」以賺茶錢，「李劼人對茶館歡迎『吃講茶』的理由未免太牽強，作為一個新知識分子，他對這個活動顯然是持批判態度的」〔註 45〕，在《茶館》中又說：「從 20 世紀初開始，當現代化的精英在描述這個活動時，在西方和官方話語的影響下，多持諷刺或批評的口吻」〔註 46〕；再如，寫到由於茶具較貴，下等茶館儘量延長使用期限，「按照李劼人帶有譏諷的描述，茶碗『一百個之中，或許有十個是完整的，其餘都是千巴萬補的碎磁』」〔註 47〕。王笛認為李劼人對「吃講茶」以及「千巴萬補」的茶碗的描寫帶有一種諷刺、批評的態度，並冠以「新知識分子」「現代文化精英」「西方和官方話語」之名。不過筆者認為這種看法有待商榷，李劼人誠然是「新知識分子」和「現代文化精英」，也受到了「西方和官方話語」的影響，但他的本色還是在於鄉土風味、市井氣息，悉知成都市民的衣食住行，他自己也是其中的一位，他更多是以一種欣賞、津津樂道的心態在寫這些日常生活場境，至多也是客觀再現社會情狀，並沒有一種自命清高的俯視、批評、諷刺、鄙薄大眾文化的精英姿態。當然，在同情、憐愛中有著批判的成分，這是當時許多鄉土作家比較共通的思想特點。

〔註 43〕中譯本提及李劼人的具體頁碼為：11、17、36～37、40～41、55、63～65、76、77、83～84、88、93、156、171、176～177、182、214～216、228、341、387～390。

〔註 44〕第 156 頁。

〔註 45〕第 141～142 頁。

〔註 46〕第 341 頁。

〔註 47〕《茶館》，第 88 頁。

其他如美國德克薩斯大學歷史系路康樂教授在《滿與漢》的第一章《隔離與不平等》中介紹晚清時期的滿漢隔離狀態，包括行政體制、職業、居住地、社會生活等方面，寫到滿漢因居住地而隔離的情況，成都的滿城也在李劼人筆下，認為「《死水微瀾》中有很生動的描述」，並原文引用一段李劼人對少城的描寫〔註48〕；美國新澤西州威廉帕特森大學歷史系戴英聰教授在《四川邊境與西藏》的「尾聲」裏說到成都在晚清時期的城市發展狀況，包括城市街道、布局、人口等，認為李劼人「生動描寫了世紀之交成都旗人的隔絕過時的生活」，說到晚清成都的軍事精英衰落而士紳階層崛起的狀況，又在注釋裏說：「李劼人的三部曲（《死水微瀾》、《暴風雨前》、《大波》又一次成了很好的注腳」〔註49〕，並簡述了李劼人所寫的外省移民官員後裔定居成都的原因和生活狀態。

在這些頗有份量的論著中如此頻頻地徵引李劼人作為他們論述的注腳，充分說明李劼人作品的豐富性，不僅具有文學美學價值，而且是社會文獻史料的百科全書，能補史家之闕，與方志有同行效力。王笛就說：「雖然《暴風雨前》和《大波》是歷史小說，但是根據親身經歷，李劼人對成都的面貌、地名、社會習俗、主要事件、歷史人物等的描寫，都是以事實為依據的。……正是這種『記事本末』或『記事文』的風格，對於社會和文化歷史學者來說，則成為瞭解已經消失的成都日常生活的一些細節的有用記錄」，但他也看到了以小說證明歷史的危險性，須持謹慎態度，「以小說作為史料時，必須區別歷史記錄與作家創作之間的不同」〔註50〕。但總的來說，這種「以詩證史」的方法拓展了李劼人研究的空間，充分利用了李劼人作品的資源，使之走向跨學科領域，得出豐富成果。

四、遴選入史：從「手冊」、「辭典」到「文學史」

由於政治意識形態、一元文學史觀等各種複雜原因，文學大家李劼人近幾十年來備受冷落，在中國現代文學史上長期處於缺席與邊緣狀態，被各種

〔註48〕路康樂著，王琴、劉潤堂譯，李恭忠審校，《滿與漢：清末民初的族群關係與政治權力（1861～1928）》（北京：中國人民大學出版社，2010年），第36～37頁。
〔註49〕Yingcong Dai, *The Sichuan Frontier and Tibet: Imperial Strategy in the Early Qing*, University of Washington Press, 2009, p230~231; P301。此為筆者譯。
〔註50〕《茶館》，第40～41頁。

權威史著刻意遺忘〔註 51〕，而他在英語世界的入史問題又因漢學家的資料匱乏、語言障礙、個人喜好等因素而成為憾事。如夏志清（C. T. Hsia）那本被譽為「中國現代小說批評的拓荒巨著」的《中國現代小說史》〔註 52〕依然遺漏了李劼人，時隔四十多年，他在接受大陸學者訪談時專門說到自己的疏漏：「最大的遺憾就是有幾個優秀的作家沒有講，比如李劼人，比如蕭紅，都沒有好好講」〔註 53〕。幾年後夏志清又在記者的採訪中說：「除了蕭紅，我在書裏李劼人也沒有講，這也很遺憾」〔註 54〕。可見沒有將李劼人寫進文學史成了半個世紀來的遺憾。所幸的是，在夏志清之後，李劼人在英語世界的史記中並非杳無蹤跡，而是從二十世紀八十年代的文學「手冊」走進了新世紀的文學「辭典」和「文學史」。

最早在史冊中寫進李劼人的應該是瑞典著名漢學家、歐洲漢學會主席、諾貝爾獎終身評委馬悅然（Nils Göran David Malmqvist）主持編寫的《中國文學手冊：1900～1949》（1988）〔註 55〕。其中的「中長篇小說卷」收錄了李劼人，對其生平、《死水微瀾》、《大波》等都有介紹，採錄的是華人戲劇家、小說家馬森（Ma Sen）的評論，篇幅雖不長，但涉及作品的語言、人物、中外文學影響關係、創作優長得失等。馬森認為：《死水微瀾》用方言增加了人物的可信度和生命力，作者處理兩性情感關係的能力十分顯著，較少關注理想，而著力對周邊環境的觀察，比同時代的許多作家更能駕馭中國語言，更具有中國傳統小說底蘊，沒使用當時流行的歐化語言，有意識地發掘現實細節，寫作方法與法國現實主義、自然主義作家類似，這部小說證明了李劼人恰當運用中西文學傳統的嫻熟技巧，並贊同曹聚仁「其成就還在茅盾、巴金之上」

〔註 51〕 如王瑤《新文學史稿》、劉綬松《中國新文學史初稿》、丁易《中國現代文學史略》、林誌浩《中國現代文學史》等都「遺忘」了李劼人及其「大河小說」，直到唐弢《中國現代文學史》才在「其他作家作品」一節中，用短短 600 餘字介紹了李劼人、《死水微瀾》和《大波》。

〔註 52〕 C. T. Hsia, *A History of Modern Chinese Fiction*, Yale University Press, 1961.

〔註 53〕 季進，《對優美作品的發現與批評，永遠是我的首要工作——夏志清先生訪談錄》（《當代作家評論》，2005 年第 4 期）。

〔註 54〕 石劍峰，《夏志清散談現代文學》（《東方早報》2011 年 10 月 23 日 B02 版）。

〔註 55〕 Nils Göran David Malmqvist: *Selective Guide to Chinese Literature 1900~1949*, E. J. Brill, 1988。這套手冊共四卷，第一卷為中、長篇小說，第二卷為短篇小說，第三卷為詩歌，第四卷為戲劇，旨在促進對中國文學的研究，為讀者提供所選作品的基本信息，包括作家簡介、作品收藏與版本情況、內容梗概、賞析評論和參考書目，其內容基於來自各國漢學家的獨立研究。

的看法；《大波》則是一部文獻史料性的小說，遠離標準評判與哲學闡釋，可信度能被同時代的其他文獻證明，作者努力忠於歷史事件，儘量保持客觀態度，既是歷史小說又是自然主義小說，寫出了黃太太這一異於中國古典小說的女性形象，「可能是中國文學中首次用一種同情而非自以為是的道德標準去描寫放蕩的婦女」，但它並非完美的偉作，「太拘泥於歷史事件，無暇顧及人物個性的發展變化和深層心理分析，無論主角的社會身份多麼真實，他們都是破碎的、不完整的，且缺乏主動性，只能對外部事件做出反應。如果小說的人物重於事件，人物的成長變化可與情節一樣引人入勝，但李劼人並沒取得二者的平衡，犧牲人物屈就史事」〔註56〕。

「短篇小說」卷又收入李劼人的短篇小說集《好人家》，還是馬森的賞評：《好人家》的有趣之處主要在於它那種少有的沿著晚清小說發展線索的敘述風格，有著劉鶚《老殘遊記》、曾樸《孽海花》等晚清白話小說的痕跡，有別於魯迅《狂人日記》等中國現代小說在西方強勢影響下的文學形式、技巧、主題和語言，如此風格就像張恨水，在那些崇尚西方文化的讀者眼中顯得過時；該集裏的故事多數構思殘缺粗淺，很多都是敘述者在講述而沒有任何人物對話及行為的描寫，作者似乎沒有明確意識到是在寫短篇小說還是長篇小說的片段，其中只有兩篇《兵大伯陳振武的月譜》《對門》相對完整，或許社會價值高於文學價值，「我雖不能說李劼人有任何預言的洞察力，但作為一個敏感的作家、一個敏銳的觀察者，他毫無疑問抓住了中國社會歷史潮流的某些本質」〔註57〕。馬森的這些觀點應該說是很中肯的。

在此，馬悅然雖沒直接評價李劼人，但作為主編，他的態度立場已體現在對作品的編選過程中，本套手冊對入選作品要求很嚴格，需是中國現代文學中的經典，在文學史上具有一定的代表性，既要滿足研究專家的需要，又要適合中國文學、比較文學以及現代中國思想史等專業的學生，李劼人作品的入選，本身就是對其成就的肯定。更何況馬悅然曾多次公開稱讚李劼人，將其與魯迅、沈從文相提並論，「足可登上世界文壇」，三部曲「刻意使用寫實主義的手法，對女性角色回憶片斷的呈現充滿同情，這和莫泊桑的風格十分類似」，與魯迅《吶喊》、聞一多《死水》、沈從文《邊城》《長河》、巴金《寒夜》等「質量已達世界文學頂尖水平的作品」，「堅定地泊靠著當時的社會環

〔註56〕volume1, The Novel, p116~120，此為筆者對馬森評論大意的意譯。
〔註57〕volume2, The Short Story, p99~101，此為筆者對馬森評論大意的意譯。

境，從而帶出了他們的中國特色」〔註58〕。

美國巴德學院的英麗華（Li-hua Ying）教授編寫的《中國現代文學歷史辭典》（2010）也收入了李劼人，對其生平、早期白話小說寫作、報人生涯等作了概述，不但借用了「中國的左拉」、「東方的福樓拜」等通用評語，而且還說：「與他的同伴、四川作家沙汀一樣，廣泛使用本土方言，獲得了成都編年史家的聲譽」，並對「大河三部曲」作了介紹和評價：「由於宏大的規模、複雜的藝術性、成功地刻畫人物，以及創造性地使用富於地方色彩的語言，《死水微瀾》可以說是最好的中國現代小說」，「李劼人在描寫豐富社會生活的同時努力穿插歷史事件，因他意識到歷史變革與人們活動、國家大事與私人生活之間的緊密聯繫，儘管深諳西方文學，但他並沒有如魯迅等同時代作品中的歐化傾向，他的作品與歐洲小說之間的各樣類似都在合理層面，他的人物都是典型的中國人。他的小說是中西傳統的完美結合，形成了一種整體的、獨特的藝術風格。」〔註59〕這與馬森的看法很相似。

更令人欣慰的是，新近出版的《劍橋中國文學史》（2010）沒再遺忘李劼人。該書由耶魯大學孫康宜（Kang-i Sun Chang）教授與哈佛大學斯蒂芬·歐文（Stephen Owen）教授共同主編，撰寫者均為來自美英的專家學者，旨在讓英語國家的普通讀者瞭解中國文學及其發展歷史。本書下冊的第六章「中國文學1841～1937」由王德威（David Der-Wei Wang）執筆，他在論述五四鄉土作家時對李劼人作了簡介，認為他「通過描寫家鄉四川成都這一城市空間中正在發生變化的道德行為，引入了一種不同的本土想像模式」，「三部曲編年史般記載了清末民初的社會政治動盪，從官僚腐敗到幫會暴動，從憲法改革到共和革命，而令人尤為深刻的是對成都日常生活精細而感性的描寫。李劼人將感官素材與獨特的地方色彩相融合，試圖使他的三部曲成為成都古城的小說民族志。」〔註60〕與前兩本著作不同的是，王德威還寫到了李劼人的翻

〔註58〕向陽，《文學、翻譯和臺灣——詩人向陽VS瑞典學院院士馬悅然》（原載臺灣《自由時報》副刊1998年10月9～10日），收入向陽，《浮世星空新故鄉——臺灣文學傳播議題析論》（臺北：三民出版社，2004年），第109～123頁；馬悅然，《答〈南方週末〉記者問》（《當代作家評論》2004年第5期）。

〔註59〕Li-hua Ying, *Historical Dictionary of Modern Chinese Literature*, Scarecrow Press, 2010, p98~100，筆者譯。

〔註60〕Kang-i Sun Chang / Stephen Owen: *The Cambridge History of Chinese Literature volume II*, Cambridge University Press, 2010, P511，筆者譯。該書的中譯本大概近年可以出版，目前正在翻譯中。

譯成就，稱他「以《馬丹波娃利》等出色的翻譯小說而聞名」，當介紹到五四時期的翻譯文學時，在瞿秋白、鄭振鐸、耿濟之、馮至、傅雷等人之後，又寫到：「然而，福樓拜的忠實引介者當屬李劼人，他在 1925 年翻譯的《馬丹波娃利》依然是從歐洲文學翻譯到中國來的最有影響力的作品之一。」〔註61〕由於本書重在介紹經典作家作品，評論闡釋較少，僅用精簡的話概括出一個作家的特色，屬於普及知識性的文學史，每位作家所佔的篇幅都有限，像魯迅、郭沫若、沈從文等重要作家也是如此，所以關於李劼人也只有短短幾百字，但意義更重在收錄。這應當是英語世界第一次以「文學史」的名義寫入李劼人，而王德威又是夏志清最欣賞的後輩、最得意的接班人，這次李劼人的入史可能在一定程度上彌補了夏志清的遺憾，具有里程碑意義。

在這些史冊中寫入李劼人具有重要意義，雖然學術研究具有獨立性，但海外漢學一度是國內學界的風向標，如上個世紀八十年代以來錢鍾書、沈從文、張愛玲等曾經被忽略和屏蔽的作家得以重新發現，相關研究在國內迅速升溫而成為顯學，就與夏志清在《中國現代小說史》中的品評緊密關切，頗有「一經品題，便作佳士」（李白《與韓荊州書》）的味道，如果當年夏志清沒有遺漏李劼人，李劼人在國內學界的地位可能早已上升到與之文學成就相匹配的程度。如今這些文學史冊的「補遺」，「矯枉」，是一個良好的開端。

五、得失鏡鑒：在「他者」與「自我」的互動中前行

從上述譯介、專論、徵引、入史等四類文獻的梳理和分析可以看出，近三十年來李劼人在英語世界的傳播、接受與研究已取得了初步成就，他作品的價值正在引起諸多海外漢學家的關注與認同。他們談論的重點在於三個方面：一是濃鬱的地方色彩，從《中國文學》推介性的評語開始，這一標籤就成了專著、史冊、言論中介紹、解讀、評論李劼人的關鍵詞，如馬森「用方言增加了人物的可信度和生命力」、馬悅然「帶出了他們的中國特色」、英麗華「創造性地使用富於地方色彩的語言」、王德威「將感官素材與獨特的地方色彩相融合」、吳國坤「地緣詩學」等；二是獨特的歷史觀，李劼人的三部曲屬於歷史小說，而他的歷史敘事策略與主流寫作方式迥異，這一點在游離於中國意識形態之外的漢學家那裡十分顯眼，將其作為李劼人小說最為獨到之

〔註61〕第 511、542 頁，筆者譯。

處，對之作了詳細、深入的論述，如司崑崙認為李劼人的歷史觀介於「偉人創造歷史」與「社會歷史發展不以個人意志為轉移」兩個極端之間，他的方法正是歷史學家應當採用的方法，吳國坤則認為李劼人將歷史敘事空間化、側影化形成了獨有的風格，是對主流歷史敘事的顛覆；三是作為社會史料文獻，在相關城市、歷史、社會、種族的論著進行徵引，如司崑崙、王笛、路康樂、戴英聰等，李劼人筆下的成都地理環境、保路運動、茶館文化、少城公園等都是他們多次引用的段落。毋庸置疑，這些都是李劼人的重要特色和獨特風格，海外漢學家們在為數不多的著述中切中肯綮，把握了一個作家的靈魂。

　　當然，李劼人研究的這幾個方面並非海外漢學家的新發現，國內的論著早已有所涉及，但由於海外學者的世界背景，特殊身份，主要是身處歐美或為華裔學者，所具有主流話語意義，以及上述跨學科的學術背景，學術思想與方法，皆有領軍意義與動向性，故而成就特別引人矚目。文本解讀的精細化、科學化是海外學者比較共通的學術風格。李劼人「大河小說」的地域性在國內學界就是一個常論常新的話題，如以「巴蜀文化」、「川西風情」、「川味文學」、「川味敘事」等為關鍵詞的研究頗多，也很有深度〔註 62〕，但這些說法總體上沒有走出「巴蜀」苑囿，屬於「自我評價」體系。而海外學者吳國坤卻另闢蹊徑，用「地緣詩學」將李劼人凝聚了成都這一地方的地理環境、歷史風貌、日常生活、民俗風情、社會事件等質素的「地方色彩」提升到了更為理性的層面，賦予了世界詩學的意義，將其置於二十世紀中國國家建構、民族想像、現代性追求等宏大主題中去考察，將地方色彩與國族問題相聯繫，這就在更為廣闊的視域裏展示與豐富了李劼人對「地方」書寫的意義。再如，李劼人從前在國內文壇長期被埋沒，自「郭沫若之問」〔註 63〕始，

〔註 62〕 這方面的主要論著有鄧經武，《論李劼人創作的巴蜀文化因子》（《四川師範大學學報》（社會科學版），1994 年第 4 期）、秦弓，《李劼人歷史小說與川味敘事的獨創性》（《西南師範大學學報》（人文社會科學版），2002 年第 1 期）、李怡，《現代四川文學的巴蜀文化闡釋》（長沙：湖南教育出版社，1997 年）、張建鋒，《川味的凸現‧現代巴蜀的文學風景》（北京：中國戲劇出版社，2007 年）等。

〔註 63〕 郭沫若在《中國左拉之待望》一文中說：「然而，事情卻有點奇怪。中國的文壇上，喊著寫實主義，喊著大眾文學，喊著大眾語運動，喊著偉大的作品已經有好幾年，像李劼人這樣寫實的大眾文學家，用著大眾語寫著相當偉大的作品的作家，卻好像很受著一般的冷落。」（原載《中國文藝》，1937 年第 2 期）。

如何解釋李劼人受冷遇的現象、怎樣評價定位李劼人的文學成就，就成了困擾學術界的「李劼人難題」，對其原因眾說紛紜，如他為人作風屬於離群索居無黨無派，歷史題材與時代環境錯位，傳播範圍限於閉塞的西南邊緣而遠離北京上海等文學中心，與「啟蒙」、「革命」相左的市民文化精神等〔註 64〕，都不無道理；吳國坤則認為李劼人作品本身所包含的諸多爭議、相互齟齬的複調聲音引發了閱讀和闡釋上的難題，其歷史文獻、自然主義寫作方式違背當時的文學欣賞習慣，描寫歷史事件的婉轉方式偏離意識形態，與共產主義戰爭小說審美有所不符合，吳國坤以華裔學者的身份站在「他者」的角度看待一個獨立於當時文學主流之外的作家，直白地表達出李劼人接受困境的原因，而無需國內學者因李劼人「思想上說不清楚」遮遮掩掩避而不談，這就更能一針見血，洞見問題的實質。又如，李劼人作品的社會、民俗價值也是國內學者有目共睹的，對他筆下的美食、茶館、禮儀習俗等都有散篇論述〔註 65〕，但基本上都停留在文學領域，而司崑崙、路康樂、王笛等學者大多數分屬於歷史學、社會學領域，他們把李劼人的文學描寫作為重要的史料文獻採信與論據化，客觀上提升了李劼人小說的經典意義。海外漢學家的治學傳統是精細、科學、深入、專注，往往「窮盡」一生做某一課題，以求在所屬領域有發言權與代表性，這在司崑崙、陳小眉、吳國坤的寫作中就有所充分體現。雖然漢學家的研究主要面向西方學界，以西方的讀者為擬想的傳播、交流、接受對象，但在當今世界更加一體化、學術資源共享互文的動能中，海外成果作為我們本土研究的「他者」參照、優勢互補，無疑都具有重要的意義。

當然，我們在研讀海外成果時，也要看到其中的問題和不足，有些甚至是顯而易見的，正如有學者所說，「他們的關注和認同仍然是一種來自邊緣的聲音和評價，而非文學中心的認可」〔註 66〕，邊緣性是最嚴重、最顯著的現象。溫儒敏曾說：「漢學在國外學術界處於邊緣的位置，並不是主流的學術，

〔註 64〕白浩，《「然而，事情卻有點奇怪」——李劼人小說的市民文化精神與接受之謎》（《當代文壇》，2011 年第 5 期）。

〔註 65〕劉寧，《李劼人筆下的成都茶館》（《李劼人小說的史詩追求》，成都：成都出版社，1992 年）；車輻，《李劼人與食道》（《採訪人生》，北京：中國文聯出版公司，1995 年）。

〔註 66〕向榮，《李劼人被低估的文學大師》（《四川日報》，2011 年 10 月 4 日天府新論·文藝評論）。

而現當代文學研究又是邊緣的邊緣」〔註 67〕，在這「邊緣的邊緣」中，研究得較多的又當數魯迅、郭沫若、張愛玲等，像李劼人這樣的在國內就備受冷落的作家在英語世界也尚未得到更充分的研究，雖然夏志清、馬悅然、李歐梵等著名漢學家早已看到李劼人的獨特價值，但仍像空谷跫音。如對照郭沫若，其作品譯介不僅篇目多而且很多名篇都有不同譯本，博士論文十二部，具有代表性的學術期刊論文二十多篇，並形成了文本研究、比較文學研究、實證性研究、心理分析、意識形態分析等研究範式〔註 68〕。而與郭沫若相提並論的「四川現代文學史上的『雙子星座』」〔註69〕李劼人，相關研究文獻數量卻相去甚遠，博士論文僅有一部，學術期刊論文寥寥無幾，所涉行文多散見於其他主題的論著中，比較單薄。更重要的是，歐美漢學界並沒有形成一支相對穩定的研究李劼人的專家學者隊伍，僅有吳國坤專攻李劼人〔註 70〕，按李歐梵的說法，十年前僅有吳國坤，十年後也尚未出現第二位，司崑崙、陳小眉等都是偶有涉及，可見，李劼人研究在英語世界與在國內學界一樣，直到今天都仍還處於比較邊緣的位置。

　　幸運的是，越來越多的漢學家對李劼人生發了濃厚的興趣，如馬悅然、李歐梵等大家對其評價都很高，德國著名漢學家馮鐵（Raoul David Findeisen）也認為：「中國文學中李劼人是無法迴避的」〔註 71〕。「越是民族的，越是世界的」，在當今中國重寫文學史的浪潮中，過去那種政治高於審美的一元文學史觀已經瓦解，呈現出多元共生的文學評價環境，「中心」漸趨沒落，「邊緣」正在崛起，「外省」的意義日益凸顯，像李劼人這樣極力書寫地方的文學的價值得以重新發現，作為國家、民族、地方獨特風格的代表。加之《李劼人全集》近年業已出版〔註 72〕，過去被視為稀缺資源的舊版大河三部曲都為廣大讀者和學者便利獲得，為李劼人文學的傳播和研究提供了基礎條件。「桃李無

〔註67〕溫儒敏，《文學研究中的「漢學心態」》（《文藝爭鳴》，2007 年第 7 期）。
〔註68〕此係筆者根據楊玉英的論著統計，《英語世界的郭沫若研究》（上海：復旦大學出版社，2011 年）。
〔註69〕付金艷／董華，《郭沫若與李劼人：四川現代文學史上的「雙子星座」》（《青海師範大學學報》（哲學社會科學版），2004 年第 1 期）。
〔註70〕吳國坤的研究成果除上文提到的之外，還有正在準備出版的專著：*Lost Geopoetic Horizon: Li Jieren and the Crisis of Writing the Locality in Revolutionary China*，可譯為《失落的地緣詩學：李劼人地方書寫的危機》。
〔註71〕《華西都市報》，2005 年 3 月 17 日。
〔註72〕共 17 卷 20 冊，由四川文藝出版社 2011 年出版。

言，下自成蹊」，李劼人的文學成就終究不會被遺忘，正在海內外的學界中浮出歷史地表，英語世界中的李劼人研究雖然姍姍來遲，但亦頗有「後來居上」的苗頭與趨勢，其研究前景可以預料與樂觀其成。

按：本文與女弟蔣林欣博士合作。
原載《中外文化與文論》2013 年第 24 輯。

卷五：冰心的世界

第二二章　論冰心文學書寫中的西南地理文化呈現

摘要

　　冰心抗戰時期輾轉西南滇、渝兩地，前後生活居處長達七年之久，其文學書寫呈現出鮮明的地理風貌、人文關係特色，在她一生主要以東南沿海、海外以及北國故都為背景場域的取材創作中，西南時期內陸後方山居生活取材創作可稱比較「另類」，也更見其特立獨行的氣質抱負與堅持不懈的家國情懷，西南地理文化無疑是冰心家園書寫的重要一環與明顯致因。

關鍵詞：冰心、文學書寫、西南、地理文化

　　新文學世界冰心的成就世人皆知，她的題材建樹多在反映我國東南沿海地區、北國故都以及海外遊學境域的生活經歷與景觀文化、社會觀察感受等，她下筆親切、曉暢、從容、和諧、自然，包容人世間愛與智、進步精神的大家風範體例，影響尤其深遠經久，在成名當初即有「冰心體」的社會讚譽與認可，其文學開風氣之先，是新文學中女作家首屈一指的代表。近一百年來，冰心文學並未因時光遠去而褪色、遜色，反而隨著時光的陶冶取捨益見其價值，女性的關愛與母性的聖潔，是她作品中最鮮明的永不凋謝的主題。按現代文學研究者所論「五四」文學中那種「抒情與史詩」〔註1〕、「史詩時代的

〔註1〕詳見普實克：《抒情與史詩》，上海三聯書店，2010 年。關於海外漢學對冰心文學的詳細探究，請參見拙作：《歐美漢學界的冰心文學研究述略》，載《現代中國文化與文學》第 18 輯，巴蜀書社，2016 年，第 248 頁。

抒情聲音」〔註2〕特質風貌,在冰心文學中即頗能形象體現。她西南時期的寫作,增進與強化了「史詩」的內容質地。

徙居內陸大西南地區主要是雲南、川渝兩地(1938～1945),這時的文學書寫,是冰心一生創作的重要節點,雖然在她創作生涯中篇目數量不是最多的時期,但處境特別,事關全局,可說取材宏大、醞釀經久、作風沉雄、含英咀華,尤能反映遷居異地他鄉的新奇審美與地方文化接收傳播效應以及世界聯繫等內容,這時期的創作自成特色。歷史上進入巴蜀並旅居邊疆的作家也不算少,尤其是在戰爭年代,像眾所周知唐「安史之亂」以及唐五代割據時期,但女性文學家來川並留下作品比較罕見。新文學創作中像冰心這樣的著名女作家,輾轉遷居滇渝等地長逾七年,這於西南內地邊疆文化來說,不啻一件大事。她身經世變,筆下對西南邊地文化的觀察汲取與反映,也從「他者」的視野,結合親身經歷體驗,構織了西南地理文化與文學書寫的特殊魅力,也為地方文化增添了新的元素與符號,如其舊居包括周遭風光名勝以及作品中所涉及內容、細節描寫等,直至今天,仍然是地方旅遊文化景觀與名勝風物風味所在,令人遐思。文學的所指與能指的效應空間,在相當長的時期,預料仍將持續體現。這是冰心文學的魅力,也是新文學的強大,是地理文化所折射出來的互文、豐富效應。正如唐代的杜甫描寫成都,宋代的蘇軾描寫嶺南,明代的楊慎描寫雲南一樣,異域的新奇陌生感,反而構建了當時與所在的精準、敏感、新奇、豐富寓意,往往形成作家身份文本(既有的知名度)與文學文本(新的創作)的共鳴絕唱,對地方文化來說是精彩注入、補充與提升。而地理文化也激發了文學家創作的熱情,帶給更多的昭示與聯想。《文心雕龍》所謂:「精理為文,秀氣成彩。鑒懸日月,辭富山海。」亦可理解為山川地理人文風貌特色,對文學家的特別滋養,而文學的表現,亦無疑提升了地方文化的知名度,甚至使之賦予不朽。這在名山大川勝景、方志文化典物中,事例不勝枚舉。

冰心抗戰時期旅居滇、渝兩地的創作,超越了早期比較抽象的愛的教義式的抒寫,也超越了相對狹小意義的「問題小說」範疇,她對大西南形勝風貌、社會抗戰主流精神以及大後方人文堅守信念等「寫生」,往往舉重若輕,宏大中有細微,沉雄中見婉約,構織堅貞品格,這於冰心文學創作生涯乃至整個現代文學史述中,意義都不可小覷。這時期冰心別具一格、特色顯著、

〔註 2〕見載《現代中國文化與文學》第 17 輯,巴蜀書社,2015 年,第 1 頁。

行文洗練堅實的名篇佳什，不分體裁，都體現與貫注著強烈的時代精神，突出表現作者光明磊落的情懷個性，以及艱苦準備乃至犧牲的鬥志，從而寄寓抗戰必勝的樂觀情操。體裁多小品文、速寫、書信體散文以及演講稿等，於今誦讀，仍覺壯志如山，風光如繪，人情踴躍，無不形於眼前。以下試分析闡述——

一、山川形勝、地緣文化

我國西南地區主要以雲、貴、川三省（含已單列的重慶直轄市）交集組成，這些區域在歷史上都不曾是國家行政首都或文化中心區域（抗戰時期「陪都」重慶例外）。歷史上雲、貴、川大體為內陸西南邊疆多民族雜居地區，行政管轄權歸屬中央政府，有過分封與土司建制，也有過封建割據分裂時代。西南總體距離北方古都、中原以及江南（長江三角洲）名都盛會都比較遙遠，相去有距，交通路況堪稱天塹險要逼仄，故向有「蜀道之難難於上青天」的傳誦。從漢代司馬相如的「使西南夷」到當代的「三線建設」以至近年的開發西部地區、建設大西南，這片廣袤雄奇、源遠流長的山川土地，都有邊遠、邊疆、邊土、「邊緣化」的現實語義與獨特的地緣文化特色。詩聖杜甫當年來川中做詩有感歎：「我行山川異，忽在天一方。但逢新人民，未卜見故鄉。」（《成都府》）即可說明身處異域、風貌迥異於「劍外」的感受。歷代文人在西南地區的「羈旅」行述與作品，都見諸史料典章。西南考古學，也有別於通常意義的華夏考古。從地理關係來說，這是一個非中心也非聚焦點的人居散置場域。冰心於抗戰初興遷徙並置留於西南滇、渝兩地，在昆明二年（1938 夏～1940.8.4），四川重慶五年（1940.8～1945.9，其間有到訪成都等地演講參訪一類的短期逗留）〔註3〕。像這樣長時間的「入川」「深入生活」，差不多可與歷史上的杜甫、黃庭堅、陸游等省外來「劍南」寄居、久住的文豪「媲美」。冰心當時將自己雲南呈貢山居住處題名「默廬」，將重慶山居題為「潛廬」，顧名思義，顯然都有持久、沉默、堅持的打算與寓意。如她自己行文解釋：「四川歌樂山的潛廬和雲南三台山的默廬一樣，都是主人靜伏的意思。」（《力構小窗隨筆》）〔註4〕結合當時全民抗戰、大西南堅持支持、無私

〔註3〕具體時間參見李波主編、康清蓮等編著：《山路上的繁星——冰心在重慶·年譜》，重慶大學出版社，2010 年，第 128～130 頁。
〔註4〕卓如編：《冰心全集》第 3 集，海峽文藝出版社，1994 年，第 320 頁。按：以下冰心作品引文皆引自該集，恕不一一贅注。

奉獻、英勇犧牲的民族精神意志而言，冰心的心景情懷正相契合，與山川風貌、人文特色頗能構成呼應對照的文學關係。

地理文化空間的改變與身臨其境，給冰心文學感官煥然一新的觸動，這一比較陌生化的際遇，令其書寫表現自來習慣東南沿海與北方古都景致審美的筆調風格，豁然有所變化與轉向，有如迎面懷抱曠野高原的駘蕩春風與雄奇山水，清新雄壯的一頁令其創作空間不免拓展刷新，加之諸多抗戰時代主流精神見聞、社會活動親身參與，其寫作營養靈感不期而至，往往來得真切自然，不吐不快。這有如西方人文地理學者所論：「我們必須考慮歷史脈絡下，文學生產的特殊關係。這讓我們能夠詮釋特定時期裏，具有獨特歷史牽連的有關某地的『感覺結構』（structures of feeling）……家園感覺的創作，是文本中深刻的地理建構。」〔註5〕

冰心關於雲南呈貢與重慶歌樂山的取材寫作，即多著重「家園感覺」，「家國感覺」，體現的正是「文本中深刻的地理建構」。滇、渝風光與心景恰好構織出鮮明的「感覺結構」。遷徙艱困的物質生活，較多的社會活動，冰心這時期分身較多，數量不算太多的作品，卻充盈著蓬勃的生機活力與昂揚的鬥志以及清新自然的藝術表現，形成西南生活時期特有的風貌，如反映當時生活的《小橘燈》等作品至今仍膾炙人口，給人山道彎彎石階逶迤以及黃葛樹、橘子、西南土語等類似「巴國布衣」等種種細節印象，這毫無疑問都是地理意識建構中直接的取材，昇華為文學作品的意境。與其以前膾炙人口的海濱印象抒懷與京師人文創作相比，冰心西南書寫別開生面，更多躬親實踐的內容。這令人聯想到我國詩歌中的邊塞詩，在曠野蒼勁、苦寒沉雄中透射出特有的清新、自然、奔放氣息。這時期冰心的創作正有如新文學中的「邊塞詩」。而較以前的創作則顯得更加「單純、明白」。有著名學者探討冰心文學價值，極為肯定其「清新、單純」的美，認為：「在冰心的單純裏，恰恰關聯著埋藏在人類心靈深處的最重要、最不可缺少的東西。在這個非常限定的意義上，她也是深刻的。」「中國人的心靈裏，包括整個民族心靈每個個體的心靈裏，經過數十年各種鬥爭的洗禮，現在缺乏的正是冰心的這種單純。……魯迅和冰心對人生都有一種真誠的關切，只是關切的形態不同。」〔註6〕我們認為，

〔註5〕（美）麥克‧克讓：《文化地理學》，王志弘等譯，臺北：巨流圖書股份有限公司，2008年，第61～63頁。

〔註6〕劉再復：《李澤厚美學概論》，北京：生活‧讀書‧新知三聯書店，2009年，第170頁。

在冰心滇、渝時期的創作中，單純中更加突出堅貞的品格質地以及民族風義，這與作家人到中年經歷憂患心繫國家責任緊密相關，也與其寫作磨礪作風日臻精進成熟與大器吻合。「共克時艱」、「堅持勝利」是當時抗戰文學的鮮明主題，也是冰心在這一「黃河大合唱」中自己的聲部。雖然她寫作未必一味悲壯或程式化，卻是往往表現得更加有個性、率真與一些脫俗的風趣，都是當時愛國者、文化人信心、堅持與樂觀必勝信念的自然支撐體現。

流離跋涉遷徙生活無疑艱苦危險，有時甚至命懸一線，驚心動魄（如遭敵機轟炸襲擊），但雲南高原與山城峰巒迭起的「異域」風光，都給了冰心身心方面的安慰與美的滋養。她下筆有情味、有神奇，頗多遠近寫生工筆細描與特色渲染，從中得出結論，如《默廬試筆》一文中：「呈貢山居的環境，實在比我北平西郊的住處，還靜，還美。……回溯生平郊外的住宅，無論是長居短居，恐怕是默廬最愜心意。……沒有一處趕得上默廬。我已經說過，這裡整個是一首華茲華斯的詩！」《擺龍門陣——從昆明到重慶》一文中：「昆明那一片蔚藍的天，春秋的太陽，光煦的曬到臉上，使人感覺到故都的溫暖。」《致梁實秋》書信體文：「日常生活，都在跑山望水，柴米油鹽中度過。……」山川地理文化氣息，無不洋溢於文中。這時期除重新發表頗受讀者喜愛的「冰心體」散文、書信、隨筆之外，還有詩作問世。《呈貢簡易師範學校校歌歌詞》堪為代表，寄寓深厚，琅琅上口，字裏行間力與美，誦之唱之無不感覺盪氣迴腸，愛國愛鄉之情油然而生，中如——

> 西山蒼蒼洱海長
> 綠原上面是家鄉
> 師生濟濟聚一堂
> 切磋弦育樂未央

首端二句，寫出雲南地域之美，可稱傳神之筆。整個作品將高原形勝風貌特色與人文教育思想氣息熔為一爐，洗練又如水乳交融，頗為自然貼切。這在當時，對當地師生民眾的鼓勵可以想像，而在冰心的文學裏，也是主題鮮明、肩負天下責任的難能可貴之佳作。至今流傳、弦誦於當地。雖然時過境遷，但作品所表現的精神操守在人間卻始終如一，這也是冰心文學「單純」、堅貞的最好印證。

冰心在重慶歌樂山蟄居長達五年時光，需要撫養小兒女親自料理繁瑣家務外，仍積極參與大後方抗戰救亡運動、婦女組織、文化宣傳教育、演講等

系列社會公益活動，其感受諸多，雖然伏案的時間較之以前少了，卻總能忙中偷閒，率性書寫，重慶山城時期的作品較之雲南增多（近年學界又搜集到頗多未收入冰心文集的佚文）〔註7〕，也更為讀者熟悉。甚至連居住的「歌樂山」也因冰心存在而更加有名氣。從《擺龍門陣──從昆明到重慶》到《從重慶到箱根》，晚至1957年根據當年素材改寫創作的短篇小說《小橘燈》，此前還有寫於重慶期間（四十年代初葉）《再寄小讀者》系列等，其寫山城歌樂山高處倚松築屋居住，山城長江、嘉陵江均於一望中，心寄天下，思前想後，不時有神來之筆，尤其是地理人文風光方面的採寫運用如詩如畫，堪稱如有神助。「五四」時代作者表現於文中大姐姐的循循善誘、平易近人，以及求新求知的精神風貌再次展現，這時期顯然更加多了現實社會的內容以及重大的主題，作品基調顯得更加沉穩、成熟、直觀，突出了川東霧都重慶地理文化的風貌特徵。對此作者往往直抒胸臆，形諸筆端，如：「昨夜還看見新月，今晨起來，卻又是濃陰的天！……我是如同從最高峰上，緩緩下山，但每一駐足回望，只覺得山勢愈巍峨，山容愈靜穆，我知道我離山愈遠，而這座山峰，愈會無限度的增高的。」《力構小窗隨筆》中描寫尤其詳盡，如同畫出，如寫居處：

> 潛廬只是歌樂山腰，向東的一座土房，大小只有六間屋子，外面看去四四方方的，毫無風趣可言！倒是屋子四圍那幾十棵松樹，三年來拔高了四五尺，把房子完全遮起，無冬無夏，都是濃陰逼人。房子左右，有雲頂兔子二山當窗對峙，無論從哪一處外望，都有峰巒起伏之勝。房子東面松樹下便是山坡，有小小的一塊空地，站在那裡看下去，便如同在飛機裏下視一般，嘉陵江蜿蜒如帶，沙磁區各學校建築，都排列在眼前，隔江是重慶，重慶山外是南岸的山，真是「蜀江水碧蜀山青」，重慶又常常陰雨，淡霧之中，碧的更碧，青的更青，比起北方山水，又另是一番景色。〔註8〕

〔註7〕 可參見熊飛宇編著：《重慶時期冰心的創作與活動研究》，廣西師範大學出版社，2015年8月出版。

〔註8〕 關於冰心歌樂山舊居，冰心曾寫到：「『潛廬』我決定不賣，交給保管委員會去管。──作週末休息之用。我請他們保管一切依舊，說不定我還會回來。」（《致趙清閣》）。見《冰心全集》第3集，第371頁。筆者1986年春旅經重慶，因胞妹供職重慶職業技術學院，時在歌樂山腰，寢室即冰心舊居一間。筆者上山探視，冰心舊居房屋、周圍形勝風光，一仍其舊。現已拆建不存。

山城的生態氣息，霧都地理，包括當年李白的暢詠「蜀江水碧蜀山青」等，都恰到好處糅合自然，渾然一體，像一幅山水畫。

還有如：「重慶是個山城，臺階特別的多，有時高至數百級，在市內走路，走平地的時候就很少，在層階中腰歇下，往上看是高不可攀，往下看是下臨無地，因此自從到了重慶以後，就常常夢見登山或上梯。」（《力構小窗隨筆·做夢》）重慶特有的「爬坡上坎」、「通天之梯」在冰心筆下渲染頗多，生動形象。像這樣的地理文化光景，有七年時間加以體驗，身親筆述，可稱「如行山陰道上，目不暇接。」這種地理描寫亦形成她山城重慶作品的一大亮色。如前所述，冰心的「家園感覺」還不僅限於居處環境這一「小處」，更有國家完整這一宏大意識，所以她雖然在昆明呈貢、重慶歌樂山寄居，描繪當地居處遠近風光，頗有「家山北望」、「歸去來兮」即收復失地、回歸北國故都這一心願情結，這令其地理文化建構、人文意識、現實關懷，行文總能以少總多，以小見大，表現更多的地理人文關係、地標情結與內容。正是：「地方不只是一組累計的資料，更牽涉了人類意向。」〔註9〕感情色彩濃鬱的描繪，藝術特色更加鮮明、豐富，將今昔、南北、山區高原與平原沿海、大後方與抗戰前線等，有機結合，互為融通照應，打造出堅實的文章質地，頗多映襯之美以及聯想的空間之維。這時期的作品讀之有大義、有情節、有自然巧妙的審美結構，益智增知，明心勵志，在單純中都包容了更多的豐富。這與地理版圖更多的形象入文、入題以及傳神達意的話語空間密不可分。

二、人文精神、民族氣節的直接表現

在這時期饒有地理特色建構的寫作中，冰心的情懷更加暢朗、奔放、率真，顯然，山川人文精神與民族氣節是其內容的有力支撐與活躍因子，這也是地理文化的肌質與靈魂作用。如黑格爾哲學所指：「助成民族精神的產生的那種自然的聯繫，就是地理基礎。……要知道這地方的自然類型和生長在這地方上的人民的類型和性格有著密切的聯繫。」〔註10〕黑格爾認為「精神的理念」賦予時空更加鮮活的生命力與聯繫。對此其他學者也持共識，如：「『民族歷史』讓民族成員產生一體之同胞情感，民族國家藉此來動員其國

〔註9〕（美）麥克·克讓：《文化地理學》，王志弘等譯，臺北：巨流圖書股份有限公司，2008年，第143頁。
〔註10〕黑格爾著：《歷史哲學》，王造時譯，上海世紀出版集團，2014年，第41頁。

民；『歷史地理』讓民族成員認識民族之共同領域資產，現有的及『原有』的。」〔註11〕冰心西南時期文學書寫（包括演講稿、講義、通訊）中，都彰顯民族救亡圖存主題，謳歌時代精神、犧牲、奉獻精神。她表現抗戰情懷所涉及的人物類型頗多，可稱林林總總，有當地人民、外地人（多係北方遷徙西南後方的知識分子、文化人），還有自身見聞以及心目中的人物。類如當地人中涉及普通勞動者、房東、學校師生、小職員等，作品如《張嫂》中的張嫂、《小橘燈》中的小姑娘，《空屋》中的虹等，都是正面描寫。不時穿插點綴於地理文化景觀中的人物形象、民間風俗風貌，充實行文。寫外來者因為其接觸面，多係知識分子、文化工作者，包括所結交的一些文學友人、名家，如梁實秋、趙清閣、郭沫若、老舍等人，都有寫到。描寫總能細節紛呈、形神兼備。如昆明時期所寫：

> 昆明還有些朋友，大半是些窮教授，北平各大學來的，見過世面，窮而不酸。幾兩花生，一杯白酒，抵掌論天下事，對於抗戰有信念，對於戰後的回到北平，也有相當的把握。他們早晨起來是豆腐漿燒餅，中飯有個肉絲炒什麼的，就算是葷菜。一件破藍布大褂，昂然上課，一點不損教授的尊嚴。他們也談窮，談轟炸談的卻很幽默，而不悲慘，他們會給防空壕門口貼上「見機而作，入土為安」的春聯。他們自比為落難的公子，曾給自己刻上一顆「小姐贈金」的圖章。他們是抗戰建國期中最結實最沉默最中堅的分子。（《擺龍門陣──比昆明到重慶》）

這些描寫信息量頗豐，不由讓人聯想到當時西南聯大的一些著名教授（如楊振聲、金岳霖、聞一多、朱自清、沈從文等人），冰心以簡潔生動、妙趣橫生的筆調，寫出了知識分子在國家民族危難時期堅守不棄的志向情操與樂觀態度。

抗戰中的生活無疑是異常艱苦的，即便後方也時在敵機瞄準轟炸進攻的威脅中，地方經濟本來貧困，外來人大量湧入，物質匱乏，冰心自己一家人也不例外：「從前是月餘吃不著整個的雞，現在是月餘吃不著整斤的肉（一片肉一元六角）我們自慰著說，『肉食者鄙』，等抗戰完結再作『鄙人』罷。」（《亂離中的音訊（通信）──論抗戰、生活及其他》）這時期冰心不過中年初到，

〔註11〕王明珂著：《華夏邊緣──歷史記憶與族群認同》，浙江人民出版社，2014年，第24頁。

但創作已如「幽燕老將」，文筆沉雄洗練，馭重若輕，性情表現耿直，已然不同於初期的朦朧青澀和偏重閨秀氣質、溫文爾雅。身經世變與患難，她對外寇不免也有深仇大恨，她甚至在寫的《鴿子》一詩中設想自己倘若有支槍可以架於歌樂山上擊落日寇猖獗的飛機：

> 巨大的眼淚忽然滾落到我的臉上，
>
> 乖乖，我的孩子，
>
> 我看見了五十四隻鴿子，
>
> 可惜我沒有槍！

　　相較前期，冰心抗戰中創作較少，這有多重原因，遷徙不定的生活，時有敵機轟炸騷擾的處境，積極奔走參與後方抗戰文化建設等。她忙中偷閒的不多作品，仍然引人注目，創作「含金量」很高，也是當地帶有文學地標意義的作家之一。冰心在昆明，冰心在重慶，這都隨著她的作品在當地報刊揭載而有宣傳與現身意義。在《默廬試筆》中，冰心沉痛地描寫了日寇佔領下北方同胞做了亡國奴的屈辱與悲憤：

> ……最後我看見了景山最高頂，「明思宗殉國處」的方亭闌干
>
> 上，有燈彩紮成的六個大字，是「慶祝徐州陷落！」
>
> 　　晴空下的天安門，飽看過千萬青年搖旗吶喊，高呼「打倒日本
>
> 帝國主義」的，如今只鎮定的在看著一隊一隊零落的中小學生的行
>
> 列，拖著太陽旗，五色旗，紅著眼，低著頭，來「慶祝」保定陷落，
>
> 南京陷落……後面有日本的機關槍隊緊緊地監視跟隨著。

　　文中書寫信念，尤顯堅強，如：「我走，我要走到天之涯，地之角，抖拂身上的怨塵恨土，深深的呼吸一下興奮新鮮的朝氣；我再走，我要捐著這方旗幟，來招集一星星的尊嚴美麗的靈魂，殺入那美麗尊嚴的軀殼！」（《默廬試筆》）「前途很難預測，聚散也沒有一定，所準知道的只是一個信念，就是『中國不亡』其餘的一切也就是身外事了。」（《亂離中的音訊（通信）》）以前冰心作品宣揚愛，人性的愛，普世的愛等，為世人所知。但這時期她也不禁宣洩仇恨，同仇敵愾，這在冰心文學中也是一大變化。抗戰的大環境，以及最後的河山疆土亦受到侵略威脅的焦慮感與地域重視，這也是政治與地理文化有機結合併產生呼應關係的真切體現。「文化經常是政治性的，且充滿抗爭；也就是說，文化在不同地方，對不同的人而言，指涉了不同的事物。因此，國家可能從特定的象徵區域倡導某種『民族』觀

念。」〔註12〕昆明與重慶在冰心創作中，正是「指涉了」這樣的「象徵區域」。禦侮抗敵，發出了西南後方人民的心聲，也代表了人類正義的呼聲。冰心此時期散文、詩歌也許不是那麼含蓄平和，但正如兩千年前屈原《橘頌》所吟：「秉德無私，參天地兮。」李澤厚認為：「魯迅和冰心對人生都有一種真誠的關切，只是關切的形態不同。」〔註13〕一般而言，魯迅作品情調側重表現「恨」，冰心作品情調著重表現「愛」，但這也不是封閉的，而是相對的，在不同的時候，正可互為轉換，愛與恨，原正是「真誠的關切」的兩種不同呈現形態。冰心的「恨」正緣於維護與保衛愛。如此說來她的風格是文如其人，是前後相接，一如既往的。

　　避居大西南共七年的創作中，由於地處環境、心境或有所不同，在創作風格與筆調方面，也有變化，前中期激烈憤慨些，後期沉穩、內斂些。總體更傾向於明白率真，「指示切要」，「直言其事」，但也不失抒情的風采。風格較之「五四」年代顯然有所變化。詩作《獻詞》寫道：「三年來，我們的汗血／滴落在戰地，在後方，／開出溫慰的香花。……站在明麗的勝利之曙光裏，／我們更期望未來無限美滿光輝的歲年。」這可以概括冰心西南時期堅持不懈的昂揚鬥志與風貌。

三、山居生活的明顯影響

　　冰心遠離沿海地區、北方平原都市暫居大西南高原山野山城，在滇、渝兩地生活共達七年時光，這雖然不能說直接影響、改變到她人生創作風格軌跡，但地理文化致因與創作嬗變顯而易見，山地生活的影響於其創作心理與審美情懷還是有跡可尋的。冰心向稱「海的女兒」，她生長於東南海濱城市，幼年隨父母移居古都北京。除了「問題小說」創作外，《繁星》《春水》《寄小讀者》等系列作品，總體都為沿海區域與北方地理人文的外化背景。如果不是抗戰爆發，冰心一生也許不會和內地西南邊疆地區產生緊密關係，以致索居七年以上。戰時生活吃苦耐勞與堅強生存的要求，以及高原盆地山野的蔥蘢樸實以及雄壯粗獷的風貌，對冰心創作開拓境界、變化風格，包括題材的豐富化，乃至更多傾向男性擔當的社會屬性等，都在她身上起到催生與促進

〔註12〕（美）麥克·克讓：《文化地理學》，王志弘等譯，臺北：巨流圖書股份有限公司，2008年，第6頁。

〔註13〕劉再復：《李澤厚美學概論》，生活·讀書·新知三聯書店，2009年，第170頁。

的作用，影響到寫作風格的勁朗趨勢。從她自己當時以及後來的表白中，對自己滇、渝兩地的居住生活都是不計得失甘苦，勇於面對接受，甚至表示相當知足與滿意。這無疑一則為抗戰勝利的信念所致，二則為身處河山高地壯麗風景所致，這二者從內到外，都有刷新與影響其創作的作用。古人「智者樂水，仁者樂山。智者動，仁者靜。」雖然絕對化，也有大理存焉。冰心早年的文學書寫，無疑受到水流主要指大海關係影響是顯而易見的，她當時的作品更傾向動態，求知，求新，漂洋過海異國留學，包括傾向宗教情懷的關愛意識等，動態的世界性的特徵明顯。西南山居生活雖然起於動盪遷徙，但持久抗戰的現實，蝸居山隅靜待與靜觀世象世變的心態，加之人到中年，為人妻、人母、人師，各項要求皆是堅定自如、甘苦如飴，畢竟她早已成為一位有著極高知名度的代表作家。選擇蟄居山中，冰心自述傾向好靜：「我覺得我要寫文章，是一定要在很靜的環境裏才能寫。所以我不喜歡在城市裏面住，也不願意在城市裏面寫，我喜歡在鄉間住，過安靜日子。……我常常喜歡與自然接觸，大城市裏缺乏自然的風色。如果你沒有在山上，看不到晚霞，甚至於連這些顏色都不容易想像。」(《寫作經驗》)整個山城時期基本以歌樂山為定居所，直到抗戰結束離開，歌樂山「潛廬」還頗有不捨，她吩咐受託人照管一切如舊，她時有可能回來繼續居住。這種愛山戀「靜」與倚憑壯麗的種種元素，注入其文學創作，有潛移默化的影響。在文尾往往落款標注「寫於四川大荒山」(《關於女人‧後記》)，「大荒」詞語，極賦其靜其幽，有著蒼莽雄渾多重複雜況味與隱喻，當然，它的出典還令人聯想到《紅樓夢》開篇「大荒山無稽崖」等形容。總之一是山川雄奇荒涼的處境，二是國家山河支離破碎的現實隱喻，三是有如「野火燒不盡，春風吹又生」的生命家園重建希望等，這都構成冰心當時的「大荒」意識與取喻。

這種「家園感覺」與自然意識，強調了「自然是人類容身的寓所」〔註14〕這一象徵意義。冰心在重慶歌樂山上「潛居」期間，寫了一冊頗為別致奇異堪稱有些奇葩另類的文集，題為《關於女人》，總計十四篇散文，署名「男士」，通篇化身並採用男性身份口吻講述故事、描繪人物。文體介乎散文小說之間，有如一場「華麗轉身」，在當時真使讀者以為出現了一位才華橫溢的新作家。以後創作反映當年背景的作品《小橘燈》等敘事散文，則將人物身份與口吻

〔註14〕葉舒憲選編：《神話——原型批評》，1987 年，陝西師範大學出版社，第 187 頁。

還原為女性，不再更換性別、掩藏身份。這就頗耐人尋思。推測與山居生活的性別模糊化甚至更多男人意味密切關聯。雄山大川總是能夠借力，在吃苦抗戰的年代，男性的道義擔當顯然也更加急迫一些。冰心當時用男士口吻寫作自述「這些女人，一提起來，真是大大的有名！人人知曉，個個熟認……」寫及人物多係她平生故交知己熟人親誼等原型合成。這些作品不免與西南地理文化緊密相關，如《張嫂》一篇即直接採寫山城鄉間婦女，沒有直接關聯的，也因為她自己男士的化身，拉到眼前來，配合時下風景，多有遠近交融、舊事新提的涵詠妙趣。「仁者樂山」，處靜堅持，冰心其時對生命中至親至情至性進行了一次檢閱，筆風雖不失幽默，但整個是「仁愛」的抒情意味，這在抗戰時期性命攸關之際，懷念親情友情人情，尤顯彌足珍貴。

雖然自述為了寫作發揮更加方便自由，以及家庭生活支出所需（稿費），但這部山居小書奇書，並非遊戲之作，實為作者精心創作的「得意之作」，多年後，她寫道：「我對這本書有點偏愛，沒事就翻來看看……這就好像一個孩子，背著大人做了一件利己而不損人的淘氣事兒，自己雖然很高興，很痛快，但也只能對最知心的好朋友，悄悄地說說！」〔註15〕當時連載發表於重慶報章，受到讀者喜愛（葉聖陶在成都將之選作教材範文），後經巴金介紹出版，加印多次。冰心的新作，也廣為人知，包括她山居生活的「男士」筆名。學者認為：「許多作家認為對待土地的方式呼應了對待婦女的辦法。」〔註16〕冰心這種身份假借與自我異性化的換位思考，不失為一種大膽嘗試，想像與西南山居生活的地理人文密切相關。雄山大川，艱苦跋涉，抗戰後方無數辛勞奉獻的婦女，以及她生命中許多熟悉的堅忍不拔令人感動的女性，都來眼前筆端，作者換位思考，寫來更加自由「痛快」，也更能代言男性對婦女（母親、妻子）的感謝愛戴與同情。這一創作風格在閨秀時代的冰心創作中，少有見到。恰如地理人文學者所指：「這種結構背離了某些重要的文化地理，以及某種性別化地理。平心而論，這種結構『馴化了』家園，家被視為依附與安穩的處所，但也是禁閉之地，為了證明自己，男性英雄得離開（或因愚蠢或出自選擇），進入男性冒險的空間。」〔註17〕西方經典文學的歸納並不能一概而

〔註15〕《關於女人‧三版自序》，載《關於女人》，寧夏人民出版社，1980 年。
〔註16〕（美）麥克‧克讓：《文化地理學》，王志弘等譯，臺北：巨流圖書有限公司，2008 年，第 87 頁。
〔註17〕（美）麥克‧克讓：《文化地理學》，王志弘等譯，臺北：巨流圖書有限公司，2008 年，第 48 頁。

論，但冰心長期靜處（從當時流離遷徙被迫滯居「陪都」一隅角度來講，也有「禁閉」的意味）西南山中，也不禁會產生「離開」嘗試與冒險的念頭，她可能設想與化名一名「男性英雄」從而「進入男性冒險的空間」，她重視自己這件作品，並不當遊戲之作，興許正是她一次勇敢地對自己舊有生活與風格的突圍嘗試。其筆風暢達樸實幹練，也酷似「男士」，這與身處的地域景觀文化等多重影響皆密不可分。

四、地標與方言的攝取

強化地理文化的再一表現，是作品中多次並反覆出現的地標（Landmark）意義指代，包括當地方言口語的欣然擇用，這也形成了冰心文學當時的地域建構特色。「『地理學』一詞的字面意思，其字源為『書寫世界』，即將意義銘刻於大地之上。」〔註18〕冰心文學正有這樣的氣魄境界。她對雲南「昆明」「呈貢」「西山」「黑龍潭」「太華寺」「華林寺」「三臺寺」以及「呈貢八影」「鳳嶺松巒」「海潮夕照」「漁浦新燈」「龍山花塢」「梁峰兆雨」「河洲月渚」「彩洞亭雨」「碧潭異石」等地域標誌讚美有加，寫入作品不遺餘力，這興許有作家自己的喜好、寄託與渲染誇張習慣，但文學書寫本來就是「文學與地景的組合。」〔註19〕當時、當地、當事人等元素，都完善地組合在一起，這樣的作品一入讀者視域，符號學意義特顯，襯托出「雲南」這樣一個強烈的地景地標關係，令後人讀之也不免產生按圖索驥加以體驗的美好衝動。在書寫重慶生活時這樣的地景地標關係更加繁多細緻，因為居處時間更久、更深入。如「山城」「歌樂山」「嘉陵江」「南岸」「北碚」「沙磁區」（沙坪壩與磁器口）等，多見於行文中，構成牢固而綿延不斷的山城風景關係。冰心行文通脫活潑、雅俗共賞，往往能恰到好處化用中外格言警句詩詞等，有如畫龍點睛。如表現四川地景關係的古詩文「蜀江水碧蜀山青」「此地有崇山峻嶺，茂林修竹」「最難風雨故人來」等，巧妙穿插引用。四川方言如「擺龍門陣」「打水漂兒」「不安逸」「雞冠花」「小橘燈」等日常口語、地方風物名詞等，都適當採擇運用，使之生動有趣，更能體現地理人文關係的近情與合理。

《〈小難民自述〉序》《〈蜀道難〉序》等文化人的旅行遊記、考察筆記前言，都有特意關注與書寫，對西南地理風貌的共鳴等，尤有揭櫫。從另外行

〔註18〕（美）麥克·克讓：《文化地理學》，王志弘等譯，臺北：巨流圖書有限公司，2008 年，第 59 頁。
〔註19〕同上，第 57 頁。

文包括近年發現尚未收入文集的不少當年滇、渝兩地生活的佚文出世，從中均對滇、渝、蜀文化，頗多深切關注。滇、川兩處地景關係、民風世俗，在其行文中，亦多自然穿插融入，形象生動往往呼之欲出。

　　總括冰心西南文學書寫中的地理文化景觀呈現，我們欣喜地看到相對少有為外人所知曉並罕有名人描寫的大西南地景人文風光，經這位「五四」新文學名家點染勾畫、神奇展示，多栩栩如生、詩意盎然，有豐富的象徵意蘊。作品經受時間的洗禮與考驗，如同將時光定格在生動的空間關係上，如那盞永不熄滅的、膾炙人口的「小橘燈」，在自然雄奇逶迤夜晚的山道上，在人心向善向美堅持不懈的奮鬥精神中，發出永不熄滅的光芒。

2017 年 5 月 21 日改定於成都霜天老屋

原載《冰心論集》，海峽文藝出版社，2018 年 3 月出版。

第二三章　論冰心新文學的古典氣質與「鄉愁」書寫

摘要

　　論文對有的「學術權威」認為冰心回到守舊傳統會更好的觀點進行了駁論，肯定冰心新文學特質與創造，不排除冰心與其作品所具有的一種古典氣質，這是一種吸收融合而非因襲。冰心對「鄉愁」古詞推陳出新、合理利用，使其「鄉愁」文學具有一種海洋氣息與世界意義，堪稱中國現代文學女作家「鄉愁」書寫第一人。

關鍵詞：冰心、新文學、古典、鄉愁

前論

　　海外知名學者夏志清教授曾說：「冰心代表的是中國文學裏的感傷傳統。即使文學革命沒有發生，她仍然會成為一個頗為重要的詩人和散文作家。但在舊的傳統下，她可能會更有成就，更為多產。」〔註1〕這裡顯然是一個偽命題，代表一種偏見。因為不曾發生的事情，揣想他的可能性，都不是科學的依據與結論。況且冰心的文學，眾所周知，從整體與本質來講，是新文學的催生與結果。她博愛、平等、民主、自由的思想以及與其相適應的新體式，

─────────────────────

〔註1〕夏志清：《中國現代小說史》，復旦大學出版社，2005年版，第53頁。

開時代風氣，影響深遠。不論是「冰心體」的新詩，還是「問題小說」，以及通訊體的散文隨筆，都打著鮮明的時代烙印，冰心與她的文學，都成為五四新文學一種風格的代言，一個價值座標與具有象徵意義的符號體系，夏教授隨意設想她倘如守舊或索性回到舊傳統時代，「會更有成就，更為多產」，這不是坐井觀天，就是盲人摸象，抑或自我標榜。令人驚訝這竟是寫入文學史編述的行文。夏教授還有對冰心吸收外國文學的成就的抹殺，認為「說教」、「破壞了感性」、「冒牌的」等，以個人的審美取向、價值好惡，隨意地取代文學史的嚴謹邃密，這不啻一種觀念語言暴力，如黑格爾所說：「一體化充滿了暴力，一方將另一方納入自己的控制之下。……這種本應是絕對的同一性，卻是一種欠缺的同一性。」〔註2〕頤指氣使，以偏概全，這也是近年國內一小股否定與貶低新文學名家包括冰心文學成就在內的潮流的共同特徵，即顯示出語言暴力與抹殺歷史的輕率態度。同樣近年生活在海外，有些學者，卻能夠比較公允而不流膚淺地看到問題的實質，給出合理的分析解釋，如著名美學家李澤厚先生認為：「在冰心的單純裏，恰恰關聯著埋藏在人類心靈深處最重要、最不可缺少的東西，在這個非常限定的意義上，她也是深刻的。……魯迅和冰心對人生都有一種真誠的關切，只是關切的形態不同。」〔註3〕冰心的現代性與其文體的新文學本質特徵，鮮明特點，在學壇早已形成共識、常識，是不爭的事實，這裡無意展開來述說，也非本文論點所在。我們否認與反對將冰心文學與舊文學混淆的言論，不等於我們排除和無視冰心身上所具有的一種高貴的古典氣質與風度，不等於否認冰心接受優秀的古典文學遺產以及其水乳交融般的創作借鑒與吸收成果。夏志清先生認為：「冰心的優點並不在於感傷的說教，也不在於對自然的泛神崇拜態度，而在於她對狹小範圍內的情感有具體的認識。」〔註4〕拋開前二句不論，對其所謂「對狹小範圍內的情感有具體的認識。」這一句，筆者倒可借其指意，來談論本文的論題，即冰心身上所具有的一種古典氣質與及創作中對古典文學「鄉愁」語詞的發現與創新運用。據筆者的梳理考證，冰心很可能是中國現代文學中「鄉愁」文學的始作俑者，是「鄉愁」語詞在近現代的第一個言說者、書寫者。

〔註2〕轉見于爾根‧哈貝馬斯：《現代性的哲學話語》，曹衛東等譯，譯林出版社，2004年版，第39頁。

〔註3〕劉再復：《李澤厚美學概論》，生活‧讀書‧新知三聯書店，2009年版，第170頁。

〔註4〕同上。

一、她的古典氣質

　　冰心的古典氣質，著重表現在她為人冰雪聰明、不依不傍、博愛清新、特別注重親情倫常、含蓄而充沛的情感修養方面，不僅在於文學藝術手法上對中國古典文學營養的吸收，也在於對外國文學經典作品的取法借鑒。不論是泰戈爾還是紀伯倫抑還英美小說、戲劇、詩歌、散文隨筆，總是那比較真切而典雅含蓄、高貴清真、特別能傳達愛與美的人性方面的作品能夠打動她，並留下深刻印象。對於冰心的這種古典氣質，郁達夫早有膾炙人口的評價：「冰心女士散文的清麗，文字的典雅，思想的純潔，在中國好算是獨一無二的作家了；記得雪萊的詠雲雀的詩裏，彷彿曾說過雲雀是初生的歡喜的化身，是光天化日之下的星辰，是同月光一樣來把歌聲散溢於宇宙之中的使者，是虹霓的彩滴要自愧不如的妙音的雨師，是……對父母之愛，對小弟兄小朋友之愛，以及對異國的弱小兒女，同病者之愛，使她的筆底有了像溫泉水似的柔情。她的寫異性愛的文字不多，寫自己的兩性間的苦悶的地方獨少的原因，一半原是因為中國傳統的思想在那裡束縛她，但一半也因為她的思想純潔，把她的愛宇宙化了秘密化了的緣故。」〔註5〕郁達夫後文雖然也將冰心與「中國一切歷史上的才女」相提並論，但這是置於「獨一無二」這個文學現代性的前提下，談她的繼承性，與夏志清輕率地推論冰心回到舊傳統去會更好的視域完全是南轅北轍。早在新文學早期的二十世紀二十年代，對冰心文學即好評如潮，讀者為其令人耳目一新的散發著時代氣息的作品歡欣鼓舞，不禁品頭論足，說長道短，見黃人影編《當代中國女作家論》，其中評論冰心總共七篇文章，是集中數量之最，幾乎一致肯定冰心愛的文學，以及其作品無比清純的詩意。「描寫『愛』的文字，再沒有比她寫得再聖潔而圓滿了！」〔註6〕「冰心的用字極其清新，使人感到美妙柔婉的情緒。」〔註7〕「雖不必都像冰心那樣的作品才是健康的作品，然而冰心的作品可無論如何也找不出一點『世紀末』文學的氣息；為社會的緣故，我也深深地讚美了冰心的作品了。」〔註8〕「她幽靜的天性，更能助她摒絕世擾，自強不息。」〔註9〕這些讚美都

〔註5〕郁達夫：《中國新文學大系・散文二集導言》，見《現代散文序跋選》，百花文藝出版社，1983年版，第137、138頁。

〔註6〕黃人影編：《當代中國女作家論》，上海書店，1985年據上海光華書局1933年版影印，第187頁。

〔註7〕同上，第209頁。

〔註8〕同上，第174頁。

是發自真心的，有深刻寄寓的。當時冰心只是個年輕作家（評論中甚至有稱「少年作家」）〔註10〕，倘非清新，非切實存在的重大的社會影響，彰顯出新文學的作風氣派，讚者豈不是白日做夢一群發神經？冰心二十二歲即成名，她的天才，她的應運而生，以及對時代脈搏、新聲的敏感把握、推陳出新，都是她與她的文學家喻戶曉的根本原因。由於審美觀念的不同或期望頗高的緣故，論者也有對她文學表示遺憾與批評的，如梁實秋對她小詩（《繁星》《春水》）的「纖巧」的遺憾，希望她更能揚長避短，「大氣流行，卓然獨立。」〔註11〕茅盾在其長文《冰心論》中對愛的哲學過甚而直面現實、社會暴露內容太少的批評〔註12〕等。我們說，一個作家不能兼擅各種風格，如同一個歌者並不一定兼擅各種唱腔，一個戰士不一定兼能各種裝備武器一樣，如上引李澤厚先生所言，冰心的風格其實與魯迅的風格一樣是切實關心社會的，分別代表一個物體不同的兩面而已。在當時殘破凋零、人心冷漠堅硬的中國社會，提倡富於犧牲精神與理性的愛心也是要有勇氣與毅力的，如同魯迅志在改造社會的嫉惡如仇。九十餘年來近百年的時光考驗業已說明，冰心文學能夠傳世不衰，也正因其有著興許不無遺憾的獨特的哲學觀念與審美情操表現。其實世上沒有遺憾的事物本是不存在的。

那麼，優秀古典文學的可貴氣質與傳神表現手法，對於冰心的文學，有如雪融於水一般，化解無痕，巧妙熨帖。正如當時的評論家所感：

> 她的文字，的確是「中文西文化」「今文古文化」的文字，另有一種丰韻和氣息，永遠是清麗和條暢，沒有一毫的生拗牽強，卻又絕對不是紅樓水滸的筆法，因為她已將中國的白話文歐化了！〔註13〕

這裡其實正是指出了冰心的文學的新文學特徵：即一種兼融中西的世界文學氣質。

我們在冰心一生的自述與他人寫作的傳記中不難枚舉，冰心自幼所受到中國古典文學包括通俗文學的薰陶與影響。這裡我們專題探討冰心對古代「鄉

〔註9〕 黃人影編：《當代中國女作家論》，上海書店，1985 年據上海光華書局 1933 年版影印，第 194 頁。
〔註10〕 同上，第 194 頁。
〔註11〕 同上，第 214 頁。
〔註12〕 見茅盾：《冰心論》載《作家論》，上海書店，1984 年據上海生活書店 1936 年版影印，第 177 頁。
〔註13〕 黃人影編：《當代中國女作家論》，上海書店，1985 年據上海光華書局 1933 年版影印，第 186 頁。

愁」文學的吸取與推陳創新。

二、從杜甫詩中「拿來」了「鄉愁」這個語詞

　　冰心最早發表的成名作是小說，後被稱為五四時期「問題小說」，即通過小說提出一些現實的社會問題，從而寄寓時代的思考與心聲。列在《中國新文學大系・小說一集》第一篇的《斯人獨憔悴》，即冰心早期代表作。這裡摘錄一段茅盾的評論：

　　　　在《斯人獨憔悴》中，她勇敢地提出「父與子的衝突」來了，可是她使得那「子」——五四式青年的穎銘，終於屈伏在舊官僚的「父」的淫威之下，只斜倚在一張藤椅上，低徊欲絕地吟著：「出門搔白首，若負平生志，冠蓋滿京華，斯人獨憔悴……。」

　　茅盾指出：「她的問題小說裏的人物就是那樣軟脊骨的好人。」〔註14〕這裡我們不參與冰心問題小說中人物特點與主題的討論。我們只要注意，冰心這篇小說的取名與引用的詩句，正是杜甫留傳很廣的詩歌《夢李白二首》之二。與其說冰心小說中人物熟悉杜詩，不如說冰心對杜詩別有會心，曾經有熟讀的經歷。這首《夢李白》之二開首四句：「浮雲終日行，遊子久不歸。三夜頻夢君，情親見君意。」宛如冰心懷鄉去國時心情的形容與再現。當然冰心對其他優秀的古典文學作品都有涉獵與通曉，如她另一個小說《秋風秋雨愁煞人》也是化用舊詩句，散文中也多有引用古詩（《詩經》以下多信手拈來）並提及古典詩人，如蘇東坡、陸放翁、辛幼安等。對杜甫她有特別的感受，例如《寄小讀者》中：

　　　　原來，造物者為我安置下的幾個早晨的深谷，卻在離北京數萬里外的沙穰，我何其「無心」，造物者何其「有意」？——我還憶起，有「空谷足音」，和杜甫的「絕代有佳人，幽居在空谷」的一首詩，小朋友讀過麼？我翻來覆去的背誦，只憶得「絕代有佳人，幽居在空谷；自云良家子，零落依草木……摘花不插鬢，採柏動盈掬——天寒翠袖薄，日暮倚修竹。」這八句來。黃昏時又去了。那時想起的，有「前不見古人，後不見來者，念天地之悠悠，獨愴然而涕下。」歸途中又誦「雲無心以出岫，鳥倦飛而知還。景翳翳以將入，

〔註14〕見茅盾：《冰心論》載《作家論》，上海書店，1984 年據上海生活書店 1936
　　　　年版影印，第 191 頁。

撫孤松而盤桓。」小朋友，願你們用心讀古人書，他們常在一定的
環境中，說出你心中要說的話！（通訊十四）

這裡涉及杜甫、陳子昂、陶淵明三位詩人，杜甫顯然是她思鄉念國時想到並
背誦其詩歌用以寄興慰情的重要的一位。她在早期詩歌中表露真切：「經過了
離別／我淒然的承認了／許多詩詞／在文學上的價值。」（《遠道》）也許正是
離別的鄉愁促使她更多地吸收古典文學。據筆者的研究考證，「鄉愁」這個如
今早已膾炙人口的詞語，最早是出於杜甫的創構。〔註15〕見成都時期杜詩《和
裴迪登蜀州東亭送客逢早梅相憶見寄》：

東閣官梅動詩興，還如何遜在揚州。此時對雪遙相憶，送客逢
春可自由。幸不折來傷歲暮，若為看去亂鄉愁。江邊一樹垂垂發，
朝夕催人自白頭。

這是我們最早見到的「鄉愁」詞型例。後代有沿用，但不常見。相反同類詞：
近、同義詞，則非常繁富，如「客愁」「春愁」「離愁」「牢愁」「閒愁」「秋思」
「鄉思」「鄉怨」「鄉情」等等。古代不論了，這裡僅就冰心稍前或同時代的
五四時期著名作家筆下抒寫舉例而論。魯迅《戛劍生雜記》引自作舊體詩
句：「日暮客愁集，煙深人語喧。」《別諸弟》：「還家未久又離家，日暮新愁
分外加。」新文學作品《野草》與《朝花夕拾》中有「悲哀」、「思鄉」等，
小說《在酒樓上》《故鄉》等篇都有鄉愁情緒的描寫，但未見「鄉愁」語詞的
直接使用，仍是以近義詞相代。郭沫若新舊體裁作品都多有鄉愁情懷抒寫，
但也都未取用「鄉愁」語詞，而是「懷鄉」「客愁」「窮愁」等近同義詞。
郁達夫亦然，小說《沉淪》中有「懷鄉病」（Nostalgia）這一表述，雖然
Nostalgia 在今天或就徑直譯為鄉愁，但當時郁達夫並未這樣翻譯。筆者在以
前的研究中指出，古人多不肯表用「鄉愁」，怕是受到自《論語》以來「鄉愿」
「鄉難」「鄉曲」等帶有貶義意味的語詞的影響，怕產生歧義被人看低，而新
文學初期，可能又是有意不肯落入舊文學的嫌疑與窠臼。總之我們可以看到，
直接援用「鄉愁」語詞，以致今天廣為人知、普遍使用，新文學創作初肇則
為冰心〔註16〕，可以說她是推陳出新第一人。以下即她作品中「鄉愁」出處

〔註15〕詳見拙著：《中國鄉愁文學研究》，第四章《「鄉愁」詩人鼻祖──杜甫》，四
　　　　川出版集團巴蜀書社，2011 年版。亦見載《四川大學學報》（文科），2010 年
　　　　第 6 期。

〔註16〕關於這一點，現在的研究者多不甚了了，有的推係胡適，有的判斷葉靈鳳，
　　　　有的說為當代余光中，搞清這一點，似有必要。

的梳理與具體的羅列：

新詩《鄉愁》（原刊《晨報副鐫》1923.8.27）：

> 萬水千山，求他載著她的愛和悲哀歸去。
> 我們都是小孩子，
> 偶然在海舟上遇見了。
> 談笑的資料窮了之後，
> 索然的對坐，
> 無言的各起了鄉愁。
> ……

1922 年 7 月開始寫作並發表的書信體散文《寄小讀者》，連載於北京《晨報副刊》，查文中直書「鄉愁」處：

> 通訊十一（1923.12.26）：「自那時又起了鄉愁——恕我不寫了，此信到日，正是故國的新年，祝你們快樂平安！」

> 通訊十八：「從此過起了異鄉的學校生活。雖只過了兩個多月，而慰冰湖及新的環境和我靜中常起的鄉愁，將我兩個多月的生涯，裝點得十分浪漫。」

> 通訊十九：「山亭及小橋流水之側，和萬松參天的林中，我曾在此流過鄉愁之淚，曾在此有清晨之默坐與誦讀……」

1924 年 3 月 7 日作《往事》散文一篇，題引自作詩：

> 她是翩翩的乳燕，
> 橫海飄遊，
> 月明風緊，
> 不敢停留——
> 在她頻頻的飛翔裏
> 總帶著鄉愁！

行文中有：

> 鄉愁麻痹到全身，我掠著頭髮，髮上掠到了鄉愁；我捏著指尖，指上捏著了鄉愁。是實實在在的軀殼上感著的苦痛，不是靈魂上浮泛流動悲哀！

以後詩文還有多處，不遑復引。這些資料為我們找到「鄉愁」語詞的出處與援引創作第一人，無疑是最直接的依據支持。雖然冰心在世從來沒有談起過

這個詞語與杜詩的關係，但我們作為後來人研究至此，似乎已無需也不可能去向她去求取證明了。研究總是論據考證是第一支撐，冰心的作品說明了新文學早期「鄉愁」的出處。

三、冰心「鄉愁」文學創作的新意

「五四」時期的作家，除冰心之外，還有馮乃超、葉靈鳳、李廣田等多位作家都先後直接以「鄉愁」語詞題寫入文〔註17〕，論其影響，當然數冰心最大，創作時間也最早，稱作開風氣之人應無疑義。數十年後即二十世紀五、六十年代，逕以「鄉愁」題目寫詩，傳誦廣遠，在臺灣就有余光中、席慕蓉、楊喚、蓉子、沙漠、朵思等，文中見「鄉愁」的更不計其數。可見杜甫首創的由冰心推陳出新用於新文學的這個語詞，經過長時間的鍛鍊與認識，業已深入人心並家喻戶曉，成為我國現代漢語中一個規範而通俗的形容語義名詞。

冰心抒寫鄉愁情結的新文學貢獻，除了上述的主題想想與時代特徵外，從藝術上探討，本文認為，還有一顯著特色應予注意，即將傳統的鄉愁賦予了世界性、現代性，擴大了其內容與外延，這著重表現在以大海、海洋為背景、語境的藝術抒發塑造方面。而在此之前，鄉愁主要依託農業社會、內陸經濟地域文明，例如普遍以江河為背景與起興手段的抒情表現上。千古文學，顯例舉不勝舉，即如：「請君試問東流水，別意與之誰短長？」（李白）「叢菊兩開他日淚，孤舟一系故園心。」（杜甫）「自是人生長恨水長東。」「問君能有幾多愁，恰似一江春水向東流。」（李煜）「試登絕頂望鄉國，江南江北青山多。」（蘇軾）「只恐雙溪舴艋舟，載不動許多愁。」（李清照）太多了。

冰心在《寄小讀者》通訊十四中記寫與弟弟們談海的內容，有道：

> 他們都笑了──我也笑說：不是說做女神，我希望我們都做個「海化」的青年。像涵說的，海是溫柔而沉靜。傑說的，海是超絕而威嚴。楫說的更好了，海是神秘而有容，也是虛懷，也是廣博……」
>
> 我的話太乏味了，楫的頭漸漸的從我臂上垂下去，我扶住了，

〔註17〕馮乃超、李廣田「鄉愁」書寫作品見於詩歌，葉靈鳳散文《鄉愁》，始作於1926年7月，見《靈鳳小品集》，上海書店，據1933年現代書局版影印，第232頁。

回身輕輕地將他放在竹榻上。

涵突然說：「也許是我看的書太少了，中國的詩裏，詠海的真是不多；可惜這麼一個古國，上下數千年，竟沒有一個『海化』的詩人！」

從詩人上，他們的談鋒便轉移到別處去了——我只默默的守著榻坐著，剛才的那些話，只在我心中，反覆的尋味——思想。

冰心的弟弟說得很對，中國古典文學中，「海化」的詩人的確罕見，這主要是傳統文學的生活舞臺與背景，罕有大海的參與與襯托，更不成為生活與藝術的中心場域。我們也有李商隱那樣「海化」的詩歌，如「滄海月明珠有淚」「星沉海底當窗見」等等，但義山的「海」多是一種情緒的象徵，是隱喻的符號，他實際終其一生未見過大海，更不可能有海洋的切身感受與具體描寫。冰心的文學則正在於對大海遠洋以及身臨其境的繪聲繪色、心靈歌唱，如——

癡絕的無數的送別者，在最遠的江岸，僅僅牽著這終於斷絕的紙條兒，放這龐然大物，載著最重的離愁，飄然西去！
……

我自少住在海濱，卻沒有看見過海平如鏡。這次出了吳淞口，一天的航程，一望無際盡是粼粼的微波。涼風習習，舟如在冰上行。到過了高麗界，海水竟似湖光。藍極綠極，凝成一片。斜陽的金光，長蛇般自天邊直接到欄旁人立處。上自穹蒼，下至船前的水，自淺紅至於深翠，幻成幾十色，一層層，一片片的漾開了來。——小朋友，恨我不能畫，文字竟是世界上最無用的東西，寫不出這空靈的妙景！（《寄小讀者》通訊七）

父親說：「和人群大陸隔絕，是怎樣的一種犧牲，這情緒，我們航海人真是透徹中邊的了！」言次，他微歎。

我連忙說：「否，這在我並不是犧牲！我晚上舉著火炬，登上天梯，我覺得有無上的倨傲與光榮。幾多好男子，輕侮別離，弄潮破浪，狎習了海上的腥風，驅使著如意的桅帆，自以為不可一世，而在狂飆濃霧，海水山立之頃，他們卻蹙眉低首，捧盤屏息，凝注著這一點高懸閃爍的光明！這一點是警覺，是慰安，是導引，然而這一點是由我燃著！」（《往事》（二）八）

　　真是排山倒海，擲地有聲，洋溢著時代創造的氣息。冰心可稱奇女子。抒發其想做一個航海燈塔守護者的心願：「然而這一點是由我燃著！」移植於她的「鄉愁」新文學作品，亦堪允當。

　　如上所述，中國詩像「海上生明月，天涯共此時」這樣罕有的以海景心境入詩的作品委實太少。故而冰心有意在文學作品中注入海洋的潮汐、描寫與哲思、敏慧的感受，她自述「反覆的尋味──思想」，其收成是寫出了富有海洋氣息與時空距離的有世界意味的鄉愁文學，如其名著《寄小讀者》，新意與長盛不衰的魅力或許正在於此。如上引郁達夫所謂：「把她的愛宇宙化了神秘化了」。更加廣闊的境界與心胸，將海作為愛與思、開拓、創造的具象藝術、寓意，形成特色，當時的讀者論者就有鮮明直接的感受，如直民：「母親的愛，小孩子的愛，這二者是冰心的一切著作中的基調，海是一個喜用的背景。」〔註18〕梁實秋：「倘若我也給繁星一個比例，讀他時應在月明如水的靜夜，坐在海邊的石上，對著自然的景色細細的讀著，與濤聲相和了。」〔註19〕冰心後來的自述也很重視自己早期創作與海的緊密關係：

　　　　從這一天起，大海就在我的思想感情上佔了一個極其重要的位置。我常常心裏想著它，嘴裏談著它，筆下寫著它；尤其是三十年代前的十幾年裏，當我憂從中來，無可告語的時候，我一想到大海，我的心胸就開闊了起來，寧靜了下去！〔註20〕

海洋是冰心文學的一個常設背景，也是構成她文學內容、聯想的藝術機杼，是其世界性、全球意識的有意建樹，她新文學的意義於此足可昭然若揭，清晰梳理，無庸爭議了。

　　海德格爾說：「與純粹之說即詩歌相對立的，並不是散文。純粹的散文絕不是「平淡乏味的」。純粹的散文與詩歌一樣地富有詩意，因而也一樣的稀罕。」〔註21〕冰心詩文相映，反映出的，正是穿越歲月的某種永恆性與透明性（包含人性的光輝）。巴金當年作為讀者的心聲仍喚起今天讀者的同感：「從她的作品裏我們得到了不少的溫暖和安慰，我們知道了愛星、愛海，而且我

〔註18〕黃人影編：《當代中國女作家論》，上海書店，1985 年據上海光華書局 1933 年版影印，第 166 頁。
〔註19〕同上，第 208 頁。
〔註20〕冰心：《我的童年》，《冰心散文選》，人民文學出版社，1983 年版，第 262 頁。
〔註21〕海德格爾：《在通向語言的途中》，北京：商務印書館，2004 年版，第 24、25 頁。

們從那些親切而美麗的語句裏重溫了我們永久失去的母愛。」〔註 22〕對於當下有些隨意輕薄前輩文學成就、眼光短淺的議論，我們似沒有什麼好說的了，謹以叔本華論文藝一段來結束本篇論文，紀念新文學的先驅與「鄉愁」書寫推陳出新者冰心先生：

> 相比之下，真正的作品，亦即全憑作品本身獲得名聲、并因此在各個不同的時候都能重新引發人們讚歎的創作，卻像特別輕盈的浮體，依靠自身就能浮上水面，並沿著時間的長河漂浮。〔註 23〕

2012.6.10 寫畢於成都霜天老屋

原載《冰心論集》，上海交通大學出版社，2013 年 6 月出版。

〔註 22〕巴金：《冰心著作集・後記》，轉引自張放著《中國新散文源流》，百花文藝出版社，1990 年版，第 68 頁。
〔註 23〕韋啟昌譯：《叔本華美學隨筆》，上海人民出版社，2004 年版，第 145 頁。

第二四章　歐美漢學家的冰心研究述略

摘要

　　歐美漢學界的冰心文學研究，同「五四」以來中國學界的認識與批評一樣，存在著某些分歧與猶疑，從夏志清與普實克早期觀點相左的評論到後幾十年間學者的深入探討，大致形成對冰心文學由低估到重視、再認識、再發現的動態趨勢。對冰心文學反映出來的女性意識與世界性以及文學修辭方面的創新意義，多有闡發。冰心研究在歐美雖然不是一門「顯學」，但由來已久、致力遙遠，多能發人深省，令人耳目一新，能夠打開更多的話語意義空間。

關鍵詞：冰心研究、歐美漢學、女性、文學

　　在歐美漢學界現代中國文學研究領域，被譽為「美國中國現代文學研究界的首席權威」〔註1〕的夏志清（Hsia Chih-tsing）先生無疑是最早的拓荒者之一，他那部奠定學術聲名的《A History of Modern Chinese Fiction》（劉紹銘等人譯名《中國現代小說史》）自20世紀六十年代伊初問世以來，一版再版，確如李歐梵（Leo, Ou-fan）等「門生」所評驚：「它真正開闢了一個新領域，為美國作同類研究的後學掃除障礙。我們全都受益於夏志清。」〔註2〕夏著別

〔註1〕（捷克）普實克著，李歐梵編，郭建玲譯：《抒情與史詩──現代中國文學論集》，李歐梵《序言》，上海：上海三聯書店，2010年，第5頁。
〔註2〕（美）夏志清著，劉紹銘等譯：《中國現代小說史》，上海：復旦大學出版社，2005年，見封底。

出心裁、力排眾議，給他自己心許的作家很大篇幅與發掘（例如錢鍾書、張天翼、張愛玲、沈從文等人），而有些此前屬於標誌性的作家，則不大受其賞識（如某些左翼、左聯作家）。還好，冰心尚見於專題討論〔註3〕，這也說明某種不可旁繞的價值意義。因為是著述小說文體史，不列冰心作單獨專章尚可理解。但夏先生對冰心的「問題小說」的評價，不免「率爾操觚」，有立史立論過於隨意化、想當然的疏漏與遺憾〔註4〕。如論稱──

> 冰心代表的是中國文學裏的感傷傳統。即使文學革命沒有發生，她仍然會成為一個頗為重要的詩人和散文作家。但在舊的傳統下，她可能會更有成就，更為多產。〔註5〕

拋開審美觀念的異同不論，夏志清這番言論與他自己的定論也形成矛盾衝突，顯示出認識體系方面的某種紊亂與疏離。如他評說：「……這些小說充滿了對月亮、星星和母愛如醉如癡的禮讚，是不折不扣的濫用感情之作。」〔註6〕後邊卻又道：「冰心的作品不多，但她是值得在第一期的作家中占一席重要地位的。雖然她的詩和散文因缺乏現實的架構而傾向於傷感，但她的一些短篇小說具有獨特的風格，不受她所處那個時代的迷信與狂熱所感染。」〔註7〕這些不無自相矛盾甚至流為膚淺的見解，置放在上個世紀五、六十年代之交，於歐美漢學對中國現代文學研究尚處於空白與荒蕪地帶，不作苛求，聊備一格，肯定夏著具有的開拓意義，亦是情理間事。

以後歐美特別是英文世界的多項冰心研究成果，多有矯正與辯正從前夏志清等人的觀念，於冰心的歷史地位、文學風格、現代意義、世界性方面，多所發掘、發微。正如哈佛大學王德威（David Der-wei Wang）教授有感夏志清著作而言：「後之來者必須在充分吸收、辯駁夏氏觀點後，才能推陳出新，另創不同的典範。」〔註8〕王德威在序夏著時也不迴避地說：「性別主義者可以指陳夏書對女性、性別議題辯證不足，解構學派專家可以強調夏書對立論

〔註3〕（美）夏志清著，劉紹銘等譯：《中國現代小說史》，上海：復旦大學出版社，2005年，第三章：「文學研究會及其他：葉紹均、冰心、凌叔華、許地山」。

〔註4〕如直接評盧隱為「一個相當拙劣的短篇和長篇小說作家」，不僅顯出見地偏頗狹隘，寫史筆法不嚴謹規範，似也是對曾經著名的女性逝者的不敬。

〔註5〕夏志清著，劉紹銘等譯：《中國現代小說史》，上海：復旦大學出版社，2005年，第53頁。

〔註6〕同上，第53頁。

〔註7〕同上，第56頁。

〔註8〕同上，見封底，源自英文本第三版導言。

內蘊的盲點，缺乏自覺。後殖民主義者可以就著全書依賴『第一世界』的批評論述，大做文章，而文化多元論者也可攻擊夏對西方典律毫無保留的推崇。」〔註9〕所謂不破不立，承前啟後。在歐美英文世界以研究的視域關注與探討冰心文學成就，予以較詳細的評騭，夏志清亦有藍縷之功。

　　雅羅斯拉夫·普實克（Jaruslav Prusek）是與夏志清在海外齊名的漢學中國現代文學領域研究的泰斗級名家，他是歐洲捷克斯洛伐克東方學者，夏著出版之際，他正客居並任教於美國哈佛大學，對中國文學（古典與現代）多所發抉，他本是一位中國漢學通，與許多中國現代文學名家都有交往。普實克於夏著出版次年（1961）撰寫《中國現代文學史的根本問題——評夏志清的〈中國現代小說史〉》〔註10〕一篇萬言長文痛批夏著「以教條式的褊狹和無視人的尊嚴的態度」「歪曲評價」、「輕率」「不公」，有違歷史事實與文學規律。不久得到夏志清同樣長篇幅論文反駁〔註11〕。這場轟動漢學界的筆戰發生於法國《通報》（Toung Pao）。雖然最終未分勝負，各執己見，但啟迪後學，發人深思，引發海外學人對中國現代文學更多的關注，則是這場爭論不爭的收穫。李歐梵所指出的普實克有些重要的觀點，如其「古典詩歌所集中體現的文人文學的抒情性也是一份經久不息的遺產，塑造了五四作家的文學感。」〔註12〕以及「將文本置於它們所產生的那個時代的社會歷史背景中，以便對作品有一種更寬容的理解。」〔註13〕等，這些觀點移置冰心研究，頗為允當。對夏志清與普實克事實上所代表的兩種學術觀點、方法、流派，李歐梵後來有如下敘述：「我能夠恰巧成為兩大『對頭』（他們後來也成了朋友）的學生，實在是夠幸運的。從那以後，我在學術研究中努力追隨兩位大師：普實克的歷史意識和夏志清的文學判斷。」〔註14〕

　　普實克早在20世紀三、四十年代，即活躍於中國文壇，他與茅盾、鄭振

〔註9〕夏志清著，劉紹銘等譯：《中國現代小說史》，上海：復旦大學出版社，2005年，第35頁。

〔註10〕普實克著，李歐梵編，郭建玲譯：《抒情與史詩——現代中國文學論集》，上海：上海三聯書店，2010年，第193～229頁。

〔註11〕夏志清此篇長文亦見載本書所引的夏志清《中國現代小說史》附錄及普實克著《抒情與史詩——現代中國文學論集》附錄。

〔註12〕《抒情與史詩——現代中國文學論集》，上海：上海三聯書店，2010年，李歐梵《序言》，第2頁。

〔註13〕同上，第5頁。

〔註14〕李歐梵著，季進等編譯：《李歐梵論中國現代文學》，上海：三聯書店，2009年，第181頁。

鐸、錢杏邨等都非常熟悉，他用捷克語文寫作過系列的名家專訪專論、隨筆散文，其中有顯著篇幅述及冰心〔註15〕。據普實克學生現亦為歐洲（捷克）著名漢學家、中國現當代文學研究名家馬利安・高利克（Marián Gálik）介紹，普實克三、四十年代在中國常見到冰心，也曾是冰心家中高朋滿座外賓之一，他與吳文藻、冰心夫婦都較熟悉（顯然對吳文藻的社會學更感興趣）。普實克認為冰心文學「實際上是古老的藝術、古老的感情領域與富有創造性的方法之結合。……富於感情，十分可愛，但沒有超出個人生活的狹小圈子。」〔註16〕作為具有西方馬克思主義人文社會學觀念、同情左翼進步文學的普實克對冰心文學研究的未及深入並存在遺憾，也許與夏志清後來的觀念出發點完全不同，路徑也有所差異，但認識方面的侷限性與低估方面，被後來的歐美漢學中國現代文學學者置疑與辯正，兩位開路先鋒似的著名學者倒似「殊途同歸」。他們一方面激發了後學，一方面也不免成為後學的靶子。這也是學問深入研究、「後浪推前浪」的正常現象，畢竟「時代不同了」，「一個時代有一個時代的文學」，學科的細化與認識的系統化也更具時代選擇。

以下分幾個不同的方面論述，管窺近三十年歐美（以英語世界為主）冰心研究的主要成果與重點，並略加整理評析〔註17〕──

一、主題堅固、經久意義與新聲迭發的再認識

冰心的作品從她出名以來就引發不少的爭議，當年茅盾、成仿吾、西瀅、阿英、梁實秋〔註18〕都對其主題（主要指抽象的、「以自我為中心」的所謂「超現實的愛」）有所遺憾與不滿，卻又不得不承認冰心的知名度與其作品的獨特風範、影響。如說：「冰心女士是一位偉大的謳歌『愛』的作家。她的本身好像一隻蜘蛛，她的哲理是她吐的絲，以『自然』之愛為經，母親和嬰孩之愛為緯，織成一個團團的光網，將她自己的生命懸在中間，這是她一切作品的基礎，──描寫『愛』的文字，再沒有比她寫得再聖潔而圓滿了！」〔註19〕

〔註15〕（捷克）普實克著，陳平陵、李梅譯：《中國──我的姐妹》，北京：外語教學與研究出版社，2005 年，第 268～279 頁。

〔註16〕（斯洛伐克）馬利安・高利克著：《冰心創作在波希米亞和斯洛伐克》，載《捷克和斯洛伐克漢學研究》，李玲譯，倪輝莉校，北京：學苑出版社，2009 年，第 80～90 頁。

〔註17〕下文所引英文漢譯均為筆者試譯。

〔註18〕有趣的是在抗戰中他成了冰心夫婦的好友，堪稱冰心的「男閨密」。

〔註19〕黃人影：《當代中國女作家論》，上海：光華書局，1933 年，第 187 頁。

當時的評論以感發式的隨筆體例為主，除了茅盾的長評較為理性化、專業化外，多不免夾纏有認識上的侷限性與時代痕跡。歐美世界漢學對冰心的再認識，因為有了距離感與更多的縝密的學術性，側重於學理的系統探析與研究，呈現多為長篇論文（包括學位論文），思路更顯邃密周章、客觀清晰，對前人定論有置疑，有辯難，不偏不倚的學問追求與學術方法，體現了歐美學壇的現代胸襟器識與學術化，以及異域他者的思辨特色。這在高利克《冰心創作在波希米亞和斯洛伐克》一文中，介紹尤細，與其老師普實克還有同門達娜‧什托維科娃、馬塞拉‧鮑什科娃以及另外的漢學家如婭米拉‧黑林高娃等人，對冰心文學都有用心梳理分析與總體好評，主要體現在冰心創作的自然觀、女性意識以及文體成就方面。高利克於「文革後」對冰心還有專訪記載，後文涉及。

美國紐約州立大學 Wei Yanmei 在她的博士論文《20 世紀中國文學中的女性氣質與母女關係》中將冰心作為列舉的首例加以論述，著重探討與比較 20 世紀中國女性作家的主體意識，揭示母女關係、家庭親情的文學主題。對以前學者對冰心的指責、批評，直言不諱地寫道：

> 我認為所有這些對冰心的抱怨就在於她不斷的、充滿激情地書寫女性主題，如母愛、孩童的純真、大自然的美，這些主題聽起來就是值得懷疑的烏托邦和逃避現實，她的作品在風格上儘管很美，很精巧，但無法負擔時代傑作的嚴謹和重量。值得一提的是，五四文學論爭中炮轟冰心的幾乎所有都是男性作家，或許丁玲是個例外，她的作品處理的婦女群或題材與冰心明顯不同。然而，這些批評對於一個有著強烈的社會良知、懷著真誠的渴望改變社會為大眾帶來幸福而參與五四運動的作家來說，是不公平的。他們不是在公平地評價冰心的作品，更重要的是他們在對文學作品的文化評估中體現出一種性別上的偏見。〔註20〕

對於主題意義，論者進一步地分析道：

> 魯迅曾說：愛與真誠是兩個中國文化中正在消失的東西。冰心很敏銳地意識到五四知識分子所面臨的問題，想把母愛作為一種更有人性的社會和文化的藍本。……冰心所嘗試的就是把母愛作為療

〔註20〕Wei, Yanmei, *Femininity and mother-daughter relationships in twentieth-century Chinese literature (Bing Xin, Zhang Jie, Chen Ran, Maxine Hong Kingston, Gish Jen)* State University of New York at Stony Brook. 1999. p34.

救社會異化和邪惡的良藥，她熱切地希望她作品中倡導的新家庭模式能在全國範圍內採用，補救這一病態的國家。她不贊同漠視社會的超人哲學。在她的作品中，母親的力量保護了兒女，它被歌頌為激發和養育人類的力量。冰心因寫愛與童年而遭受批評，因為這些主題在社會、政治激蕩的時代被認為是遠離現實。我想說的是，與主張遠離人類、逃避現實的仇恨哲學相比，冰心通過宣揚母愛的美德與模範家庭而立足現實。〔註21〕

文中強調冰心愛的模式與家庭責任擔當意義的重要性，指出這是冰心對舊中國改善的一種藍圖構想與精彩創意。這與專注或側重於破壞性的「超人哲學」明顯有對立，不屬於同一審美範疇（「道不同不相為謀」）。這些見地與評論，在國內冰心研究中似還不多見，顯然更代表另一種話語體系。上舉東歐的漢學家也有類似的表述。

美國亞利桑那大學 Wang Bo 的博士論文《一種新生的話語抗衡：二十世紀初期的中國女性修辭》也有深入的抉發，如：

冰心認為母愛是普愛的一種象徵，而後者是宇宙的基礎。她對母愛的讚歌，在本質上是反映女性的痛苦經歷和導致她們悲慘遭遇的原因的另一種切入方式。冰心沒有提出對社會的細緻的政治批評，而是更多地使用道德哲學作為解決社會問題的一種方法。雖然她的方法聽起來不那麼激進，但是在每一個文化活動都為男性設計的男權社會中，冰心從女性角度代表婦女和兒童本身就是一個反封建行動。在中國文化背景下，通過讚美大自然，冰心表達了她自己作為一個個體的個性和情緒，強化了讚頌個性和自由的新文化價值觀。〔註22〕

對「愛的哲學」所體現出來的時代精神與女權思想深入體認闡發，這不僅是五四以後中國文壇那些評論家所不及認識到的，就是夏志清在史論中，如上文所援引還認為冰心如果生活在古代會更有成就（這顯然是一個偽命題）。普實克也認為冰心文學是「古老的藝術」，未脫離狹小的自我圈子云云，

〔註21〕*Femininity and mother-daughter relationships in twentieth-century Chinese literature (Bing Xin, Zhang Jie, Chen Ran, Maxine Hong Kingston, Gish Jen)* pp.43~44.

〔註22〕Wang, Bo. *Inventing a discourse of resistance: Rhetorical women in early twentieth-century China*. The University of Arizon, 2005, p142.

顯然是一種泛社會學的侷限性的認識。比較而言，近年歐美的學術平臺，無疑更加寬闊高遠，也更加自如，對原作文本發掘得更細、更深刻，事實上代表了「結構主義」、「新批評」等文學流派興起後的新成果，以及西方女權主義思潮的影響。投映到冰心文學研究領域，學術意識更加清晰、宏觀，也更加前衛、敏銳，闡幽發微的新知新義，往往讓人耳目一新，深受啟迪，不得不冷靜重新認識冰心的文學成就價值。再例如：

> 冰心的散文反映了她的文學理論。在她的抒情散文中，她完全表達了她作為一個女性作家的個性，樹立了個性化新文學的楷模。沈從文——傑出的現代小說作家曾指出：當我們讀冰心的作品時，「很容易找到作者的個性和她美麗的女性心靈」。冰心的散文也反映了她愛的哲學，集中在母愛、童真和自然之美。通過描繪婦女和孩子的生活，她的散文傳播了女權主義思想，提倡婦女和兒童的權利。在五四時期，中國新修辭旨在批判儒家封建倫理和幫助人們實現「獨立的人格」。新文學，作為重要的話語策略，被用來傳播強調個性、自由和男女平等的新思想。〔註23〕

茅盾等人曾認為冰心的愛的哲學主題脫離現實社會，如同「穿著橡皮衣」，與人間頗有隔膜，行不通。在西方的多篇冰心研究論文中，對此都予以不同程度的置疑與反駁，例如以下論旨——

> 冰心意圖提倡一種愛的哲學——一種集中國傳統哲學、基督教思想和泛神論的世界觀。冰心的愛的哲學本質是一種道德哲學或對理想人格的追求。她的散文探討了人際關係的積極方面，並試圖用愛來影響讀者，使其可以用行動改變社會的黑暗與腐敗。〔註24〕

弗吉尼亞大學出版社所出版的 Sally 的《母親與現代中國的敘事政治》一書中也有如下論述：

> 冰心是先鋒之一，她探索婦女問題中理想母親的某些難題的社會實踐—寫作—例證等嶄新的、可能的形式，她以寫作回應了培育女性美德的普遍呼聲，冰心立即聲名鵲起，但隨著新文化運動本身從早期主觀主義和感傷中分化，她很快就遭到反對。……但葉聖

〔註23〕 *Inventing a discourse of resistance: Rhetorical women in early twentieth-century China*. p137.
〔註24〕 *Inventing a discourse of resistance: Rhetorical women in early twentieth-century China*. p139.

陶、魯迅等男性在五四時期對母愛的頌揚長期被忽略，歷史記錄保
存了對長期被質疑的「愛的哲學」的有價值的記憶，這要歸功於冰
心。〔註25〕

這也是很有見地和膽識的判斷。對冰心文學社會主題與女性（女權）視角的
再認識、評估是海外冰心研究認知方面的一個亮點、創新點，不禁使人聯想
到捷克漢學家高利克 20 世紀八十年代的感歎，他曾引冰心詩「冷靜的心，／
在任何環境裏，／都能建立了更深微的世界。」（《繁星》第 57 首），說明事
隔多年反顧反思，冰心果然比不少她的同時代人甚至包括時代風雲大人物都
更加明智，更有恆心與預見。她不為時代潮流時髦所左右的風範，有了時間
的充分的證明。由高利克的感受推論，這興許也是夏志清在《中國現代小說
史》中也不由得不佩服冰心獨立不羈、不受時流左右的品格。文學需要時間
的證明。茅盾早年論述，曾引用法郎士名言闡述冰心文學的主旨：「嘲諷和憐
憫是兩位好顧問，前者有了微笑使得人生溫馨可愛，而後者的眼淚卻使得生
活神聖莊嚴。」對此茅盾曾自問「冰心女士的『微笑』和『眼淚』除了字面
的意義外，是否含有更深湛的──象徵意義呢？」〔註26〕

　　歐美現代學者的回答是肯定的。他們將冰心作品主題與其象徵意義淋漓
盡致、不吝篇幅地加以探討揭示，不吝餘墨。我們所看到的冰心早年（1922）
有詩表達她自己那種特有的「嚴冷的微笑」：

　　　　假如我是個作家，
　　　　我只願我的作品
　　　　入到他人腦中的時候，
　　　　平常的，不在意的，沒有一句話說：
　　　　流水般過去了，
　　　　不值得讚揚，
　　　　更不屑得評駁；
　　　　然而在他的生活中，
　　　　痛苦，或快樂臨到時，
　　　　他便模糊的想起

〔註25〕Sally Taylor Lieberman, *The Mother and Narrative Politics in Modern China*, University of Virginia Press, 1998. pp.49~50.

〔註26〕茅盾著：《論冰心》，載茅盾等著《作家論》，上海：生活書店，1936 年，第
180～181 頁。

> 好像這光景在誰的文字裏描寫過！
>
> 這時我便要流下快樂之淚了！
>
> ——《假如我是個作家》〔註27〕

冰心對自己的評估相當有信心有預見並有分寸。冰心文學主題意義不因時光遷流而褪色、遺忘，反能迭發新意，影響一代又一代的讀者，在歐美漢學領域也受到重視與深入闡發，無疑是基於作品的存在與價值，以及人生信念認知與不斷刷新的審美判斷。

　　這種對主題重新認識、重視的行文，尚見於克萊蒙研究大學安德森・科萊納 1954 年博士學位論文《兩位中國現代女性——冰心、丁玲研究》、美國萊斯大學歷史系教授白露（Tani E. Barlow）著的《現代中國的性別政治：寫作與女性主義》〔註28〕、美國蒙大拿大學、曼斯菲爾德中心中國語言文學菲利普・威廉姆斯（Philip F. Williams）教授主編的《亞洲文學的聲音：從邊緣到主流》〔註29〕、文棣（Wendy Larson）的《現代中國女性與寫作》〔註30〕等英文專著、論文中，其互文性與應合意義都較為突出。

二、履新實踐所展示的修辭學先進意義

　　對冰心文學新文體意識與口語化嘗試藝術成就的高度肯定，在早年的評論家中雖然也曾涉及，例如：「她的文字，的確是『中文西文化』『今文古文化』的文字，另有一種丰韻和氣息，永遠是清麗和條暢，沒有一毫生拗牽強，卻又絕對不是紅樓水滸的筆法，因為她已將中國的白話文歐化了！」〔註31〕等，比起英文世界論文探討來，以前國內的學者所論只能算興之所至、「吉光片羽」，未如歐美學者論文以「宏大敘事」的篇幅與專業層面理論給予冰心文學此方面成就詳盡分析。如 Wang Bo 的論文中說：

> 作為一個提倡漢語白話文的先鋒，冰心寫就了大量的典雅和詩意的散文，緩解了人們對白話文的偏見。自 20 世紀二十年代冰心的

〔註27〕茅盾著：《論冰心》，載茅盾等著《作家論》，上海：生活書店，1936 年，第 202～203 頁。

〔註28〕Tani E. Barlow, *Gender Politics in Modern China: Writing and Feminism*, Duke University Press, 1993.

〔註29〕Philip F. Williams, *Asian Literary Voices: From Marginal to Mainstream*, Amsterdam University Press, 2010.

〔註30〕Wendy Larson, *Women and Writing in Modern China*, Stanford University Press, 1988.

〔註31〕黃人影著：《當代中國女作家論》，上海：光華書局，1933 年，第 186 頁。

許多抒情散文入選中小學教科書，顯示了她對發展新的書面語的影響。

　　跟盧隱一樣，冰心採用新的文學體裁，包括散文、小說和詩歌來探索各種社會問題，尤其是與婦女、兒童有關的問題。她的作品通過擴大現代文學題材範圍，打開了婦女兒童文學的一個全新的領域。雖然歷史上有很多女性作者，但她們不能發表作品，而且基本上不寫小說和散文。歷史上幾乎沒有專門為少年兒童寫作的文獻。在五四時期，婦女和兒童的問題受到越來越多的社會關注；因此，反映婦女和兒童生活的文學作品逐漸形成。冰心的小品文（抒情散文）如《寄小讀者》《往事》不僅表達了一個女人的情感和生活，而且還專門為孩子們寫的。冰心描繪了男權社會裏的婦女和孩子們，並從她們的角度表達了她們的感情和願望，這是一個對傳統的男權文化的勇敢挑戰。與盧隱相比，冰心在她的作品中沒有明確的條款主張如女權主義思想。然而，她的作品中女性教育和解放的主題以及孩子的獨立人格，都反映了她的女權主義取向。此外，冰心的白話文中展示的獨特的女性風格影響了許多後代作家，這本身就是對根深蒂固的男性價值觀文化的抗議。我認為，這些話語實踐打亂了占統治地位的男權話語，傳播了一種新的文化。因此，冰心的文學作品對中國新修辭作出了重大貢獻。〔註32〕

　　當冰心傾向於以隱晦方式表達女權主義思想的同時，她在小說和散文中的白話文實驗使她成為語言改革方面的勇敢先鋒──這種改革將在後來以許多不同的方式影響漢語文化。如第二章中討論的一樣，中國新修辭學的一個重要方面是強調白話文的使用；冰心創造性地使用白話，並形成了她自己獨特的風格，這本身就是一種傳播新意識、改變舊傳統的話語方式。事實上，冰心典雅的女性散文風格可以被視為通過文學的影響書寫女性力量的一個有效策略；因此，作為一個文體家和作家，冰心幫助創建了一種反抗統治意識形態的新話語。〔註33〕

〔註32〕 *Inventing a discourse of resistance: Rhetorical women in early twentieth-century China.* pp.123~124.

〔註33〕 *Inventing a discourse of resistance: Rhetorical women in early twentieth-century China.* p.130.

　　在我的研究背景中，她的重要性還有另一個原因：她展現了許
多中國修辭學家很難完成的——創新一種新修辭方式，在跨文化修
辭碰撞中復興了民族文化。〔註34〕

　　像這樣著重闡述冰心文學修辭學方面的開拓性創造，以及影響時代認知
與風氣的「宏大敘事」、話語意義的探討，在以往中國內地漢語論文中，尚不
多見。從上述英文專著中三段節譯我們可以看出，冰心作品九十多年來的流
傳，教育作用與意義，語文範示，都是不可否認的事實。英文著述對此方面
的探討，可稱剝繭抽絲、成就體系。

　　對長久以來「冰心體」文體意識與風範的影響，多篇論文都給予了充分
認識與討論。尤其對冰心文學新語體積極建設的要素意義發詳揭櫫，對國內
冰心語文研究不啻是一種互補、互動，更是一種豐富與「外延」。李歐梵有
感：「我認為新文學是一個質變，作家的寫作在語言上，視野上有著極大的變
動。從這個角度講，我個人覺得自己所做的還是不夠的。」〔註35〕有這樣的
意識，即有不落窠臼的發現與研究。「冰心體」所代表的中國文學的「質變」，
在語言方面「極大的變動」，都絕非「生活在古代會更好」，也絕非只侷限於
「個人狹小的圈子」「古老的藝術」，其要義現代性非常突出。如歐美學者所
論——

　　為此首先我將冰心定位為二十世紀初中國的一位女權主義修
辭學家。然後我從她關於寫作的散文推斷她的修辭理論，並探索她
的文學文本怎樣視為將一種現代性的新修辭理論化並作為建模策
略。我查看了她的問題小說，帶出了她的小說的修辭維度。〔註36〕

　　中國新修辭學的一個重要方面是強調白話文的使用；冰心創造
性地使用白話，並形成了自己獨特的風格，這本身就是一種傳播新
意識、改變舊傳統的話語方式。……因此，作為一個文體家和作家，
冰心幫助創建了一種反抗統治意識形態的新話語。〔註37〕

〔註34〕 *Inventing a discourse of resistance: Rhetorical women in early twentieth-century China.* p.149.
〔註35〕 李歐梵著，季進等編譯：《李歐梵論中國現代文學》，上海：三聯書店，2009
　　　　年，第 115 頁。
〔註36〕 *Inventing a discourse of resistance: Rhetorical women in early twentieth-century China.* p.124.
〔註37〕 *Inventing a discourse of resistance: Rhetorical women in early twentieth-century China.* p.149.

　　使用非漢語撰寫的論文，同時頻繁地翻譯冰心原作原文，用以證明文學
理論觀點，這實際上也起到了譯介、宣傳與再創作的作用，讓非漢語領域的
學者、讀者能更直觀地認識瞭解與走近冰心。這些譯文往往出於專業人士，
譯筆雅馴清新，如嚴復早年有關翻譯的名論「信達、雅」，可圈可點，如對冰
心表述自己走上文學道路緣由與文學創作觀念的行文章節譯介〔註 38〕，都能
證明「冰心體」的中國現代意義與世界屬性、公共關係。

　　　　因此，冰心寫作觀有一個深刻的社會、道德和精神傾向。如其
　　　所述，她將修辭視為包括人們用來說服、溝通和告知的所有言語行
　　　為。冰心認可語言的交際、說服和信息功能，也思索這些功能如何
　　　用來促進現代社會的公共利益。在這種意義層面上，冰心的文學理
　　　論可以視為修辭學的。〔註 39〕

通過世界學者類似闡述，冰心文學的修辭意義可說「大白於天下」。

三、對冰心創作與翻譯方面突破區域意識走世界路線的論述

　　南卡羅來納大學 Liu Xiaoqing 的博士論文《作為翻譯的寫作：二十世紀初
的現代中國女性寫作》開章明義即指出：

　　　　我的論文審查了二十世紀早期中國現代女作家的四部作品，即
　　　冰心的《繁星》、《春水》，盧隱的《海濱故人》和凌淑華的《古韻》，
　　　認為現代中國女作家的作品有著明顯的翻譯特徵，也就是說她們打
　　　上了翻譯的印記。這些特徵不一定是指傳統意義上的翻譯，而是更
　　　為隱喻意義上的翻譯，即各種形式的模仿、挪用、轉錄、轉化、轉
　　　移、傳輸。這些寫作展現了中國現代女性與世界的相互交流。

　　　　對中國現代文學的學術研究集中在女作家的獨立性和主體性，
　　　自傳體的寫作特徵，以及她們共同的私人事件主題，如母愛和浪漫
　　　的愛情。然而，很少有研究者直接把中國女作家與外界特別是西方
　　　相聯繫作為研究的焦點，我的論文從翻譯的角度致力於這一領域，
　　　高度關注中國現代女作家的文學、政治與中國傳統、同時代的現代
　　　化進程、國外特別是西方國家的相互影響關係。

〔註 38〕 *Inventing a discourse of resistance: Rhetorical women in early twentieth-century China*. p.126. p.131.

〔註 39〕 *Inventing a discourse of resistance: Rhetorical women in early twentieth-century China*. p.136.

　　本章集中關注冰心《繁星》《春水》兩本詩集，以及與泰戈爾《飛鳥集》的關係，我認為《繁星》《春水》是對《飛鳥集》的「翻譯」，她在自己的詩歌創作中模仿和調適《飛鳥集》。通過模仿，冰心學習了泰戈爾的詩歌形式，但更重要的是，她通過調適展示了自己的創造性，抵制了《飛鳥集》中明顯的父權和殖民化傾向。《繁星》《春水》不僅幫助建構了現代小詩，而且有助於中國早期的女權運動。〔註40〕

　　冰心以她鮮明的環境特徵重塑了泰戈爾的影響。將《飛鳥集》中先驗的、抽象的、烏托邦式的、神秘的、非歷史的氛圍轉變為《繁星》《春水》特定的、具體的、實際的氛圍。……冰心通過把泰戈爾的特色移植到她自身所處的環境中，打破了泰戈爾詩歌的超凡脫俗的平靜。〔註41〕

　　國內論壇歷來一般定論為冰心早年受到泰戈爾《飛鳥集》《新月集》等作品影響，甚至認為冰心是從摹仿泰戈爾入手的。海外世界論文則將「調適」（appropriation）來形容冰心對泰戈爾的學習與借鑒，指出她不是簡單的摹仿，在她的借鑒中，貫穿了自己的獨立意識，是對泰戈爾「東方」殖民色彩、父權社會、烏托邦式話語模式的解構與突圍，從泰戈爾的語體詩文中涅槃，昇華為一種先進的、現實的世界主義，即對愛、平等、自由、富足等現代價值觀的認同，以及主題方面的女性意識，這也是泰戈爾文學中所不完全具備的。在冰心的學習與借鑒中，獨出機杼，表現了她不受權威拘束的創造性、探索性。還例如她對大海、遠航的充分描寫、渲染與時常作為背景的「話語策略」，也都是世界主義、現代性特徵的具體、深刻、自然的體現。

　　這樣的觀點在歐美其他學者研究中也頗有發揚，例如高利克，他在上個世紀八十年代初親自訪問冰心的記錄中得到冰心回答，她原不是最喜歡泰戈爾的《新月集》而是《吉檀迦利》，對這樣的回答高利克當時「很驚奇」，他進而得出冰心是「對人類世界的描述」、「是所有基督徒感受中最深的精髓」這樣的認知與結論：「愛的宇宙並非是來自於她的心境、情感的一個疑問，而

〔註40〕Liu, Xiaoqing, *Writing as translating: Modern Chinese women's writing in the early twentieth century.* University of South Carolina Comparative Literature, 2009. pp.1~2.
〔註41〕*Writing as translating: Modern Chinese women's writing in the early twentieth century.* pp.50~51.

來自於她的精神、理智與意識。」〔註42〕

突破泰戈爾殖民化背景的東方神秘趣味以及男性父權社會「長老」式的話語方式，實現一種世界理想的關愛、平等對話以及童心世界的美好期待，這是冰心文學所呈現出的一種鮮明特徵，表現了真實動人的人文主義關懷。這在海外多篇論文中，皆得到一致的共鳴、應合。

近年在歐美僑居講學的李澤厚與劉再復也注意到這樣的意識。李澤厚說：「在冰心的單純裏，恰恰關聯著埋藏在人類心靈深處的最重要、最不可缺少的東西。在這個非常限定的意義上，她也是深刻的。……中國人的心靈裏，包括整個民族心靈每個個體的心靈裏，經過數十年各種鬥爭的洗禮，現在缺乏的正是冰心的這種單純。……魯迅和冰心對人生都有一種真誠的關切，只是關切的形態不同。」〔註43〕劉再復於 2012 年秋重慶冰心國際學術研討會上的書面發言《天天向冰心靠近》一文中提出冰心「孩子救救我」〔註44〕的主題昭示，對冰心文學主題的世界性、人文意義，作了較深刻的闡發。

歐美論文中，有的將冰心明確定位為「反東方主義」，分析說：

> 泰戈爾明顯是採用東方主義的角度在寫作或把他的詩歌譯介到英語世界。……冰心通過寫作和重寫，用她中國式的詩歌，即五四寫作和中國古典寫作糾正了泰戈爾。〔註45〕

> 泰戈爾《飛鳥集》影響、促成了《繁星》《春水》，冰心在形式和內容上都模仿《飛鳥集》，並在寫作中加以調適，結果，她正式建立了一種新的詩歌風格，即中國現代文學中不押韻的、自由體式的、白話文的小詩。這兩本詩集出版後深受好評，胡愈之、趙景深等給予評論，對冰心的生活、新鮮、寫作靈感的認同，使得這些詩歌在青年中很快流行、模仿，巴金、宗白華、蘇雪林等……作為小詩中最具代表性的詩歌，冰心在中國現代詩歌發展中確立了她的地位。

> 《繁星》《春水》是模仿與調適的結果，模仿與調適是兩種形

〔註42〕高利克等著：《冰心創作在波希米亞和斯洛伐克》，載《捷克和斯洛伐克漢學研究》，李玲譯，倪輝莉校，北京：學苑出版社，2009 年，第 85 頁。

〔註43〕劉再復著：《李澤厚美學概論》，北京：生活·讀書·新知三聯書店，2009 年，第 169～170 頁。

〔註44〕劉再復著：《天天向冰心靠近》，載四川大學《華文學評論》第一輯，成都：巴蜀書社，2013 年，第 170 頁。

〔註45〕*Writing as translating: Modern Chinese women's writing in the early twentieth century.* pp.82~84.

式的翻譯，翻譯的視角為閱讀《繁星》《春水》提供了有利的視點，有助於重新定位這兩本詩集在世界文學中的位置，《繁星》《春水》的創作是與世界其他文學相連，而不僅僅侷限於本國文學。冰心的詩不像公認的那樣是孤立的「原創」。泰戈爾《飛鳥集》是其主要資源，模仿是冰心創作《繁星》《春水》的基礎。同時，翻譯的視角讓我們更近距離地審視冰心的創作行為，創作突出了她作為一個翻譯者和作者的權力。作為譯者，冰心借鑒了泰戈爾寫作的方式，但她不是生搬硬套地借鑒，而是在選擇與調適中展現了她的主體性。把借鑒到的重新寫進她的作品中。寫作揭示了她與泰戈爾的差異，展示了她的權力，抵制殖民主義和女性楷模的權力。

冰心在與世界的連接中證明了她自己是一個五四時期的優秀的女作家和翻譯者。〔註46〕

類似論述，獨擋一面，新見迭出。對於冰心文學的深入研究，歐美研究者秉持勇氣、真知與智慧，開闢更多的話語空間，如同打開了更多的「芝麻門」。

另外，對於冰心文學創作中母親形象的塑造是否消解了母親的個性與權利，冰心文學是現實主義、浪漫主義還是神秘主義，以及冰心文學宗教趣味的歸類定性，她究竟是基督教還是佛教以及20世紀初更為時興的泛愛論者等，都在歐美世界學者論文中，反應突出，屢有爭論，頗能旁徵博引、自圓其說。

總體說來，冰心文學研究不是歐美漢學中國現代文學研究領域的一門顯學，據筆者不完全統計，英語方面專業論文與文學史專著、類書等涉及的專章、篇章，總計不會超過百篇，其中大約有博士學位論文 4 部，涉及冰心並佔有較大篇幅的論著約有十部，另如瑞典名家馬悅然、捷克學者高利克、馮鐵等，部分以英文涉及的評論等。雖然不算一門「顯學」，但冰心文學的話題，綿遠悠長，一脈相承，薪火相傳，貫穿於世界漢學中國現代文學研究領域，特別象徵了歲月的歷練以及作品價值的話語力量。叔本華論文學有一段名言：「相比之下，真正的作品，亦即全憑作品本身獲得名聲、并因此在各個不同的時候都能重新引發人們讚歎的創作，卻像特別輕盈的浮體，依靠自身就能

〔註46〕Writing as translating: Modern Chinese women's writing in the early twentieth century. pp.88~91.

浮上水面，並沿著時間的長河漂浮。」〔註47〕海外冰心研究帶給我們的感受亦正是「隱隱約約的感覺是這種莊嚴、崇高心緒的基本低音」〔註48〕並能「沿著時間的長河漂浮。」

（本文係「教育部哲學社會科學研究重大課題攻關項目」
《英語世界中國文學的譯介與研究》資助項目子課題
《個案研究》階段性成果，項目批准號：12JZD016。）

A Brief Study of the Researches into Bing Xin（冰心）in Europe and America

Zhang Fang Jiang Lin-xin

Abstract: Like the cognition and criticism in the Chinese literary criticism since the May Fourth Movement of 1919, there exist certain ambiguities and hesitations in the studies of Bing Xin（冰心）literature in European and American sinology. Between comments opposed against the early views by Hsia Chih-tsing and Prusek and the deep exploration or studies by scholars in the past decades, a research trajectory has been roughly formed from underestimation to valuing and to rethinking of Bing Xin literature. And the women-awareness and cosmopolitism (containing "Anti-Orientalism" and "Patriarchal consciousness") from Bing Xin literature as well as the creative conception with relation to literary rhetorics have been carried forward or revealed to certain extent. Though not a noted school, the studies of Bing Xin in European and American sinology will last, which not only brings many new insights to scholars, but creates more discourse space. And this thesis firstly summarizes this kind of knowledge in a systematic way.

Key words: Study on Bing Xin, European and American sinology, Literature

附：引文中所涉及的部分英文文獻原文

〔註47〕韋啟昌編譯：《叔本華美學隨筆》，上海：上海人民出版社，2004 年，第 145 頁。
〔註48〕《叔本華美學隨筆》，第 202 頁。

正文第 3 頁注釋③原文為：「The main complaint about Bing Xin, I think, is that she writes incessantly and passionately about such "feminine" topics as maternal love, innocence of the child, and beauty of nature-subjects that sound suspiciously utopian and escapist. Her works, though beautiful and exquisite in style, do not come up to the rigor and gravity of the masterpieces of the time. It is worth mentioning that almost all the writers in the May Fourth literary cannon are male, with the exception of perhaps Ding Ling, whose writings dealt with a very different group of women and subject matters than Bing Xin. Such criticisms, however, do not do justice to a writer with a strong social conscience who participated in the May Fourth movement with a genuine desire to change society and bring happiness to the masses. Nor are they a fair critique of Bing Xin's opus. Most importantly, in my opinion, they reflect a certain gender bias in the cultural assessment of literary productions. 」, Wei, Yanmei, *Femininity and mother-daughter relationships in twentieth-century Chinese literature (Bing Xin, Zhang Jie, Chen Ran, Maxine Hong Kingston, Gish Jen)*. State University of New York at Stony Brook. 1999，第 34 頁。

正文第 3 頁注釋④原文為原文為：「Lu Xun once remarked that "love" and "sincerity" are the two things that are most missing from the Chinese culture. Bing Xin, while keenly aware of the problems facing the young May Fourth intellectuals, wants to use maternal love as a prototype for a more humane society and culture. … What Bing Xin tries to do, is to offer maternal love as the panacea for social alienation and evils. She obviously hopes that the new family model she champions in her writings could be adopted nationwide and provide some remedy to the troubled nation. Bing Xin disapproves of the social indifference expounded by the superman philosophy. In her works the power of the motherly protection extends to both the daughter and the son. It is exalted as the force that inspires and cultivates humanity. Bing Xin has been criticized for her writings about love and childhood, since these subjects, in an era of social and political chaos, were considered as too far removed from the reality. I'd like to argue that compared with the hate philosophy, which approved of the isolation from humanity and escape from reality, Bing Xin engaged reality through propagandizing the virtue of maternal love and the model family.」, Wei, Yanmei, *Femininity and mother-daughter relationships in twentieth-century Chinese literature (Bing Xin, Zhang Jie, Chen Ran, Maxine Hong Kingston, Gish Jen)*. State University of New York at Stony Brook. 1999，第 43～44 頁。

正文第 4 頁注釋①原文為：「Bing Xin saw maternal love as a symbol of a universal love she believed to be the foundation of the universe. Her paean of maternal love is in essence a different approach to reflect on women's painful experiences and the causes of their suffering Instead of offering an explicit political critique of society, Bing Xin attended more to using a moral philosophy as a way to solve social problems. Although her approach sounds less radical, in a patriarchal society in which every cultural activity was designed for men, Bing Xin's representation of women and children from a female perspective itself is an anti-feudalist action. In the Chinese cultural context, by extolling the beauty of nature, Bing Xin expresses her own personality and emotions as an individual, which reinforces the new cultural values celebrating individuality and liberty.」, Wang, Bo. *Inventing a discourse of resistance: Rhetorical women in early twentieth-century China*. The University of Arizon, 2005，第 142 頁。

正文第 4 頁注釋②原文為：「Bing Xin's essays reflect her literary theory. In her lyrical essays, she fully expresses her individual personality as a female writer and set up a model of the individualized new literature. Shen Congwen, a prominent modern fiction writer, pointed out that when we read Bing Xin's work, "it is easy to find the author's individual personality and her beautiful soul as a female" Bing Xin's essays also reflect her philosophy of love which was centered on maternal love, childlike innocence and beauty of nature. By depicting women and children's lives, her essays spread feminist ideas and advocated women and children's rights. In the May Fourth period, the Chinese new rhetoric was aimed at critiquing the Confucian feudal ethics and helping the people to achieve an "independent character." The new literature, as important discursive strategies, was employed to spread the new ideas that value individuality, freedom, and gender equality.」, Wang, Bo. *Inventing a discourse of resistance: Rhetorical women in early twentieth-century China*. The University of Arizon, 2005，第 137 頁。

正文第 4 頁注釋③原文為：「In almost all her essays composed in the May Fourth period, Bing Xin intended to advocate a philosophy of love-a view of the world that integrates traditional Chinese Philosophy, Christian ideas, and pantheism. In essence Bing Xin's philosophy of love is a moral philosophy or a pursuit of an ideal human character. In her essays she explored the positive aspects in human relations and attempted to use love to influence the reader so that they could act and change the dark and corrupted society.」, Wang, Bo. *Inventing a discourse of resistance: Rhetorical women in early twentieth-century China*. The University of Arizon, 2005，第 139 頁。

正文第 4 頁注釋④原文為：「Bing Xin, as a pioneer of these newly available forms of participation-writing-exemplifies some of the difficulties the idealization of the mother posed for women. Having responded through her writing to the general call to cultivate maternal virtues, Bing xin was momentarily celebrated but soon rejected as the New Literary movement sought to disassociate itself from its early subjective and sentimentality. The trajectory of criticism of Bin Xin's work reverses the plot of Chaoren: emotional engagement with an idealized maternal figure is rejected and a masculine model of independence and detachment is (re) asserted. While the contributions that leading male figures like Ye Shengtao and Lu Xun made to the May-Fourth-era celebration of motherhood have been long forgotten, the historical record has preserved a vague memory of the phenomenon in the long-discredited "philosophy of love" it attributes to Bing Xin.」, Sally Taylor Lieberman, *The Mother and Narrative Politics in Modern China*, University of Virginia Press, 1998，第 49～50 頁。

正文第 4 頁注釋②原文為：「As a pioneer of vernacular Chinese, Bing Xin composed a large number of elegant and poetic essays that disarmed the prejudice against the vernacular. That Bing Xin's many lyrical essays have been included in the textbooks of elementary and middle schools since 1920s shows her influence in the development of the new written language. Like Lu Yin, Bing Xin employed new literary genres including essays, fiction, and poetry to explore various societal issues, especially issues related to women and children. Her work opened up a new area of women's and children's literature by broadening the range of subject matter in modern literature. Although there were writing women in history, women could not publish their work and few had written fiction and essays. Historically, there was almost no literature written specially for children. In the May Fourth period, women and children's issues caught more and more attention in the society; consequently, literary works reflecting women and children's life gradually came into being. Bing Xin's xiaopinwen (lyrical essays) such as "Ji xiao duzhe" (To Children Readers) and "Wangshi" (Past Events) not only expressed a woman's feeling and life but also were written for children. In a patriarchal society, Bing Xin depicted women and children and expressed their feelings and wishes from their perspectives, which is a courageous challenge against the traditional patriarchal culture. Compared with Lu Yin, Bing Xin was less explicit in her writings in terms of advocating feminist ideas. Yet the themes of women's education and liberation as well as children's independent character in her works reflect her feminist orientation. Furthermore, Bing Xin's unique feminine style in her vernacular prose influenced many writers of the next generation, which is in itself a protest against a culture entrenched with masculine values. These discursive practices, I argue, disrupted the dominant patriarchal discourse and spread the new culture. Thus, Bing Xin's literary work was a significant contribution to the Chinese new rhetoric.」, Wang, Bo. *Inventing a discourse of resistance: Rhetorical women in early twentieth-century China*. The University of Arizon, 2005，第 123～124 頁。

　　正文第 6 頁注釋③原文為:「While Bing Xin tended to express feminist ideas in an implicit way, her experiment with the vernacular in her fiction and essays made her a courageous pioneer in the language reform-a reform that would impact the Chinese culture in many different ways in later years. As discussed in Chapter Two, one important aspect of the Chinese new rhetoric is its emphasis on the use of the vernacular; Bing Xin creatively used the vernacular and formed her unique style, which is in itself a discursive mode to spread the new ideologies and transform the traditional culture. In fact, Bing Xin's elegant feminine prose style could be viewed as an effective strategy to inscribe women's power through literary influence; thus, Bing Xin as a stylist and writer helped create a new discourse resistant to the dominant ideology.」, Wang, Bo. *Inventing a discourse of resistance:*

Rhetorical women in early twentieth-century China. The University of Arizon, 2005，第 130 頁。

正文第 6 頁注釋④原文為：「And in the context of my study, she is importer for another reason: she illustrates what many Chinese rhetoricians found difficult to accomplish-the creative innovation of a new rhetorical means that revives the national culture in the cross-cultural rhetorical encounter.」, Wang, Bo. *Inventing a discourse of resistance: Rhetorical women in early twentieth-century China*. The University of Arizon, 2005，第 149 頁。

正文第 7 頁注釋①原文為：「Toward this end first I locate Bing Xin as a feminist rhetorician in the early twentieth century China. Then I extrapolate her rhetorical theory from her essays on writing and explore how her literary texts may be read as theorizing a new rhetoric of modernity and as modeling its strategies. I examine her wend xiaoshuo (question fiction) and bring out the rhetorical dimension of her fiction.」, Wang, Bo. *Inventing a discourse of resistance: Rhetorical women in early twentieth-century China*. The University of Arizon, 2005，第 124 頁。

正文第 7 頁注釋④原文為：「Thus, there is a deep social, moral, and spiritual orientation in Bing Xin's view of writing. As mentioned in Chapter one, in this study of Chinese women's writing, I consider rhetoric as including all speech acts people use to persuade, communicate, and inform. From the above analysis, we can see that Bing Xin recognizes the communicative, persuasive, and informative functions of language and also speculates how these functions could be used to promote the common good of a modern society. In this sense, her literary theory could be seen as rhetorical.」, Wang, Bo. *Inventing a discourse of resistance: Rhetorical women in early twentieth-century China*. The University of Arizon, 2005，第 136 頁。

正文第 7 頁注釋⑤原文為：「My dissertation investigates four works of three modern Chinese women writers and writings in the early twentieth century; namely, Bing Xin's Fanxing and Chunshui, Lu Yin's "Haibing guren" (Old Friends by the Sea), and Ling Shuhua's Ancient Melodies. My thesis argues that the writings of modern Chinese women writers have features characteristic of translation. That is, they are characterized by features of translation. These features refer not necessarily to translation in the conventional sense but rather to forms of imitation, appropriation, transcription, transformation, transference and transmission in a more metaphorical meaning of translation. Writing represents a reciprocal communication between modern Chinese women and the world.

Scholarship in modern Chinese literature has concentrated on the autonomy and subjectivity of the women writers, the autobiographical writing characteristics, and their shared subject matter of personal issues, such as maternal love and romantic love. However, not many researchers have made the direct connection of the Chinese women writers with the outside world, especially the West, as the focus of their research. With the perspective of translation, my project contributes to this area with the highlight of modern Chinese women writers' literary and political interactions with Chinese tradition contemporary modern program, and the foreign, especially Western, countries.

Writing plays the role of translating to modern Chinese women writers in that they absorbed influences from both inside and outside China and from Chinese tradition and modernity, transferred modern ideas, and transcribed themselves and their lives as modern women through writing. In this sense, their roles as writers and translators are blended. The role of translator helped them effectively assimilate and transmit various sources of influences into their lives and writing. The role of writer allowed them to critique their origins and displayed their creativity together with their own voices identities, and power in their writings. Specifically, through writing as translating, Bing Xin introduced a modern-styled Chinese poetic writing, Lu Yin revealed the fracture between modern discourse and women's reality, and Ling Shuhua imported Chinese culture to Britain. The result is that these modern women writers helped found Chinese modern literature and culture and promoted intercultural exchanges between China and the West.」, Liu, Xiaoqing, *Writing as translating: Modern Chinese women's writing in the early twentieth century*. University of South Carolina Comparative Literature, 2009，第 1 ～2 頁。

正文第 7 頁注釋⑥原文為：「Bing Xin rewrites Tagore's influence with the distinct characteristics of her own environment. Generally speaking, Bing Xin changes the transcendental, abstract, utopian, mystical, and ahistorical atmosphere in Stray Birds into a specific, concrete, real, and contextualized one in Fanxing and Chunshui. ... Bing Xin breaks the unworldly peace of Tagore's poems by transplanting Tagore's characteristics into her own surroundings.」, Liu, Xiaoqing, *Writing as translating: Modern Chinese women's writing in the early twentieth century*. University of South Carolina Comparative Literature, 2009，第 50～51 頁。

正文第 8 頁注釋④原文為：「Tagore was seen visibly to adopt Orientalism in writing or translating his poems into English. ... With her rewriting and writing, Bing Xin corrects Tagore's with her Chinese poetics, namely, the May Fourth writing and Chinese classical writing.」, Liu, Xiaoqing, *Writing as translating: Modern Chinese women's writing in the early twentieth century*. University of South Carolina Comparative Literature, 2009，第 82～84 頁。

正文第 9 頁注釋①原文為：「Tagore's Stray Birds serves as the primary influence that directly informs Fanxing and Chunshui. Bing Xin imitates both the form and content of Stray Birds and appropriates them in her creation of Fanxing and Chunshui. As a result, she formally establishes a new style of poetry; that is, the non-rhymed, free-styled, Chinese vernacular, short poetry of modern Chinese literature. The two poem collections were well received upon publication. ... The short poem writing reached its height in the late 1920s and was overtaken by intellectual poems later. As the most representative poet of the short poetry writing, Bing Xin marked her place in the development of modern Chinese poetry.

Because Fanxing and Chunshui are products of imitation and appropriation, and imitation and appropriation are two forms of translation, the perspective of translation provides a vantage point from which to read Fanxing and Chunshui. It helps resituate the two works to their place in world literature. Rather than being strictly confined to the sphere of national literature, the creation of Fanxing and Chunshui is connected to other literatures. Bing Xin's poems are not as isolated "originary" as they are commonly claimed to be. That is, they do not stand isolated at the beginning of a creation of modern Chinese literature. Rather, the credibility given to them for opening a new path in modern Chinese poetry should acknowledge their indebtedness to their major source, Tagore's Stray Birds. To put it in another way, imitation serves as the fountainhead of Bing Xin's creation of Fanxing and Chunshui. At the same time, the perspective of translation allows a closer look at Bing Xin's own creative activity. It is creation that gives prominence to her power as a translator and writer. As a translator Bing Xin borrowed Tagore's way of poetic writing. However, she did not borrow it slavishly, but exhibited her subjectivity in selection and adaptation. Furthermore, she rewrote borrowings into her own creation.writing reveals the disparity between her and Tagore and displays her powers, her resistance to colonial power and her demonstration of feminist power.

In all, Bing Xin proved herself to be a distinguished May Fourth woman writer translator in interaction with the world. She absorbed literary elements from foreign literature imported them to China. By imitating Tagore, Bing Xin created a Chinese poetic version that corresponded to Tagore's and made Tagore's poetic writing more accessible and acceptable to Chinese readers. However, more importantly, Bing Xin appropriated Stray Birds through her translation. Based on Stray Birds, she rewrote Tagore by translating him into her personal, social, poetic, and political contexts. The result is that she created her own work and so helped found modern Chinese poetry, ushering in the prevalence of modern short poetry in mid and late 1920s in China. In writing as her way of translation, Bing Xin displayed her power as a modern Chinese woman writer, correcting the patriarchal and Orientalist tendencies in Tagore's writing as well as participating in the early Chinese feminist movement. Therefore, through writing as translating, Bing Xin not only established herself as a modern woman but also helped build modern Chinese literature and assisted the Chinese feminist movement.」, Liu, Xiaoqing, *Writing as translating: Modern Chinese women's writing in the early twentieth century*. University of South Carolina Comparative Literature, 2009，第88～91頁。

按此文與女弟蔣林欣博士合著。

此文原載《現代中國文化與文學》2016 年第 5 輯。

卷六：海峽對岸

第二五章 「一個還鄉的種類的美」
——論余光中詩歌中的四川情結與李杜蘇信息

摘要

　　詩人余光中懷鄉的主要指向為「江南」，包括少年時代生活長達七年之久的川東地區。余光中對川籍或與四川關係緊密的古代詩人如李白、杜甫、蘇軾等情有獨鍾，多見題寫與化用，以之增強文學信息量與表現力。其江海交通、今古映襯的藝術特色，有鮮明的地理文化與精神家園意識，於新古典主義手法上體現現代性，彰顯與延續李、杜、蘇等「異鄉者」的精魂與「水晶絕句」。

關鍵詞：余光中、鄉愁、四川、李、杜、蘇

　　余光中的詩歌創作應為傳世之作——這是中國現代文學教研者比較共通的看法。觀點視域或有所不同，信心與口徑則比較一致。黃維樑曾在《試論余光中各時期詩作的特色》中研判：「二十世紀中國最傑出的新詩作者，應該是余光中了。」論文發表時被編輯添加了二字改為：「最傑出的新詩作者之一」。黃氏見刊表示不滿，說：「在語意上自然有很大的分別……語意上的重大改動如上述『之一』，……沒有先向我詢問。……我是經過深思熟慮才下筆的，絕

非率爾操觚。」[註1]可見研究余光中的學者,到了如何「錙珠必較」的認真程度。這是信心與判斷力的體現,是對余光中文學成就的總體把握。筆者學問譾陋,不敢像黃維樑那麼驅「二十世紀中國」馬車首載余夫子,但下個判斷,即余光中係二十世紀海外華文詩人中影響最大、最具代表性者,當亦是信心滿滿。余光中的詩歌可以傳世的最大理由我以為:一是個性之外特別具象地表現了二十世紀下半葉華人尤其是海外遊子共通的、感同身受的分離主題與情懷──核心是鄉愁;二,他的詩歌中有著宏大的精神家園主題與地理文明意識,作品構織成一張現代行走者的世界地圖,江海交通,陸島互補,學貫中西,氣象萬千;其三,是豐富的知識信息含量,如對古典文學詩騷文豪精華的繼承與應合、化用、延伸。其餘方才是橫溢的才氣以及其自謂的「藝術上的多妻主義」等綜合能力。總括一句,余光中是二十世紀下半葉最具代表性的海外華語鄉愁詩人。

《詩經》有所謂:「天生蒸民,有物有則。」余光中主題鮮明的文學作品即有這樣的份量與準則。物,是萬象、萬物;則,即為一種精神、情理、思路。余光中的詩歌作品中經常奔泄長江黃河,峙立泰山峨眉,有江南飛花、蜀中煙雨布穀,有臺北廈門街雨注屋瓦、太平洋驚濤駭浪,美國落磯山東望看雪、香港沙田海灣煮茶,遙想青山背後的大陸乃至那一座「母親的孤墳」,等等,題材與意境意象十分遼闊豐富,如他形容「記憶像鐵軌一樣長」,豐富的感情,深刻的寓意,構築起一道天下人生、美好家園的風景線。這個家園是物質的,更是精神的,從中體現出現代人的時間意識與民族情懷。與他同時代同遭際的詩人才華橫溢、學問豐碩者也不在少數,甚或較余氏有過之,但能像余氏這樣始終堅守、歌詠、抒發、描寫「故國」情感與離散悲劇主題,寄寓「還鄉者」的呼聲希冀,彰顯心靈家園永恆的價值,將華文語詞書寫發揮到淋漓盡致、渾然一體,兼有繼承與創新者實屬罕見。余光中鄉愁作品有如昔人形容杜詩「渾涵汪茫,千匯萬狀」,幾十年來膾炙人口,轟動文壇,頗具符號學意義,雖時光遠去而並不見衰竭之象,這種現象可說別無二致,有獨到之處,值得深入探究。

本書集中討論余光中富有故土家園意識的詩歌中四川情結以及與四川關係(維度)緊密、頻仍的李(白)、杜(甫)、蘇(軾)等文豪於其詩的影響、

[註1] 上引見黃維樑:《一個廣闊自足的宇宙》,載黃維樑著《期待文學強人》,香港當代文藝出版社,2004年版,第124頁。

映像，以此討論其主題意義與藝術特色。論述若有不到，尚祈同好高明指教
為盼。

一、「饕餮地圖」「代替回鄉」

上個世紀八十年代初期成都詩人流沙河評介余光中詩《當我死時》驚訝
不已，對於詩中「當我死時，葬我，在長江與黃河／之間，枕我的頭顱，白
髮蓋著黑土……」詩尾：「用十七年未饜中國的眼睛／饕餮地圖，從西湖到太
湖／到多鷓鴣的重慶，代替回鄉。」流沙河評論：「他想起了重慶江北悅來場，
抗日戰爭時期他在那裡讀過中學，那裡多山多樹多鷓鴣……在這首詩裏他卻
不想南京而想重慶——多鷓鴣的山城。該是啼鳥喚人歸吧？」〔註2〕在老一代
人心目中，重慶即係四川，是川東的一方重鎮。余光中涉川詩文中無疑涉及
重慶最多，在他心目中，長江也即川江、峽江、揚子江。余光中祖籍福建，
生於南京，長於重慶，就讀中學從十歲到十七歲共「七年間」〔註3〕，據余氏
自述是「重慶的團圓。月圓時的空襲，迫人疏散。於是六年的中學生活開始，
草鞋磨穿，在悅來場的青石板路。」(《逍遙遊》)「七年」，是居川整數；「六
年」，指其就讀中學的時光。余氏中年時代回顧他早年生活時如是說：「他同
樣也是廣義的江南人，常州人，南京人，川娃兒，五陵少年。杏花春雨江南，
那是他的少年時代了。」(《聽聽那冷雨》)可知他詩裏最愛寫到的「江南」，
包括四川重慶等地在內，即他所謂「廣義的江南」(古人「江南」一說如李白、
杜甫、韋莊等人詩歌中都有指代成都等地，包括湖湘地區，明顯例子如杜詩
《江南逢李龜年》。)從十歲到十七歲，是一個少年人的主要成長經歷，是最
好奇、求知欲望最強、記憶最深刻、鮮活的人生階段，余光中的「川娃兒」
物象意境，不時穿插布撒於詩文中，構成一種記憶慣性、聚焦遠景，可以說
這是他詩文中頗具所指與能指意義的語詞符號與標注方式。打個比喻，如果
剝離了四川情結這塊臺基，余光中的詩文大廈會有殘缺與傾斜，甚至坍塌。「四
川」，確是余光中創作中不可分割的心結，是其作品中重要的情感物象，是處
處觸發的鏈接。對此，余光中在散文《海緣》中說得最明白清晰不過：

> 我的少年時代，達七年之久在四川度過，住的地方在鐵軌、公
>
> 路、電話線以外，雖非桃源，也幾乎是世外了。白居易的詩句「蜀

〔註2〕流沙河：《臺灣詩人十二家》，重慶出版社，1983年，第30頁。

〔註3〕參見劉安海：《在散文美學的燭照下——讀余光中散文新作〈思蜀〉》，載《火
浴的鳳凰，恒在的繆斯》，湖北人民出版社，2002年，第264頁。

江水碧蜀山青」，七個字裏容得下我當時的整個世界，蜀中天地是我夢裏的青山，也是我記憶深處的「腹地」。沒有那七年的山影，我的「自然教育」就失去了根基。

《文心雕龍・章句》形容：「夫設情有宅，置言有位……區畛相異，而衢路交通矣。」大半生作為「世界人」的余光中，擅長多類文體與題材寫作，是文學創作的多面手，堪稱一代大師。四川即他詩文「設情」、「置言」的一個重點「宅」、「位」，由此「區畛相異」而「衢路交通矣」，通往物質的故鄉家園，更通往精神的故鄉家園。即便沒有「四川」字樣標識的代表作如《鄉愁》一詩，「郵票」、「船票」兩個載體喻體即關涉巴山蜀水（川江）。另如膾炙人口的《鄉愁四韻》中「給我一瓢長江水啊長江水」、「給我一朵臘梅香啊臘梅香」等名句，多有描寫「鄉土的芬芳」，無疑都具有川土風物風光的影射、喻指，帶給人豐富的聯想與審美通感。這種表現是貫穿他長年矢志不移的創作中的。

對故鄉特別是精神家園的賦予、銘心刻骨的召喚、思念，揮之不去，伴隨余氏一生。在寫作《當我死時》，余光中年僅三十多歲，這時離死以及對死的盤算就平常人而言恐怕還太早，用「死」去設想、「置言」、盟誓，雖是古今詩人的「本能」，但用於極致的表達，也只能說明余光中對抒發物（對象）難以言喻的深情與牽掛，是一種形而上的精神託付與給予。海德格爾所謂：「終有一死者的說話植根於他與語言之說的關係……終有一死的人以這種方式棲居於語言之說中。」〔註4〕余光中的詩正是有著這樣的哲學涵義，這樣的藝術況味，從人生終極意義與尺度上表達著他「詩意的棲居」。漢《鐃歌》道死以訴情，魏晉劉伶醉酒交代「死便埋我」，魯迅對死亡的反覆書寫與充分準備，無一不是反射著生命的極致意義與赤子般純粹的心情。余光中在現代意義上深入開掘，詩歌常常展開驚奇的象喻，如將長江黃河設喻為「兩管永生的音樂」，將人生的有限與山川的無限以及意義的永恆黏合融會，互為映像，語詞張力特別突出，對此他實際繼承了古代李、杜、蘇等人對長江黃河等神州景物最多、最知名的見證與抒寫，文本於約中見豐、深入淺出。〔註5〕「到多鷓鴣的重慶，代替回鄉」，戛然而止，這裡的「重慶」，應不單為物質的重

〔註4〕海德格爾：《在通向語言的途中》，商務印書館，2004年，第25、26頁。
〔註5〕此一點正如林庚先生論唐詩：「它的充沛的精神狀態，深入淺出的語言造詣，乃是中國古典詩歌史上最完美的成就。」見袁行霈等注：《林庚推薦唐詩》，廣陵書社，2004年，第1頁。

慶，她象徵精神的家園，更是心靈的故鄉，是時間的紀念碑。《當我死時》「重慶」的符號意義明顯，亦提升了四川作為一種追憶的地理人文標誌地位，延續了自古而來四川（巴蜀）在文學詩歌中的突出意象與寄託。這已超過一般意義上的懷鄉、回鄉，具有高尚、開啟的深度，有悲劇美學的悲壯、宏偉美感。「甚至可以說，一首詩的偉大正在於：它能夠掩蓋詩人這個人和詩人的名字。」〔註6〕余光中的鄉愁詩歌作品能使華人世界讀者賞心悅目、產生感動共鳴、傳誦不衰，如果沒有民族的深厚東西在裏邊，堅如磐石，是不可能抵禦時間大浪的無情淘汰的。同時，如果沒有哲學的高度與深意，特別是現代人（後工業、後大戰時代）全球化的離散遭際感觸、幻滅意識與精神鄉愁，交相變奏，也同樣不可能讓人體味深刻、經久難忘，甚至可以讓人推論其不朽的價值。

「四川」（包括重慶）即為余光中「代替回鄉」的一條語言途徑，他書寫於此，每有神來之筆。手邊無餘氏全集，僅憑選集，就可不費力氣地列舉他凡涉明喻、確指的涉川（巴蜀）詩歌（暗喻、隱喻、隱射等作品略），例如──

《揚子江船夫曲──用四川音朗誦》（1949）這首不僅寫四川，且用川音朗誦，頗具司空圖《詩品》「滋味」一說；《當我死時》（1966）；《大江東去》（1972）中有句：「失眠的人頭枕三峽」；《湘逝──杜甫歿前舟中獨白》（1979）中有句：「西顧巴蜀」、「蜀中是傷心地，豈堪再回楫？」「莫問成都的街頭」等；《贈斯義佳》（1979）中：「搖籃一樣地搖我，搖我回四川搖回那沃美的盆地啊搖籃」；《戲李白》（1980）中：「天下二分／都歸了蜀人」；《尋李白》（1980）：「隴西或山東，青蓮鄉或碎葉城」；《寄給畫家》（1981）：「豪笑的四川官話」；《記憶傘》（1982）中：「找到小時候的那一把／就能把四川的四月天撐開」；《蜀人贈扇記》（1985）：「那一片聲浪仍像在巴山／君問歸期，布穀都催過多少遍了」。等等。

以上例述僅見一部《余光中詩選》（海峽文藝出版社1988年版），收錄主要是余光中青壯年時代作品，倘若清理其全集或納入其近二、三十年創作，涉川之作當不勝枚舉。還有不少名作，寫物喻象抒情用「蟋蟀」、「布穀」、「鷓鴣」、「鄉土」、「田埂」、「江南」、「春天」、「短笛」、「蓮」、「梅」、「蟬」、「棉」、「柳」等，隱喻與聯繫巴蜀地區風物特色，絡繹不絕，精彩紛呈。顯然隨著

〔註6〕海德格爾：《在通向語言的途中》，商務印書館，2004年，第8頁。

年齡的增長，其懷鄉之情愈發突出濃烈，涉及亦愈見多。自古詩人多有懷舊悔少、嚶嚶其鳴的先例，在傳統鏈結上求新求變（所謂「新古典主義」）的余光中也不例外。如果我們再納入余光中散文名篇而議，代表作如《逍遙遊》《九張床》《鬼雨》《聽聽那冷雨》《記憶像鐵軌一樣長》《伐桂的前夕》《海緣》《思蜀》等，會驚訝地發現，多有涉川的書寫與鋪張、引喻、象徵，有的如《思蜀》就是專題長文。前期散文如──

　　　　當我懷鄉，我懷的是大陸的母體。啊，詩經中的北國，楚辭中
　　的南方！當我死時，願江南的春泥覆蓋在我的身上，當我死時。

　　　　　　　　　　　　　　　　　　　　　　　　──《逍遙遊》

這可與《當我死時》詩篇對讀，異曲同工，是詩文姊妹篇。可以確信其「江南」與「重慶」（四川）是同一個所指與能指範疇，皆代表他所表達的「大陸的母體」、「睡整張大陸」「鍾整個大陸的愛」等意謂。再如──

　　　　雨在海峽的這邊下著雨在海峽的那邊，也下著雨。巴山夜
　　雨。……巴山的秋雨漲肥了秋池，少年聽雨巴山上。桐油燈支撐黑
　　穹穹的荒涼。

　　　　　　　　　　　　　　　　　　　　　　　　　　──《鬼雨》

　　　　雨是一種回憶的音樂。聽聽那冷雨，回憶江南的雨下得滿地是
　　江湖下在橋上和船上，也下在四川在秧田和蛙塘下肥了嘉陵江下濕
　　布穀咕咕的啼聲。

　　　　　　　　　　　　　　　　　　　　　　　──《聽聽那冷雨》

風雨無阻，春風吹度，四川的意象無時不可濕漉漉地潤撒在其行文中。余光中創作散文（Creative Prose）篇章與詩歌作品向不分家，皆發諸性情，揮灑不羈，氤氳著濃濃的鄉愁心意，大氣如漢賦，淒麗如六朝文，絕勝則又有如唐律絕句。可以與上邊引文對讀的詩作還例如他的《親情傘》──

　　　　最難忘記是江南／孩時的一陣大雷雨／下面是漫漫的水鄉／
　　上面是閃閃的迅電／和天地一吒的重雷／我瑟縮的肩膀，是誰／一
　　手抱過來護衛／一手更挺著油紙傘／負擔雨勢和風聲

　　　　多少江湖又多少海／一生已度過大半／驚雷與駭電早慣了／
　　只是颱風的夜晚／卻遙念母親的孤墳／是怎樣的雨勢和風聲／輪到
　　該我送傘去／卻不見油紙傘／更不見那孩子

這首亦堪名作，與古代孟郊《遊子吟》或可相映生輝，古今應合，皆於淺近

中表達情深意長、書寫永久的人性。

　　余光中的江南四川情結表述與渲染，除卻上述家園意義的地理方位途徑指向外，詳加體味，感到還特別體現在他的文學審美追求、汲取上，他心目中崇拜與追思的詩騷文豪如李白、杜甫、蘇軾等人，或係川籍出身，或將四川作第二故鄉，多有勾留，有重要創作。對於這些大詩人，余光中詩歌中多有專題吟詠，流露出由衷的喜愛之情，更多的還是新詩意義上的汲收、應合與互文，以此強化表現力，增加感染力。他這方面的代表作，多為力作，亦多膾炙人口，通過借代、寄興、以古喻今的手法，加深了他的四川情結與人文意識。以下試申論之——

二、李杜蘇等人的影響與應合

　　余光中詩歌中涉及中國古典詩人除屈原之外，李、杜、蘇次數最多，被其引用頻率亦最高，由此可見他對鄉土情懷與大家風度的深切仰慕與欣賞。可以說，李白杜甫蘇軾等人，活在余光中的文學情懷與詩生命中。余氏曾有自白：「一切創作之中，最耐讀的恐怕是詩了。就我而言，『峨眉山月半輪秋』和『岐王宅裏尋常見』，我讀了幾十年，幾百遍了，卻並未讀厭；所以趙翼的話『至今已覺不新鮮，』是說錯了。」（《開卷如開芝麻門》）對蘇軾也多有讚美，甚至將明月簡稱「蘇月」（《沙田山居》）。我們於此不妨先用材料統計的方法，直觀一些，將余光中李、杜、蘇的相關詩詠大致羅列出來，仍援引《余光中詩選》——

（一）涉及李白

　　　　我想起中外的無盡天才：

　　　　最高的星星莫非是李白？

　　　　　　　　　　——《沉思——南海舟中望星有感》1950 年

　　　　你以為警察不沒收李白的酒壺

　　　　十三妹中不可能有喬治桑

　　　　　　　　　　　　——《放逐季》1960 年

　　　　專題作品：《狂詩人——興酣落筆搖五嶽，詩成嘯傲凌滄州》
　　1961 年

　　　　醉酒的李白，違警的賈島

　　　　超級公路駛千條

哪條是通向長安的大道？

──《多峰駝上》1961、1976 年

李白去後，爐冷劍鏽

──《湘逝──杜甫歿前舟中獨白》1979 年

專題作品：《戲李白》1980 年

專題作品：《尋李白──痛飲狂歌空度日，飛揚跋扈為誰雄》
1980 年

專題作品：《念李白》1980 年

莎士比亞，雨果，李白，川端康成

用英文，用法文，用中文與日文

──《國際會議席上》1984 年

（二）涉及杜甫

一召老杜

再召髯蘇，三召楚大夫

──《夜讀》1978 年

夾在詩選的「秋興」那幾面

──《秋興》年代佚

專題作品：《湘逝──杜甫歿前舟中獨白》（全詩共 80 行）1979 年

偏是落花的季節又逢君

海景縱非江南的風景

──《贈斯義佳》，1979 年

把胡馬和羌馬交踐的節奏

留給杜二去細細地苦吟

──《尋李白》1980 年

（三）涉及蘇軾

在莎鬍子

和蘇髯等長老之間

──《狂詩人──興酣落筆搖五嶽，
詩成嘯傲凌滄州》1961 年

赤壁下，人弔髯蘇猶似髯蘇在弔古

——《大江東去》1972 年

何日重圓，八萬萬人共嬋娟？

——《中秋月》年代佚

一召老杜
再召髯蘇，三召楚大夫

——《夜讀》1978 年

專題作品：《夜讀東坡》1979 年
該你凌波而翩翩東來呢
或是我乘風去西南？

——《中秋》1980 年

有一條黃河，你已夠熱鬧的了
大江，就讓給蘇家那鄉弟吧
　　天下二分
　　都歸了蜀人
　　你踞龍門
　　他領赤壁

——《戲李白》1980 年

恍惚的側影誰是東坡
一撮長髯在千古的崩濤聲裏

——《橄欖核舟——故宮博物院所見》1982 年

以上主要就一個版本的詩選集援引，集中有的詩作如《招魂的短笛》《春天，
遂想起》《唐馬》《碧潭》《黃河》《白玉苦瓜》《十年看山》等，對上引幾位都
或有隱喻或有串用、借指。有的則寫此及彼，引比連類，相互映像。在其
抒情散文中，出現則更加頻繁明顯。總之，李杜蘇等人的精神與名作似乎像
血液一樣流淌於余光中的詩行與行文中，影響著他「語詞」的風貌，他與
古典複沓、呼應、推陳出新。涉及另外的古代文學家亦多，如屈原、司馬
遷、陶淵明、陳子昂、王維、杜牧、李商隱、姜白石等，但都不如上述三者
頻密持久。我們從余光中年輕時代梳理下來，可以感受到，他豪放追蹤李白，
沉鬱不失杜甫，詠史與抒發浪迹天涯的情懷則首選東坡。他涉及杜甫似乎

較晚，可能是中老年時代更感到親近，這原是愛杜、學杜者的普遍規律，如杜所謂「庚信文章老更成」。余光中於 2007 年到四川成都參拜杜甫草堂故居創作的《草堂祭杜甫》一詩，尚未發表即在讀者中不逕而走、傳誦開來，詩中如

> 好沉重啊，你的行囊
> 其實什麼也沒帶
> 除了秦中百姓的號哭
> 安祿山踏碎的山河
> 你要用格律來修補
>
> 家書無影，弟妹失蹤
> 飲中八仙都醒成了難民
> ……

造句寫意堪稱鏗鏘有力、寄意無窮。結尾「在你無所不化的洪爐裏，我怎能煉一丸新丹！」則近乎吶喊，激情澎湃地表達著對杜甫的景仰愛戴之情。近年發表的組詩《唐詩神遊》十首〔註7〕，範圍更廣，依次錄為：（一）《登鸛雀樓》、（二）《江雪》、（三）《登樂遊原》、（四）《尋隱者不遇》、（五）《問劉十九》、（六）《空山不見人》、（七）《下江陵》、（八）《桂魄初生》、（九）《夜雨寄北》、（十）《寄揚州韓綽判官》。正如黃維樑所評：「余光中數十年來寫詩逾千首，題材極為廣闊……《唐詩神遊》則是他充滿情味理趣的詩歌藝術小品。……余氏有濃厚的古典意識，寫詩時常與古代詩歌或深或淺地『文本互涉』，如《詩人──和陳子昂抬抬槓》（1973 年）《公無渡河》（1976 年）《將進酒》（1980 年）《天問》（1986 年）《行路難》（2012 年）等，余氏或變奏或延伸或戲擬，常有《文心雕龍》說的『自鑄偉辭，』不乏佳意妙趣。」〔註8〕這和往年研究者整理所感受到的：「他最佩服李白、杜甫、李商隱、屈原。自謂以詩之豐富多姿而論，最崇拜杜甫；但以詩之純而論，則最羨服蘇軾……」〔註9〕並無違拗之處，反之，表現了余光中學無止境、兼收並蓄、博大精深的

〔註7〕 見載臺灣：《國文天地》，2013 年總第 29 卷第 5 期，黃維樑：《余光中〈唐詩神遊〉導遊》附錄。

〔註8〕 黃維樑：《余光中〈唐詩神遊〉導遊》，臺灣《國文天地》，2013 年總第 29 卷第 5 期，第 70、71 頁。

〔註9〕 王晉民、曠白曼編著：《臺灣與海外華人作家小傳·余光中》，福建人民出版社，1983 年版，第 167 頁。

造詣追求與生命體認。這種充沛的精神使他的詩歌肌理堅實豐滿，更能「於細微處見精神」。

毫無疑問，李杜蘇三人中李白對余光中的影響最為明顯，他有關李白三題：「戲」、「尋」、「念」，似乎已成他的擬人亦是「夫子自道」，如杜甫當年「戲為六絕句」一樣表達出自己的文藝觀念。其中「繡口一吐就是半個盛唐」等警句，為人津津樂道。再如上引他詩中所述的：「天下二分 都歸了蜀人」（指李白與蘇軾）。杜甫亦在蜀中長期羈留，有不朽名作與紀念勝景，余光中的「兼愛」情結，不言而喻，也增加了他對巴蜀大地的認知與留戀，驅使了他詩文每有「乘風去西南」的衝動。他詩中形容蘇軾為李白的「鄉弟」，這個稱謂或許也可移作他自己的寫照。名家、川土、「水晶絕句輕叩我額頭」（《尋李白》），這是如何的交匯無痕、體現於余氏的精神氣質與創作靈感呵。

> 他撫摸中國像中國撫摸過他
> 撫不平的壘壘記憶不平
> 亦血亦汗亦淚亦流水

——《老戰士》（1972）

戰火、隔絕、苦戀、生離死別、時光流逝，這些既是詩人心中的創傷，卻也是他詩文的發酵劑與創作源頭。

三、「海波鑲邊的一種鄉愁」

余光中的文學作品具有顯著的現代性，反映在世界意識（包括創作中明顯的地理文明、地圖脈絡），亦反映在其鄉愁題材方面，往往由此及彼、縱橫交錯、追憶無窮、聯想無限，有如百川歸海，展現大氣磅礴的文學景觀與行文駕馭能力，精緻的結構、現代派的氣息，頗相兼融。

梁啟超 1902 年著《地理與文明》指出溫帶地區乃是人類歷史文明的發源中心、搖籃。余光中所懷念的「江南」包括四川盆地、重慶山城，即中國溫帶地區的典型區域，長江文化的搖籃，源遠流長，人文信息量豐贍，古代文明賦予的特點尤其突出。余光中的詩歌行文，蹈屬發揚，具備一種傳統的磁場應力，而其對外部世界特別是海洋、海島、海峽乃至異域他國的描寫互文，更加烘托了「故國文明」、精神家園的邊界意義，開闊了文學的視野，豐富與深化了思想內涵。梁啟超：「海也者，能發人進取之雄心者也。陸居者以懷土之故，而種種之繫累生焉。試一觀海，忽覺超然萬累之表，而行為思想，皆

得無限自由。」〔註 10〕余光中的「懷土」並不侷限、拘泥、自固，正是有著「超然」與「自由」的現代思想驅動，亦有著陸海文明、思想方式相輔相成所呈現的藝術機制與創新特色。即如他代表作《鄉愁》為人傳誦的末句「而現在／鄉愁是一灣淺淺的海峽／我在這頭，大陸在那頭」。「語詞」氣象萬千，警新雄奇，刷新了鄉愁詩歌的古代意象。如他文中所形容的奇新、深情：「這島嶼，是海波鑲邊的一種鄉愁。……每一圈年輪都是江南的太陽。」（《伐桂的前夕》）

余光中對四川盆地的不盡追憶與懷念，正有著波光雲海乃至海洋新大陸異質文明的烘托反襯。換句話說，他作品的地球家園意識強烈，大陸逶迤、滄海橫流，作品景象往往像於太空俯拍，鉅細無遺，如《文心雕龍・總術》篇所謂「乘一總萬」、「理有恆存」。他對李杜蘇等波瀾壯闊、身世漂流、心靈傳奇的人生經歷、創作特色都有取鏡，如「海客談瀛州」（李）、「已具浮海航」（杜）、「海南萬里真吾鄉」（蘇）、「滄海月明珠有淚」（李商隱）、「遙望齊州九點煙」（李賀）等傑構名句，融會貫通，左右逢源。《文心雕龍・神思》篇：「古人云：形在江海之上，心存魏闕之下。……登山則情滿於山，觀海則意溢於海，我才之多少，將與風雲而並驅矣。」這就像在形容當代余光中的創作。多才，固然是他的長處，時或也不免是他的短板，偶而不免「才溢」，使文面滿溢，意象繁多，稍嫌累贅，好作品無此弊。少年時代七年四川生活固然是他「自然教育」的「根基」，大千世界、海洋文明則是他的憧憬與嚮往，是其不懈追求的象徵，他述說：

> 我的中學時代在四川的鄉下度過。那時正當抗戰，號稱天府之國的四川，一寸鐵軌也沒有。不知道為什麼，年幼的我，在千山萬嶺的重圍之中，總愛對著外國地圖，嚮往去遠方遊歷，而且覺得最浪漫的旅行方式，便是坐火車。
>
> ——《記憶像鐵軌一樣長》

> ……當時那少年的心情卻嚮往海洋，每次翻開地圖，一看到海岸線就感到興奮，更不論群島與列嶼。
>
> ……那水藍的世界，自給自足，宏美博大而又起伏不休，每一次意外地出現，都令人猛吸一口氣，一驚，一喜，若有天啟，卻又

〔註10〕梁啟超：《地理與文明之關係》，見《梁啟超哲學思想論文選》，北京大學出版社，1984 年，第 76 頁。

說不出究竟。

　　……造化無私而山水有情，生命裏注定有海。

　　……所以我的窗也都朝西或西南偏向，正對著海岸，而落日的
方向正是香港，晚霞的下方正是大陸。

——《海緣》

這種「海陸之交」、「可謂雙重的邊鎮」(《海緣》)、開放與懷舊的情懷交織，無疑映襯與推助了余光中文學意境造詣，是二十世紀文學走出「夔門」、國門融入世界語境的現代文學體式特徵。

李杜蘇等余光中心儀的古典文學大師，多出生於中國內陸腹地，但一生漂泊，壯遊江海，踏歌日月，余光中對其謳歌吟詠、借用取鏡，沿用刷新，如現代哲學所指「異鄉人的腳步」傳達著「一個還鄉的種類的美」[註11]，這種有關人的主體精神、本質的追問與書寫，負載著更多的現代性，是人類共通的精神家園亦即失樂園的隱喻與尋覓。余光中對巴蜀大地、李杜蘇等人謳歌描繪，往往即有傳神之筆、融會之美，如：「你曾是黃河之水天上來｜陰山動｜龍門開｜而今黃河反從你的句中來｜驚濤與豪笑｜萬里滔滔入海」(《戲李白》)「四十年後每一次聽雨｜滂沱落在屋後的壽山｜那一片聲浪仍像在巴山｜君問歸期，布穀都催過多少遍了｜海峽寂寞仍未有歸期……」(《蜀人贈扇記》)「落日已沉，曉日未升｜在晝夜接縫處徘徊｜飄然一身｜在大陸的鼾聲之外｜在羈愁伶仃的邊境」(《夜讀》)……

余光中的文學作品特別是鄉愁題材浸潤著江南巴山蜀水的煙雨氣息，也浸潤著一派「海藍」[註12]，浸潤著古典文學李杜蘇等人的精魂與「水晶絕句」，價值得到圈內公認，或仍在時間的印證與讀者的會心接受中。

原載《當代文壇》2014年第6期。

〔註11〕海德格爾：《在通向語言的途中》，商務印書館，2004年，第75頁。

〔註12〕余光中詩如《六角亭》有句：「海藍得可以蘸來寫詩」；散文《海緣》有：「水藍的世界」，他確將海色與海的氣派發揮到詩文中了。

第二六章　「古典情懷的現代重構」
——余光中、洛夫成都杜甫草堂詩對讀

摘要

　　臺灣現代詩領軍老詩人余光中、洛夫都寫有親臨成都杜甫草堂追思、祭念詩聖杜甫的詩作，或短或長，古今交會，精神相契，深表敬愛之情，堪稱力作。兩位詩人創作生涯中，都受到杜甫詩歌的深刻影響與範示，涉及題材詩、句與融入佳義甚多，可稱異曲同工，各有勝表。本文著重採用對讀的方式，展現詩人相投的志趣，並揭示出時間、歷史、現實的三維空間意義。

關鍵詞：余光中、洛夫、杜甫、草堂詩

　　在臺灣著名現代詩人中，余光中與洛夫堪稱是兩位代表人物，雖然他們曾分別屬於《藍星》與《創世紀》兩大陣營，作為發起人與主要代表，文藝風格、詩歌觀點不盡相同，甚至彼此還有過分歧與論爭。如上個世紀七十年代初關於余光中長詩《天狼星》現代性的爭論等，但總體而言，二人都屬於新詩現代派的範疇，且在很多方面，特別是精神氣質方面，以及對詩歌語言的解構、錘鍊、發明、塑造方面，志趣頗為接近與融通。甚至可以說，他二人走的是一條相近的道路——即由西方現代派藝術的追隨、模仿者到探索創新有民族風骨、精神氣質的新詩現代主義道路。詩評界曾以「回歸傳統的浪

子」分別形容二人，事實上二者都不是簡單的「回歸傳統」（與復舊更有霄壤之別），而是尋覓與探索一條具有歷史意義、本土意象的現代詩抒情道路。在此方面，二人創作風格有所差異，有所偏重。大體說來，余光中作為「藝術上的多妻主義」，顯得更加多樣化，詩行自由靈活、圓融瀏亮；而洛夫則更多一些空靈（禪意）、生澀，以及超現實主義的先鋒慣性，實驗性質更加明顯。就題材而言，二人都比較長於海外遊子情懷、鄉愁的抒寫，各有《鄉愁》《鄉愁四韻》與《邊界望鄉》《家書》等巔峰式代表作品。二人的詩歌追求沒有本質的差異與對立，詩人彼此感情融洽，世界觀接近，藝術上求同存異，即便在激烈論爭的時代，仍有許心協作、切磋交流。洛夫的《邊界望鄉》「後記」即記錄了二人創作盛時真誠的友誼：

> 一九七九年三月中旬應邀訪港，十六日上午余光中兄親自開車陪我參觀落馬洲之邊界，當時輕霧氤氳，望遠鏡中的故國山河隱約可見，而耳邊正響起數十年未聞的鷓鴣啼叫，聲聲扣人心弦，所謂「近鄉情怯」，大概就是我當時的心境吧。〔註1〕

對詩歌藝術一致癡心的苦吟、創新追求以及比較共通的外鄉人的感觸遭際，使二人容易走近。另外，兩人還存在不少相似之處，如同年出生（公元 1928年）是「同庚」；曾從軍，由大陸轉徙臺島；大學英文系專業畢業；一生寫作主要從事詩歌、散文、隨筆以及翻譯外國文學作品等，創作樣式愛好相當一致。如果要將二人比作臺灣的現代「李杜」或「小李杜」，雖未必允當，但也未為過分，至少是如杜甫所述的「高李」一輩，是可以於吹臺上邊攜手飲賦，讓風流韻事傳為佳話的。

　　成都的名勝古蹟──杜甫草堂，是中國詩歌的一處馨香聖地。余光中與洛夫兩位臺灣著名詩人，曾於他們進入老年的時代先後來到草堂，拜謁詩聖杜甫詩魂，實現心中長久的宿願。詩人於杜甫草堂俯仰今昔，不禁感傷、感動，更是思如泉湧，激興溢飛，二人都先後寫有令讀者產生強烈共鳴與感動的佳作存世──這便是余光中的《草堂祭杜甫》，洛夫的《杜甫草堂》。

　　兩首詩歌堪稱兩首絕唱，毫無疑問代表了臺灣現代詩在此題材領域的最高成就與最精彩嘗試。我們將此二首詩比較勘讀，對於體味現代派詩人的情懷，分析其藝術上的異曲同工，以及古今交匯的文化風骨，古典詩歌與現代派詩藝的巧妙鎔鑄、互文，別出心裁等，可說都頗有補益與啟迪。以下試以

〔註 1〕洛夫：《洛夫世紀詩選》，爾雅出版社有限公司，2000 年 5 月版，第 53 頁。

分析論之：

一、二人都對杜甫有特別的崇敬

　　余光中與洛夫青年時代都曾經歷過國家破碎、兵燹戰火、苦難流離的生活，二人對於杜甫的認知是長期的、直接的，可說是深入體膚與精神靈魂，別有一番感興與況味。故而創作新詩，不僅能夠鎔鑄杜詩詩意詩象，而且能將古今相聯繫，設身處地，遞加發揮，自然傳承，彷彿將己身化為杜甫的鷗魂與知己，活靈活現，一呼百應。余光中寫有追懷李白的三首新詩，膾炙人口：《戲李白》《尋李白》《念李白》，詩的豪氣蓋過了他對杜甫抒寫的影響。實際上，李白的浪漫主義固然給予余光中深刻的影響與極大的啟發，令他寫出「繡口一吐就半個盛唐」之類天姿豪放、意氣風發的警句，但正如研究者早期即有的總結：「他最佩服李白、杜甫、李商隱、屈原。自謂以詩之豐富多姿而論，最崇拜杜甫；但以詩之純而論，則最羨服蘇軾……」〔註2〕他是這樣表達的，也是這樣融注貫通與寄懷詩情畫意的。在余光中對古典詩人的直接表述與借鏡中，「最崇拜」，杜甫毫無疑問進入他感情世界與藝術境界，並佔有相當重要的位置與多有契合。他上個世紀 70 年代的專題《湘逝──杜甫歿前舟中獨白》一詩長達 80 行，是他有關古典詩人題材中篇幅最多，並寫得最為酣暢淋漓的一首佳作。另如《秋興》、《夜讀》、《贈斯義佳》等詩篇以及不少抒情詩精品，都融用或化入杜甫的典故與詩象。杜甫──這位生前沉鬱頓挫、苦愁而清新的詩人，對於千年後「臺灣鄉愁詩人」余光中來說，應該是血濃於水並水乳交融的關係。雖然這並不妨礙他對李白、蘇軾、李商隱、姜白石等人的學習與景仰、借鑒，因為余光中本來即一位旁收博取的文學家，性格與詩風也兼具浪漫與沉鬱之氣質。夏志清在解析余光中的現代詩與他人之區別時特別指出：「就在於他深信若要建立有價值的現代文學，必須繼承中國古代的遺產，同時融匯旁通西方潮流，單憑模仿西方二十世紀中個別流派實在是不夠的。」〔註3〕對余光中詩中意象韻味採用、化入古典成功範例給予了高度評價。余光中對杜甫不僅是泛讀，而是研讀、精讀，其用情、用心皆稱深文周納、曲盡精工。如《湘逝》加有長注附記，對於杜甫之死詳加學術考究，參考新舊唐書資料，一一辨正分析，後還有由衷之感受，

〔註2〕王晉民、曠白曼編著：《臺灣與海外華人作家小傳·余光中》，福建人民出版社，1983 年版，第 167 頁。
〔註3〕同上，第 165 頁。

他寫道：

> 虛擬詩聖歿前在湘江舟中的所思所感，時序在那年秋天，地理則在潭（長沙）嶽（嶽陽）之間。正如杜甫歿前諸作所示，湖南地卑天溼，悶熱多雨，所以《湘逝》之中也不強調涼秋蕭瑟之氣。詩中述及故人與亡友，和晚年潦倒一如杜公而為他所激賞的幾位藝術家。

這就不是一時興起的書寫或一般口占而已，其用情、用心、用學，都不言而喻。故此這些前奏與進行曲是余光中於耄耋之年參拜杜甫草堂，寫出《草堂祭杜甫》一詩來的充分前奏與雄渾鋪墊，是他一生寄興與感情交撞的總的爆發與回顧。雖然《草堂祭杜甫》一詩只得四十行，比他壯年時代的作品《湘逝》少去一半，但行文用字更加經典、精粹、蒼勁，更具有內在的張力與行文的活力，如他自己詩尾所述（完全是縱情地呼叫了，這激情在當年郭沫若、聞一多等人詩中會見到）：「在你無所不化的洪爐裏，我怎能煉一丸新丹」！杜甫這座「無所不化的洪爐」，給予余光中創作的影響不僅是藝術手段如修辭手法等，更涉及他整個人生視野與態度（如寵辱不驚、情寄故國山河、悲劇審美等）。毫無疑問，《草堂祭杜甫》是余光中大半生來對杜甫感受與感情的高度概括，是詩藝、語言的精密錘鍊與融會貫通，其「含金量」是很高的。只要我們關注到詩人寫此詩時已年屆八十高齡，我們就知道，他是寄託了怎樣的激情與心得，他是怎樣的深情嚮往與勇敢「忘年」（包括病痛、衰老、一生的憂患得失、恐懼等）！倘如有古今知音，靈犀相通，於此可聽高山流水之聲，余光中與杜甫可通隔世之曲、可執忘年之交也！

同樣，詩人洛夫也將杜甫作為自己的精神偶像。他對杜甫的參拜，可稱一往情深，令人動容，且照錄其《杜甫草堂》一詩「小序」為證：

> 中唐大詩人杜甫，河南鞏縣人，生於唐睿宗先天元年（公元七一二年），卒於唐代宗大曆五年，享年五十九歲。公元七五九年因避「安史之亂」而流亡四川成都，卜居浣花溪畔自建之草堂，即今日的杜甫草堂。杜甫居此將近四年，得詩二四〇餘首。
>
> 我於一九九〇年十月六日上午初訪草堂，次日即去九寨溝旅遊，返成都後復於同月十五日下午再度走訪草堂。這前後數小時的盤桓，既是對大師真誠的瞻仰，也是時隔千載一次歷史性的詩心的交融。這首詩的草稿兩年前即已完成，一九九三年十月初始

修正定稿。〔註4〕

兩度參訪，一氣呵成，卻又擱置兩年多時光，反覆修訂，詩行長達 262 行，其精雕細刻、忘我投入，宛若穿越時光的天籟，馭詩而行，馭詩而成，驚動與融化了讀者的每一個毛孔，溫暖了文學的心靈。其中如這樣的詩句，可見清越絕俗：

> 我來是客｜是風｜是印在你足跡中的足跡
> 哀傷｜高過成都所有的屋頂
> 明朝的瓦上曬著唐代的詩｜起風時｜簷間的意象紛紛滾落
> 萬里荒煙｜唯你獨行
> 而今｜我找到的你｜是火的兄弟，鹽的姊妹｜是大地的子嗣，
> 是河流的至親……
> 從草堂的後院到前門繞了一圈｜就是兩千多年｜詩人，仍青銅
> 般醒著

既是膜拜，也是平等的對話，詩人的訪問草堂，表現了最深情的熱愛與最高貴的故國之思。

中國古代文藝理論巨著《文心雕龍・徵聖篇》有「贊曰」：「妙極生知，睿哲惟宰。精理為文，秀氣成彩。鑒懸日月，辭富山海。百齡影徂，千載心在。」移置現代詩人余光中、洛夫二人對杜甫之景懷，不是十分貼切嗎？

二、從時間的意義肯定永恆

余光中與洛夫異曲同工的杜甫草堂題詠現代詩，都突出了時間的意義，從而深刻地揭示永恆的魅力。如黑格爾哲學所指出：「人們可以從時間的肯定意義上說，只有現在存在，這之前和這之後都不存在；但是，具體的現在是過去的結果，並且孕育著將來。所以，真正的現在是永恆性。」〔註5〕海德格爾哲學名著《存在與時間》「其初步目標則是對時間進行闡釋，表明任何一種存在之理解都必須以時間為其視野。」〔註6〕余光中與洛夫不約而同地都意識與沉浸在杜甫草堂時間的話語意義中，披浴著杜甫與其詩的存在、感受方式，進而展現「我思故我在」的現代性上，即如——

〔註4〕洛夫：《世紀詩選》，臺北：爾雅出版社有限公司，2003 年版，第 139 頁。
〔註5〕轉見海德格爾：《存在與時間》，生活・讀書・新知三聯書店，2006 年版，第 487 頁。
〔註6〕同上，第 1 頁。

> 俯聽濤聲過境如光陰
> 猿聲，砧聲，更笳聲
>
> 比你，我晚了一千多年
> 比你，卻老了足足二十歲
> （余光中）
>
> 寫天地間
> 一隻沙鷗如何用翅膀抗拒時間的割切
> 我們以最新意象征服時間
> 永恆是你生前追逐的兔子
>
> 淡出：灰鼠色的歲月
> 淡入：千年後的草堂
> 特寫：微雨中
> 　　　　我在仰讀
> 　　　　一部傾斜的歷史
> （洛夫）

對時間的渲染旨在揭示永恆性，同時「我們共同的興趣在於領會歷史性」，〔註7〕而「唯有一脈相通的靈犀才能把我們導向那裡。」〔註8〕故而與其說余光中、洛夫是懷著對詩聖的敬畏推門而入，不如說是懷著對時間的經典意義的蕭然起敬，而杜甫毫無疑問即這一經典的體現。洛夫兩度參拜杜甫草堂：

> 門虛掩
> 雙掌作勢輕推
> 一片落葉擦肩而過
> 先我一步躍入寂靜的下午

余光中：

> 浣花溪不是曲江
> 卻靜靜地為你而流
> 更呢喃燕子，迴翔白鷗

〔註7〕轉見海德格爾：《存在與時間》，生活・讀書・新知三聯書店，2006年版，第450頁。
〔註8〕同上，第452頁。

二人都寫到一個「靜」（寂靜），彷彿杜甫草堂旁無別人，而詩聖仍在，靈感享有，成為時間所獨有的保留物與不朽的體現，所以吟到動情處，余光中發出了「請示我神諭」的請求，而洛夫則聽到了「隱微的鼾聲｜如隔世傳來的輕雷」。他二人都沒有將杜甫視作古人，而是視同平生知己，甚至視為自己的前世與理想的化身，所以行吟之處，隨時與之對比、參照描寫，與之參列對話，千載時光化為碎片，留存下來只是核心的精神妙道，而詩人融入永恆性的體悟中，掇取最光輝的片葉，享受詩與天地共存的意象。在詩人眼中，這是唯一可以戰勝時間的武器。

故而：「你的征程更遠在下游」「與鄉心隱隱地相應」（余光中）

故而：「一個清醒的靈魂｜在石頭裏坐著」「詩人，仍青銅般醒著」（洛夫）

余光中詩簡練，概括性強悍，字詞的彈性十足；洛夫的詩酣暢，意弦豐富，意象奇幻。前者更篤實，後者更空靈。表現上各有千秋，但時間的強烈視野與存在、永恆的偉大意義，都是其揭示的共同的主題與結構方式。這令二首詩作或可與杜甫、杜甫草堂的名聲共垂不朽，令後來讀者難以忘懷。

三、人民性的闡釋與認同

杜甫作為「人民詩人」，多年來是海峽這邊的認知，這在生活區域與世界觀均有所軒輊、差異的臺灣詩人余光中、洛夫身上，卻是相當趨同的認可與心許。也許這是千年來杜學積澱所形成的共識，這可以跨越政治意識形態的塹壑，屬於一種公眾視野與民族姿態。杜甫的「現實主義」，在五四時期即得到充分的發掘與認知，如胡適、朱自清、聞一多、李長之等都有極為精彩的點評與述理。受著新文學濡染成長的「軍旅」出身詩人余光中、洛夫等人，可以說是繼承與發揚著五四文學的創新精神、平民意識。雖然他們在現代詩方面曾經走得很遠、很歐化，但「回歸的浪子」一說，論證了向五四文學及民族精神尋定歸宿的努力。地域、歷史、現實，不期而然成為詩人的三維空間。而兩首「杜甫草堂」現代詩，都集中地體現出了兩位詩人的人文理想與品格、價值觀，人民性，或說是「民胞物與」的尚古傳道精神，在詩中即以現代話語方式，毫不猶豫、淋漓盡致、濃墨重彩——

> 好沉重啊，你的行囊
> 其實什麼也沒帶
> 除了秦中百姓的號哭

安祿山踏碎的山河
你要用格律來修補

家書無影，弟妹失蹤
飲中八仙都醒成了難民
（余光中）

　　這種集約、陌生而明白如話的現代詩方式，實際蘊藏著巨大的思想內容，承載著歷史的擔負，是余光中詩歌中「人民性」的常用修辭方式與出彩，多年重溫，仍然給人以捍動式的感染與想像的充分釋放。

　　晚年的詩人遠離了早期摸索的青澀與對西方的敬畏，顯得更加自信、從容不迫、淡定堅強，似乎是殊途同歸，老年的詩人變得更加「肝膽相照」「形影相弔」──

五言七言步步為營
但哀江頭哀王孫
四野的哭聲
卻又不怎麼講究對仗與平仄
你抱歉地說：
朱門發臭的酒肉
喂肥了長安陰溝裏的耗子
（洛夫）

　　洛夫的這首《杜甫草堂》長詩，彷彿回到了他軍中詩人時期的行軍狀態，他自己在詩中說得好：「啊，這麼多螞蟻｜一群現實主義的堅持者」。草堂詩在其一生產量中，風格獨特，星河閃爍，無疑佔有舉足輕重的地位。也許這正是「地域」（即故土、祖國）的力量──杜甫草堂留給詩人洛夫最真實的觸動與紀念，這令詩人與其作品足足沉浸了兩年，他像希臘力士一樣向山頂不斷推敲著他的圓石。而誰說余光中的《草堂祭杜甫》又不是傾注一生之感情與心血呢？杜甫草堂，或許正不啻是他們精神上的一座「希臘神廟」。

　　海德格爾論詩的語言說：「我們落到一個高度，其威嚴開啟一種深度。這兩者測度出某個處所，在其中，我們就會變得遊刃有餘，卻為人之本質尋覓居留之所。」〔註9〕杜甫草堂，或許就是余光中、洛夫兩位詩人在不同時段卻

〔註9〕海德格爾：《在通向語言的途中》，商務印書館，2004年版，第4頁。

是相同空間所尋覓得的「人之本質」共通的「居留之所」。《文心雕龍‧附會篇》亦有云：「道味相附，懸緒自接。如樂之和，心聲克協。」

　　草堂詩，杜甫與余光中、洛夫，古今不同時，詩體不同體，道路自相異，卻「懸緒自接」，異常地「如樂之和，心聲克協。」重奏之中有無限單純的美樂美感。

2012.11.14 於成都霜天老屋

原載《華文文學評論》第 1 輯，2013 年 4 月巴蜀書社出版。

第二七章　「海的制高點上」
——論汪啟疆海洋詩作的象徵性

摘要

　　臺灣「創世紀」詩社「中生代」詩人汪啟疆的海洋現代派詩作，在臺灣文壇引人注目。與以前海洋詩創作有所不同，汪啟疆超越了海岸眺望、借光借景式的感性抒發，是海洋生命體驗的深度乃至極度書寫，是海上生活的靈魂絮語與精神建構，從中多有原型象徵意味。身份衝突與日常題材、語言碎片化的寫作嘗試，強化了作品的隱喻性與藝術追求。他是一名值得重視的海洋詩人。

關鍵詞：汪啟疆、海洋詩、原型、象徵、碎片化

　　汪啟疆是臺灣「創世紀」詩社活躍與比較高產的詩人，與前輩詩人洛夫、瘂弦、張默等人一樣，都曾供職海軍（他的軍旅生涯更長）。因為年齡老少居中，臺灣文壇慣稱他這一代為「中生代」詩人，更多人則直接稱他為「海洋詩人」，因其主要題材，都與海洋、海疆密切相關、絲絲相扣。他的戰友與詩友張默說：「繼覃子豪、鄭愁予、瘂弦、沈臨彬之後，汪啟疆的確是臺灣現代詩壇抒寫海洋詩最有成績與實力的承接者。當代海洋詩直到汪啟疆的出現，似乎有了更嶄新的轉機。」〔註1〕雖然用了「似乎」這一不確定詞，但

〔註 1〕張默，《拾穗，在童話的海裏——〈海上的狩獵季節〉讀後》，見載汪啟疆《海上的狩獵季節》，九歌出版社，1995 年，第 234 頁。

明顯感覺評判的把握還是很大的。這來源於汪啟疆作品不俗的質量，以及日益凸顯的創作風貌。汪氏海洋詩作主要見載迄今約十部海洋專題詩集〔註2〕以及島上報刊經常散見的發表。首先映入我們眼簾的能給人煥然一新的境界在於：一、他不是觀光式的即立足海岸浮光掠影想當然或客串式地寫寫海洋題材，而是傾其一生將海洋作為生活場域、人生舞臺、中心話語，突出生命體驗，能夠代表海洋詩人這一稱謂與指向。就像提起麥爾維爾，人們就會想到《白鯨記》，汪啟疆也許還沒有那麼大的世界知名度，但一提起他的名字，華文詩界朋友與讀者就自然而然想起海洋這個命題與場域，這是當代臺灣詩壇的一個現實存在。二、突破了一般意義上的浪漫主義、樂觀主義抒懷和簡單寫事寫景，通過對生與死、災難恐懼、海洋與陸地、今與昔、喧囂與孤獨、戰爭與和平等多重關係的隱喻，構建了一個海洋詩的整體圖景。換句話說，他的海洋詩不側重孤篇單章的精緻稱名，而更重視創作的整體性、系統性與契合關係，所謂象徵詩派的「聯想群」（associative clusters），正如加拿大文論家弗萊所指：「關係到作為一個共同體所關注的中心的詩歌。……象徵是可交際的單位，我給它起名叫原型：即一種典型的、反覆出現的意象。我用原型來表示那種把一首詩同其他詩聯繫起來並因此而有助於整合統一我們的文學經驗的象徵。」〔註3〕汪詩正有著這樣比較充分的原型象徵呼應、積累關係與鮮明特徵。三、詩歌語言的陌生化與碎片化藝術追求，突出反映了詩人在擺脫傳統熟套、力求創新方面的苦苦探索，以及力圖從單調重複的海上生活突圍，實現更多的精神內涵，調動更多的文藝交響效果。雖然早期他也寫有反映現實社會問題如報告文學一樣的「戰鬥詩」「口號詩」「歷史詩」，但就其成熟期與代表作來看，詩人無疑是一位現代派乃至有後現代傾向的詩人，有顯著的象徵意識與解構主義、形式主義情結。「詩魔」洛夫曾稱讚他「將軍和詩人這兩個不同的形象能在同一個人身上達到高度的調和，得到卓越的發展，這在文學史上頗為罕見。」〔註4〕同時不無批評：「汪啟疆的詩，有時在句法上偶有『脫序』的現象，意象的爆發力很強，但彈著點間或有些散亂，因而

〔註2〕汪啟疆海洋詩集迄今主要見著，《海洋姓氏》《海上的狩獵季節》《藍色水手》《人魚海岸》《臺灣海峽與稻穀之舞》《臺灣，用詩拍攝》《風濤之心‧臺灣海峽》《到大海去呀，孩子》《山林野旅手札》等。
〔註3〕弗萊，《作為原型的象徵》，載葉舒憲選編，《神話──原型批評》，陝西師範大學出版社，1987年，第151頁。
〔註4〕汪啟疆，《海上的狩獵季節》，九歌出版社，1995年，第2頁。

若干詩在解讀上會造成一些困難。」〔註5〕這種「散亂」「困難」興許正是汪啟疆有意嘗試與突破的過程。詩人兼評論家蕭蕭就認為汪詩：「……海洋意象已完全溶入詩中，血肉肌骨，無可析離。……深入海洋之中，優游洪瀾之上，汪啟疆之所拓，是真不同於曹操式的岸上之觀。」〔註6〕這恰好概括出了汪詩的整體風貌特色。即便碎片化，也能從不同角度照映、烘托出詩人的大體精神面貌。以下謹對上述詳分論之：

一、突出生命體驗

　　象徵主義詩歌眾所周知發源於法國十九世紀後期而蔓延歐洲文壇，「五四」時期引入中國。這一倡導生命體驗、精神象徵從而深度表現內心「最高真實」的藝術流派，反對簡單摹仿自然與輕浮的樂觀，不肯迴避生死苦難乃至殘忍醜惡現象，通過影射、暗示、通感、散合等較為曲折複雜的藝術手法，實現心靈景象與藝術價值的最大化書寫。恰如學者總結：「象徵主義追求文學整體的無限性，是一種意識與潛意識交互發展的結果。文學不是簡單的組合物，而是作家體驗、感受交互運動的產物。……象徵主義文論家要求作家用生命去體會生命的無限性，對創作提出了更高的要求。」〔註7〕汪啟疆詩歌不同於「岸上之觀」，也不是一二次偶然的海洋行旅觀光，是他浸淫海洋、船艦為生、軍旅生涯長達近五十年（1962～2000）的生命體驗書寫。僅僅是這個事例，就足堪驚人。在華文世界甚至世界文壇，還沒有一位這樣資深的「水手」「海軍」，身心極為投入地寫下這麼多專題並產生相當影響的海洋現代詩。過去黑格爾曾經有過定論：「這種超越土地限制，渡過大海的活動，是亞細亞洲各國所沒有的，就算他們有更多壯麗的政治建築，就算他們也是以海為界——像中國就是一個例子。在他們看來，海只是陸地的中斷，陸地的天限；他們和海不發生積極的關係。」〔註8〕汪啟疆的航海生涯與持久不懈的海洋專題詩創作足以宣告黑格爾論斷的破產與時過境遷。像這樣的評論似乎已成詩壇公認：「汪啟疆是屬於海的，他的詩就像波濤的羅列，一波波湧向詩的島嶼土地。他是散發出臺灣島嶼海洋性格的代表詩人，讀他的詩，會讓人省悟到

〔註5〕汪啟疆，《海上的狩獵季節》，九歌出版社，1995年，第3頁。
〔註6〕蕭蕭，《以海為生活經驗之拓本》，載汪啟疆，《人魚海岸》附錄，九歌出版社，2000年，第268、271頁。
〔註7〕張首映，《西方二十世紀文論史》，北京大學出版社，1999年，第67頁。
〔註8〕如前，第84頁。

臺灣確實是一座島嶼。」〔註9〕末一句頗為有趣，提醒了人們環太平洋臺灣寶島的存在。汪啟疆對海洋的執著書寫亦緣於其鮮明的海洋地理意識，他十餘年前根據長年親歷並查閱資料計算出：

> 臺灣陸地面積三萬五千八百平方公里，但我們擁有十七萬九千
> 平方公里的海洋國土。臺灣海岸線一四三四公里，大小各級漁港共
> 二三〇個，周邊平均六‧二公里就有一個漁港存在。……〔註10〕

臺灣的海洋生態與海洋島嶼文明以及中國大陸移民史悠久歷史文化，皆在汪啟疆詩中可以得到綜合、形象、直觀的反映與深刻的象徵寓意。亦如蕭蕭所指：「汪啟疆以豐富的海上生活經驗，以難得的軍旅生涯，充實了臺灣海洋詩的內涵與視野，繼覃子豪海洋詩的感性美、鄭愁予的海洋詩的創造美之後，為臺灣海洋詩掀起最壯闊的巨浪！」〔註11〕蕭蕭羅列比較的前二位詩人，雖然有傑出的海洋題材現代詩作，但仍舊算不得典型的「海洋詩人」，因畢竟不脫「岸上之觀」以及時來感發的「遣興之筆」。汪啟疆則如其自白：

> 我是個海軍軍官，波濤滌蕩的歲月有如滴水穿石般磨著我頗多
> 紋皺的頭額，生活在洶湧幻變的大海上，心就自然而然去苦苦抓住
> 精神的根。刺激和寂寞孿生的矛盾使我養成拿筆同自己談話，往內
> 裏去傾聽胸腔山河，肝膽熱度的習慣。而思想著以一個軍人瞳眸輕
> 輕擦拭工作，擁抱家土──來測度自己魂魄之深闊？〔註12〕

這種強調生命體驗以及「精神的根」，常以詩作心靈獨白、自問，以之驅遣洪荒般的獨孤寂寞，深具空間體驗與時間意識，有象徵意味的情常，頗似普魯斯特曾形容：藝術傑作，「也不過是偉大才智遇難沉船漂散在水上的殘留物」，〔註13〕叔本華也有過類似形容，說有價值的作品會隨著時間的長河漂浮，不會輕易沉沒。汪啟疆的海洋生命體驗頗多驚濤駭浪、履險犯難，但更多是海上日常生活書寫──人與自然以及人神對話（他信奉基督教），手法多

〔註9〕蘇紹連，《走進汪啟疆的創作房間》，載汪啟疆，《人魚海岸》，九歌出版社，2000年，第21頁。

〔註10〕汪啟疆，《臺灣海峽與稻穀之舞》，黎明文化事業股份有限公司，2005年，第197～198頁。

〔註11〕蕭蕭，《以海為生活經驗之拓本》，載汪啟疆，《人魚海岸》附錄，九歌出版社，2000年，第274頁。

〔註12〕汪啟疆，《白日黑夜凝留在風濤上的重》（後記），載《藍色水手》，黎明文化出版社，1996年，第258頁。

〔註13〕普魯斯特，《駁聖伯夫》，百花洲文藝出版社，1992年，第69頁。

為象征派，如《黑天鵝》首節——

　　　　圓月前的一群黑天鵝／在海面不語／（身體為什麼那般累啊／
　　是因為逐漸抽空了嗎？／自海洋底層泌出光／月亮前那些，停飛的
　　大黑鳥們／終究是累了／黑夜完全擁住海域時／它們群落水面，蹲
　　踞如豎琴／……）〔註14〕

　　這固然是海洋實景的書寫，但頗多隱喻，鳥類之外，是船艦水兵的生活、
棲息，是時間的具象、空間的濃縮，是寂寞、孤獨對靈魂的「抽空」……兩
兩相對，人與海鳥的關係產生呼應對等關係，生物意義上講都是生命，是海
上靈動變化脆弱之物，須以海洋船礁為依存為載體。從社會屬性上講又有絕
大的不同，這就是人是社會關係的總和，人有精神文明、家園文化的需求。
固而詩末以「月亮是家的輪廓」終結。這其實寓意了宏大的離散主題，契合
了現代哲學「靈魂的漫遊」「詩意的棲居」這一系著名的現代性指喻提示。其
他作品如評論家眾口交贊的代表作《日出海上》「海的胸膛蘊藏一千度灼熱／
波浪覆蓋，而海鷗啄開了晨」〔註15〕以及大量有關寫海魚、海龜、海象等海
洋生物品類題材，亦都頗具擬人化或呼應關係，深具象徵，其寫景抒情可以
媲美覃子豪當年《海洋詩抄》中如寫落日的《追求》。就其「鹹濕味」以及對
海洋生態、生命體驗特別是海上曠日持久歲月感受的淋漓盡致的表現，汪啟
疆還獨持勝場，無愧海洋詩人之名。

　　生命的體驗當然有美好，但也直面分離、孤獨、危險、恐懼以及死亡，
這些作為象徵的組合，密布汪詩之中。他駕馭海上，常見終結者的遺骸，也
會產生聯想，如作品《亡者》《骷髏》《骨頭》等詩，絕非「岸上之觀」者可
以目擊或想像。錄最短的《骷髏》為例——

　　　　一具骷髏，坐在海邊

　　　　它怕聽骨頭跟骨頭
　　　　磨擦的聲響

　　　　牙齒的上下顎，它問
　　　　沒有肉怎麼笑呢

　　　　一個人脆化的骨頭，在問

〔註14〕汪啟疆，《人魚海岸》，九歌出版社，2000年，第105、106頁。
〔註15〕汪啟疆，《人魚海岸》，第55頁。

時間以潮汐一直說些什麼〔註16〕

　　這不由令人聯想到波德萊爾《惡之花》《腐屍》《巴黎的憂鬱》等前後期象徵詩派的許多直面生命扭曲、消失之作，對時間更是對人間發出具象而抽象的詰問。

　　汪啟疆，1944 年元月生於四川瀘州敘永（一般多錄為成都，經筆者 2016 年 5 月初向詩人當面求證坐實），1949 年隨家長由海南島乘船赴臺，1962 年保送臺海軍官校，1966 年畢業留任少尉隊職官，軍中生涯職銜終至中將。1972 年加入「創世紀」詩社，與海軍詩友創辦《大海洋》詩社，曾任總編輯。2000 年臺海軍退休，致力創作，筆耕不輟。〔註17〕

二、水天世界的呼應關係

　　汪啟疆雖屬現代派、象徵詩派，但其創作路徑亦有發展，有分支、兼融。他是一名海軍官兵，曾是幼小的「陸客」。其民族意識與家園情結十分深厚濃鬱，這亦是其創作的突出主題。如其自己形容：詩人「是對民族永不涸竭的眼淚和信心；……要到最後把責任卸下來，盡了工作職分，才肯安睡在山川土地和海洋深處，這就是我們軍人。」〔註18〕他對死亡的設想極為另類，符合海洋詩人的身份元素。他隨時準備置身於「海洋深處」長眠，這是海洋冒險生涯所必需的心理準備和時刻面對。

　　汪啟疆幼承家訓，是虔誠的基督徒。其海軍生涯，對生死問題、靈魂置放與昇華等哲學命題多有思考，這都散見其詩中，而且詩題下邊，每引耶穌教義，也能增加詩篇意境。如：「耶穌醒了，斥責風，向海說：『住了吧！靜了吧！』風就止住，大大的平靜了。」（馬可福音四章 39 節）「彼得說：『主，如果是你，請叫我從水面上走到你那裡去。』」（馬太福音十四章 28 節）〔註19〕正如海德格爾謂：「語言之詞語有其神性的本源。」〔註20〕這令詩人的象徵作風，更與歐洲文藝有所親近關合。「人在死亡時，靈魂常常要涉過水域或者沉入水底。在啟示的象徵中，『生命之水』即伊甸園中的四重河水在

〔註16〕汪啟疆，《風濤之心‧臺灣海峽》，春暉出版社，2013 年，第 176 頁。

〔註17〕以上據《汪啟疆寫作年表》，載汪啟疆《藍色水手》附錄等資料，黎明文化出版社，1996 年，第 215～218 頁。

〔註18〕汪啟疆，《白日黑夜凝留在風濤上的重》（後記），載《藍色水手》，黎明文化出版社，1996 年，第 265 頁。

〔註19〕汪啟疆，《風濤之心‧臺灣海峽》，第《參‧海上》白頁。

〔註20〕海德格爾，《在通向語言的途中》，孫周興譯，商務印書館，2004 年，第 5 頁。

上帝之城中再度出現，在宗教儀式上則體現為洗禮。」〔註 21〕汪啟疆同樣認為：「許多人以為海洋是一種隔絕，其實不然，她是一種連接，而且是以水相連的生命體。」〔註 22〕

汪啟疆詩作對水天世界的極度渲染，書寫海洋往往與陸地江河互文、互喻，有充分的原型象徵意識，這是他家園情結的總和，亦是其民族精神的象喻與展示。其《曬海作鹽，舔鹽為詩》一文中有：「我曾是海洋詩人，而又是基督徒軍人。以軍人的目光凝視海洋，就成了：經歷，前瞻和盼望，滲透著責任信仰和群體的態度。……銷魂歌及臺灣海峽的種種，時間的必然和偶然，大我小我的交織，乃趨勢所致。」〔註 23〕他詩中的民族之義與生命暢想包括對疾患死亡所作的準備，也都以「交織」「編織」的關係，呈現於詩中。這恰好地表現了象徵詩派的路數作風，令其作品有與海洋世界比較契合的寬廣深度，內涵與外延的無限性，堪稱「汪洋恣肆」。

「『民族』本質上是一種現代的（modern）想象形式──它源於人類意識在步入現代性（modernity）過程當中的一次深刻變化。」〔註 24〕有關民族性的現代性言說，臺灣詩壇表現尤其充分，如覃子豪、紀弦、余光中、瘂弦、洛夫、鄭愁予等長長的名單。汪啟疆步武其後，獨以海洋水天世界烘托細寫見長。汪啟疆的莫逆之交林耀德曾讚揚其早年《染血的天空》《給我們，中國的兒女們》等長篇抒情詩有「烈士的情懷」，說：「啟疆將軍所堅持的信仰與他少年時期並無軒輊，那就是身為中國人的苦難與榮耀。」〔註 25〕汪啟疆生於內地長江上游岸邊，大半生服務於臺灣海洋波濤之上，這種江海相接、心靈呼應的意識與原型象徵手法，是多部詩集的「共同體」。他懷念父母、懷念原籍父老鄉親、惦記神州大陸乃至詠物（如大陸的名酒）的題材作品，如江源滾滾，「滔滔汩汩」，更見「血濃於水」的寓意。這都使他的海洋抒寫，注入了更多人性的話語以及「神州」的映照，致詩格小而氣格宏，意象恢詭奇

〔註 21〕弗萊，《原型批評：神話理論》，載葉舒憲選編，《神話──原型批評》，陝西師範大學出版社，1987 年，第 189 頁。

〔註 22〕見《臺灣詩人泉州行：彷彿回到「更老的老家」》，《泉州晚報》第 2 期，2004年 11 月 5 日，亦見「新華網」http://www.sina.com.cn。

〔註 23〕汪啟疆，《風濤之心‧臺灣海峽》，春暉出版社，2013 年，第 196～200 頁。

〔註 24〕吳叡人《導論》，載本尼迪克特‧安德森著《想像的共同體》，吳叡人譯，上海世紀出版集團，2013 年，第 8 頁。

〔註 25〕林耀德，《將軍和將軍的詩》，載汪啟疆，《藍色水手》附錄，黎明文化出版社，1996 年，第 250、251 頁。

幻，指喻緻密，信息量見豐。《川流與大海》《雪落在中國的土地上》等篇，無不情牽夢繞。

> 海吃盡河川流來的一切，沉溺寧靜
>
> 船摸索方向，朝著碎片們的磷光
>
> 血肉凝固的海峽……（《死海》）〔註26〕

他更把海洋比喻為「裹著我睡的藍毯子」〔註27〕，這一神奇象喻，暗示遊子、浪子的情懷，這也只有身經「百漂」「百航」嘗盡「鹹滋味」的這位臺灣海洋詩人才能體會得出，寫得出來。讀汪啟疆詩，你會常有置身波濤之間、不由自主、不能平靜。

三、包括性慾在內的「苦悶的象徵」

汪啟疆詩歌具有明顯的在場（臺灣常稱在地）意義，表現在題材方面，細大不捐，特別深入近乎庸常的真實，也是人性的真實。這就包括海軍水兵的寂寞苦悶乃至性的饑渴。都通過一些航行見聞與景物的狀寫、聯想與象徵，予以生動揭示。這樣的藝術表現是以往涉海題材從「五四」時期的郭沫若到鄭愁予等比較唯美的詩人沒有嘗試過的。汪啟疆通過孤獨寂寥寫性，通過寫性反映孤獨寂寥，襯托生命活力，折射壓抑、邊緣化的苦悶。這與其驚濤駭浪、壯歌海上、宏大主題表現並不相違背，往往更加真實與自然的人性也即反映於這些著重表現時空關係的庸常生活中，暗示被現代城市「放逐」的水兵所付出必然的犧牲。這方面他的詩作有如航海日誌、海上風土志，卻出之於象徵手法，有波折，有藝術意象滋味，讀之並不枯燥。較長篇幅的有《大海的女人》《水手之歌》《尉官年代》以及組詩《海上肉體之歌》等，例如《航行圖》：

> 無方向感的藍啊
>
> 極遠的海平面又闊又闊
>
> 船失蹤在任何位置，是找不到的
>
> 但不斷被雌性的魚和女人提升的騷動
>
> 銜住蒲公英莖
>
> 把船拖回到一定座標，鋪開航行圖定位〔註28〕

〔註26〕汪啟疆，《風濤之心‧臺灣海峽》，第82頁。

〔註27〕汪啟疆，《藍毯子》，載《風濤之心‧臺灣海峽》，第62頁。

〔註28〕汪啟疆，《人魚海岸》，九歌出版社，2000年，第68頁。

再如《遠洋航行》：

整個海／醃出我滿身癬來／搔滿身的癬，海不停扭著／這永不
疲倦厭足的女人，被穿藍衫的二副／關在圓舷窗外〔註29〕

本能的饑渴，形容畢至，多有在場氣息。還如《非禁慾主義者》《海上廩
倉》《人魚》《漁汛季》等篇皆有灼熱的欲望渲染，乃至見到浮海光滑的人形
雌魚，水兵也有壓抑不住的衝動，難以言喻。錨港間歇對漁女等異性的好奇
打量與渴望，更難壓制，見諸形容。而軍人紀律之下，只能

在醒著肌肉的床板上發夢／叫喊比出航更高一倍的亢奮／每
根毛髮分泌帶腥味的黏液（《漁汛季》）〔註30〕

比性慾更難壓抑、克服的，還是日復一日的遠離海岸線、家園親人的單
調無聊與孤獨空虛，汪啟疆在這方面的藝術表現，堪稱聖手，描述往往窮形
極相，但凡海上生物如飛鳥鯨魚等、船上小動物如貓、鴿等，莫不觀察細微，
引為伴侶，他寫水兵養一隻公雞在甲板上啼鳴以慰土地之思，不料公雞竟不
辭蹈海而死。那種遠離大地人群的孤寂難耐言說，十分飽滿。再寫水兵睡覺
與床榻捆縛以防備海浪掀翻跌傷，海上書寫的動盪不休，一紙數次，生病受
傷獨臥海浪之顛等，那種種嚴重的空虛與要命的思鄉思親之情：

我小聲咳嗽／怕把舊傷震裂⋯⋯／將斑白的髮茨間／火焰冷
舌炙人／在燙泡的皮膚／屠鯨的創痕猶在／霜已凍結，月光狠狠咬
緊脊髓／海，在夢魘黏滯中刻畫屏息的航跡⋯⋯（《界域》）〔註31〕

這樣的作品在華文文學史上殊為少見，在海洋文學中實為《白鯨記》《冰島漁
夫》般的寫實，更是象徵的詩化的新寫實。

苦悶本身並不成其為文學，通過象徵從而達到文學的境界。在汪啟疆步
入創作成熟的年代，臺灣文壇盛行西方存在主義哲學思想（歐洲後期象徵主
義流派詩人葉芝、龐德、艾略特等顯然亦受到存在主義哲學影響），這顯然對
汪啟疆也有深刻影響，使他的作品頗見一些「存在與虛無」的意味。孤寂是
他海洋詩題材的一個重心，這顯然更能體現與映襯精神的追求，使詩歌更趨
向本質的語言，成為精神文化的避難與棲居之所，而非淺淺的即景抒情與詞
語消遣遊戲。「人的表達始終都是一種對現實和非現實的東西的表象和再

〔註29〕汪啟疆，《海洋姓氏》，尚書文化出版社，1990年，第30頁。
〔註30〕汪啟疆，《人魚海岸》，第68頁。
〔註31〕汪啟疆，《藍色水手》，黎明文化事業有限公司，1996年，第85頁。

現。」〔註 32〕臺灣大陸移民向有「過鹹水」的說法，汪啟疆的「過鹹水」曠日持久，已堪稱浸淫鹹水，這如張默所述：「他如何豪邁地在這一片浩瀚無垠處處都可開發的新世界，極目四望，縱橫千里，惟有以個人驚心完成的詩作才是最具體的見證。」〔註 33〕

四、家園的象徵與身份的衝突

汪啟疆詩作頻繁寫到父母以及父母之邦，物質生命的家園意義之外，更隱喻了精神家園這一指向與所指。是詩的自敘狀，更是靈魂的呼喚：

好瑰麗的流逝啊／在緩緩升沉的落日裏，看到那個小孩／……那是昔日的我啊，迷路了／浪褶如皺紋，所有的時間都會回來／「爸爸、媽媽──」(《夢幻航行》)〔註 34〕

表現赤子之心多有海洋背景與象徵：

一年第十二個月／太陽趴在藍毯子上／忘了抬頭／廣闊的天空以意象在走動／太陽任海水濺濕額頭／……炭火泛白，走遠的父親的形軀／任浪沫拍擊──藍毯子將太陽和這男人／蒙起。(《太陽》)〔註 35〕

原型象徵多見於家園書寫。從詩集《海上的狩獵季節》《海洋姓氏》《臺灣海峽與稻穀之舞》《人魚海岸》等題名亦可領會，原型象徵，是他海洋詩藝術的基本建構。「在原型本身的層次上，詩歌是人類文明的產品，自然則是人類容身的寓所。」〔註 36〕通過陸地的呼應關係，大大延伸了詩語的空間版圖。

汪啟疆將海洋修辭為一床藍毯子以及一片無限延伸的「藍土壤」(《藍色水手》)，形象隱喻了家園的意義以及家園的心靈慰藉。實際上過去的家園永遠不能回去了，正如人生永遠不能回到兒提時代。汪啟疆重在強調的，是精神的家園、夢的港灣、感情的寄託。他作為一名臺灣海軍軍人、作戰人員，隨時有可能與對岸也即祖國大陸武裝發生正面衝突，甚至你死我活爭奪於海上，這種威脅與憂患隨時存在於海疆。他詩集中也多有這方面的題材與渲染。

〔註 32〕海德格爾，《在通向語言的途中》，孫周興譯，商務印書館，2004 年，第 5 頁。
〔註 33〕張默，《怎樣揉捏詩的藍土壤》，載《人魚海岸》，第 17 頁。
〔註 34〕汪啟疆，《海洋姓氏》，第 33 頁。
〔註 35〕汪啟疆，《海上的狩獵季節》，第 52 頁。
〔註 36〕弗萊，《原型批評：神話理論》，載葉舒憲選編，《神話──原型批評》，陝西師範大學出版社，1987 年，第 187 頁。

是詩人，也是軍人；是陸客，也是臺灣人。這種身份衝突與心理矛盾，也是其原型象徵大量出現的動能。他似乎一直在自問、自詰，拷問自己，從而讓心靈得到平衡與緊張緩解。「某些原型深深地植根於傳統的聯想之中，幾乎無法使它們與那些聯想分開。」〔註37〕汪啟疆海洋詩聯想群中出現意象最多的是陸地、山川、家園、土壤、田禾、穗實、稻穀、果樹、狩獵、農舍、風車、井畦等等，偏好靜思閱讀，追慕農業社會安居樂業的和平生活，職業軍人這一悖論直接映現於話語衝突中，令其詩作更有波瀾起伏之勢、象徵的複雜況味。如洛夫所指：「汪啟疆的創造力卻大部分有賴於海軍生活所形成的壓力。」〔註38〕姚儀敏也指出：「寫詩這個習慣，便成為他維繫夢想的唯一方式。他可以在詩中對自己說話，在詩中讓那飄泊浮蕩的心獲得暫憩，在詩中將離鄉愁緒盡情抒發。同時，他也知道為這樣的理由尋求表現仍是不夠的，因此，當他讀歷史，讀戰爭，戰火自然吸收進自我內裏同自己交揉合一。」〔註39〕都含蓄地指出了詩人的衝突性，以及心理平衡的追求。

汪啟疆認為「臍帶拔離鄉土的插頭，就會失憶／整個地球以原鄉作支點，才能扛起世界。」（《FORMOSA》）〔註40〕「我們的船上全是土壤，我們用夢／天天回家。」（《巴士海峽》）〔註41〕甚至連看到艦首破浪行駛，也是在切割重重稻浪。（《臺灣海峽》）他坦言：「那藍色的、遙遠在土壤外想扎根的東西，我永遠的情懷。」〔註42〕「我在海洋詩內容的精神的底質內，都保持著頗強烈的父系體認與歸航。」〔註43〕出海與歸航的情結，一直是海洋文學與海洋故事的基本軌跡，也是人生的循環往復。汪啟疆的詩也不能脫離這樣的宿命，但他頗能通過象徵，通過藝術的創新追求，寫出這些老而又老的情懷故事，使之在海洋文學尤其是抒情詩中別具一格，煥發新意。他是一位現代派的象徵詩人，但他對時局的關懷焦慮，亦體現其人道主義境界，使詩歌的前沿性至為突出。臺灣評論家說：「一九九〇年以來，寫有關海峽兩岸軍事

〔註37〕弗萊，《作為原型的象徵》，載葉舒憲選編，《神話——原型批評》，陝西師範大學出版社，1987年，第155頁。

〔註38〕洛夫，《把海橫在膝上傾談整夜》，載汪啟疆，《海上的狩獵季節》，九歌出版社，1995年，第2、3頁。

〔註39〕姚儀敏，《理想與夢想的交集》，載汪啟疆，《藍色水手》，1996年，第3頁。

〔註40〕汪啟疆，《臺灣海峽與稻穀之舞》，第139頁。

〔註41〕如前，第147頁。

〔註42〕汪啟疆，《藍色水手》，第100頁。

〔註43〕汪啟疆，《臺灣海峽與稻穀之舞》，第195、196頁。

對峙狀況的詩，當以汪啟疆為第一人。戰爭是臺灣島民最不願見到的事情，然而，在政治現實環境的考量之下，卻不能沒有戰爭的憂慮意識。」〔註44〕詩人此時的心情連看到早上的太陽，也感到像一顆「沾滿眼淚和死亡的旭日。」「正是桑葚的紅色，一用力，啐了一手血」（《紅色印漬》）〔註45〕。其他如《海峽升溫》《如果戰爭發生》《牙齒們》《海域偵巡》等詩作，皆預設戰爭，同胞骨肉相殘，雖然不言畏懼，但心理十分糾結，悲劇的象徵意義不言而喻。「眉宇間波濤落差極大，而軍艦守住門檻／頂浪於九級風偵巡／鋼鐵是冷的／（血是熱的）／時間顛顛簸簸／走在，海的制高點上」（《一九九六最末波濤》）〔註46〕

「只有在感傷靈魂的主觀折射中，藝術家才能表現現實，也就是說，現實『只是一種通過自我的顯現』」。〔註47〕汪啟疆大量有著原型象徵的詩作包括其時事（軍事）題材詩，都似為這段名論所作出的形象的演繹。

五、散亂「脫序」是對單調劃一的解構

汪啟疆的詩多表現長年單調寂寞而動盪的海上生活與景觀，題材並不單一，生命體驗的在場感十分強烈，往往能以細節制勝，象徵制勝。由於詩的產量多，題材的制約性又較強，他詩歌字詞不免顯得比較瑣碎與繁複，難免給人造成「散亂」「脫序」「困難」〔註48〕的印象。筆者以為這恰是汪啟疆海洋詩不肯循規蹈矩、并力圖突破傳統，走出單調劃一的海洋在地生活限制，同時擺脫模仿的熟路，畢竟他是「中生代」詩人，在他之前，臺灣現代派詩歌已取得相當不俗的成就，名家輩出。汪啟疆要生存，只有另闢蹊徑。他有意對日復一日的單調海洋畫面突圍、解構，文本方面造成對抗的效果，詩體語言更加陌生化，甚至以象徵的、後現代的晦澀出之。使之與海洋生活深入、豐富、細微的身心體驗更加匹配。用雅各布遜的話說文學寫作是一種「對普通言語所施加的有組織的暴力」〔註49〕。將軍汪啟疆學古人用兵不惜將自己

〔註44〕蘇紹連，《走進汪啟疆的創作房間》，載汪啟疆，《人魚海岸》，九歌出版社，2000年，第29頁。

〔註45〕汪啟疆，《人魚海岸》，第88頁。

〔註46〕如上，第98頁。

〔註47〕哈貝馬斯，《現代性的哲學話語》，曹衛東等譯，譯林出版社，2004年，第22頁。

〔註48〕汪啟疆，《海上的狩獵季節》，九歌出版社，1995年，第3頁。

〔註49〕特雷·伊格爾頓，《二十世紀西方文學理論》，伍曉明譯，北京大學出版社，2007年，第2頁。

「置於絕地而後生。」他借助變化萬千的胸中景象與原型，造成詩體語言的極大落差、散合與參差萬變無規則甚至無中心的律動，爭取不尋常的閱讀效果。張默就曾有感受：「對海洋生活體驗之深，對海洋意象挖掘之烈，對海洋遠景規模之巨，在在均突顯汪啟疆的從容不迫，有備而來，他一絲一縷將諸多不易為他人省察捕捉的海上視覺嗅覺觸覺聽覺川流不息的風景，一起彙集在他的詩篇中連連發出神奇的光彩，令人雀躍。……不斷注入新鮮、奇絕、大膽、活化的語彙，使得這一領域，於即將跨入第三個千禧年之際，而更形豐沛、瀟灑、深刻與引發議論。」﹝註50﹞剔除友人的溢美成份，這段評論還是頗能允中，代表一定數量讀者的通感。汪啟疆在詩行上有意「造難」，是其藝術追求、創新嘗試。他少有一首成名，似乎沒有絕唱，但他的詩作整體意義突出，海洋資源豐富，象徵充沛，引用弗萊的話：「這是一個整體的隱喻世界，其中每一事物都暗中意指其他的事物，彷彿一切都包含在一個單一的無限本體之中。」﹝註51﹞他以整體的海洋意象與象徵藝術異軍突起。詩句儘管「脫序」「散亂」，但神魂相通、相勾連，體現了「語言是最切近人的本質的」﹝註52﹞這一基本命題。他大量看似廢話、碎片化、反中心化的寫作，如前所述，恰好地表現了海上生活的庸常乏味一面和水兵（甚至包括所有海上正派作業人員）點點滴滴付出犧牲的人性道義精神，情操以及關愛。

　　當然，汪啟疆詩作藝術上也不完美，有時語言過於晦澀、碎片化、抽象、教義，也會阻止閱讀傳播。有的題材不免撞車、意象較為重複，如寫「航行」、魚類鳥類等頗多相近，亦有手記式的粗放不計等，也或多或少削弱了象徵的純粹性與新意。對傳統過頭的解構，如表現在寫給小朋友的兒童詩集《到大海去呀，孩子》，顯然不夠成功。表面看是「科普」知識份量有些過重，實際還是詩體的成人化、西化，造成兩難（誦讀難，記憶難）的隔膜。

　　總體而言，如同臺灣同行所形容：「帶著種籽出海」﹝註53﹞，「太平洋上，站滿故鄉的水稻。」﹝註54﹞汪啟疆有著大量原型象徵意義的極富生命體驗的

﹝註50﹞張默，《怎樣揉捏詩的藍土壤》，載汪啟疆，《人魚海岸》，2000年，第9、10頁。

﹝註51﹞弗萊，《原型批評：神話理論》，載葉舒憲選編，《神話──原型批評》，陝西師範大學出版社，1987年，第175頁。

﹝註52﹞如前，第1頁。

﹝註53﹞林耀德，《跋》，載汪啟疆，《海洋姓氏》，尚書文化出版社，1990年，第211頁。

﹝註54﹞同前。

海洋「在地」作品，是臺灣現代派文學的一次別開生面，是華文文學的一道亮麗風景，他的作品豐富了海洋文學的寶庫，甚至於一定意義上可說彌補了華文文學海洋領域的短板與缺陷。

2016.10.19 改成於成都霜天老屋

注：本文係四川大學中央高校基本科研業務專項「華文文學與巴蜀地緣人文關係」（skqv201514）研究階段成果。

鳴謝：這篇論文的寫成，得到香港大學黎活仁先生大力支持。

原載東吳大學《臺灣詩學學刊》2016 年第 28 期。

第二八章　語詞還鄉與詩意棲居
——論渡也存在主義傾向的文化鄉愁

摘要

　　臺灣高產詩人渡也通過半生執著的追求與選擇，實現了詩質語詞的「還鄉」，映像與棲居於中華文化的核心意義領域與精神層面。這並不代表他是一位復古與傳統派的詩人，恰好相反，他頗具現代性的言說，充分體現了生存意義與荒誕性的追問以及自由選擇，其存在主義哲學與文化鄉愁交映互文，使其語詞結構彰顯悲劇精神，於宏大書寫與語詞狂歡、藝術張力中表現自由精神尤其突出。

關鍵詞：渡也、詩歌、語詞、存在主義、文化鄉愁

前引

　　記不得是在讀大學還是留校任助教期間，我在成都街頭徜徉購得一冊《臺港文學選刊》，無意間讀到一個文學作品，似乎小說（Fiction）或似散文（Prose），更像是詩歌（Poetry）——詩的質地（en-soi commun），題目《永遠的蝴蝶》，通篇不過八百字吧，那像圖釘一樣將我釘在街邊，許久動彈不得。簡介中叫陳啟祐的青年作家，是臺灣人，他這個作品，簡單得幾乎沒有

情節，唯一的情節就是一名叫櫻子的女朋友過街去幫「我」投信給臺南的母親，郵筒與許並不遙遠，就在眼簾中，然而「隨著一陣拔尖的煞車聲。櫻子的一生輕輕地飛了起來，緩緩地，飄落在濕冷的街面，好像一隻夜晚的蝴蝶。」〔註1〕作品的結尾是披露信上的內容：「媽：我打算在下個月和櫻子結婚。」而信中內容與許飄逝的櫻子並不知道。就這一個簡單、淒涼的故事，令那天我的遊程留下感傷的審美記憶。雖然我並不認識臺灣的「櫻子」也不認識創作者陳啟祐，但文學的共鳴與移情作用，可以深入人心、移人性情，有如太史公青年遊孔子故地：「余衹回留之不能去云」〔註2〕，時間不能磨滅心靈記憶，包括恐懼與感傷，時間能積澱出文明的精華。

> 由於孤獨、害怕，以及命定自由，我們成了無可名狀的憂慮、恐懼、痛苦和負罪感的犧牲品。……
>
> 我們的暴力無所不在：不僅在大街上，家庭裏和日常生活中，而且在我們的心裏、頭腦裏和靈魂裏。〔註3〕

也許《永遠的蝴蝶》是要反映這樣的主題。在這個充溢著存在主義氣息的詩體「小小說」（一說散文）中，陳啟祐寫道：

> 她只是過馬路幫我寄信。這樣簡單的動作，卻要教我終生難忘了。我緩緩睜開眼，茫然站在騎樓下，眼裏藏著滾燙的淚水。世上所有的車子都停了下來，人潮湧向馬路中央。沒有人知道那躺在街面的，就是我的蝴蝶。這時她離我五公尺，竟是那麼遙遠。更大的雨點濺在我的眼鏡中，濺到我的生命裏來。

可以這樣說，作者後來的創作許多時候都在書寫這種「更大的雨點，」以及「濺在」「眼鏡中」、「生命裏」的某種永恆（心靈記憶）。從存在主義傾向的危機意識到選擇語詞的還鄉、詩意（靈魂）的突圍與棲居，我認為是渡也（即陳啟祐）先生文學創作所呈現給我們的一條「總路線」，即詩意的指歸（魯迅說過：「指歸在動作」〔註4〕，即一個人有意識的行為實踐）。

〔註1〕 渡也著，《永遠的蝴蝶》，原文見載渡也文集，《永遠的蝴蝶》，臺灣：嶺南大學圖書館，1980年，第一輯，第3～4頁。

〔註2〕 司馬遷著，《孔子世家》，載《史記·世家（二）》，北京：中華書局，1984年，第1947頁。

〔註3〕 戴維斯·麥克羅伊著，《存在主義與文學》，沈華進譯，瀋陽：春風文藝出版社，1988年，第19頁。

〔註4〕 魯迅著，《魯迅全集·摩羅詩力說》第1集，北京：人民文學出版社，1982年，第66頁。

海德格爾評述詩歌指出：

> 特拉克爾的詩詠唱著靈魂之歌，這個靈魂──「大地上的異鄉者」──才漫遊在大地上，漫遊在大地上，作為還鄉種類的更寂靜家園的大地上。〔註5〕

移置渡也，我認為比較吻合。生命如此脆弱、不測，時間如此倉促，瞬間定格永恆（失去了的美好），人在危機四伏與心靈的涸澈中，必須要作出選擇，實現「歸鄉」的本質意義。因為人「命定的自由」，〔註6〕必須要作出選擇，「人是他的選擇的總和」〔註7〕。這是歐洲 20 世紀存在主義哲學揭示的常理。陳啟祐用渡也的筆名，用詩的船篙，著力將靈魂渡到彼岸。這個彼岸不是簡單的中國大陸領域概念，更不是西太平洋的新大陸及其他，這個彼岸即精神家園、文化止所，文學語詞創造、追求的「詩意棲居」。總體而言，渡也的作品展示了他對人生現實處境的憂慮以及自我救贖的努力，「人的個性比他的種性更強。」〔註8〕渡也詩歌的個性以及語詞的張力，從他踏上文學創作道路即形成愈發清晰堅固的鏈接與構架，「風格即人」，即人所作出的存在方式的選擇。

　　事隔三十多年再來認識渡也的多種作品，清新如一，更能顯示出時間內的本質意義以及精神現象，歸納其人生哲學取向。中國大陸和寶島臺灣雖然政治體制不一，生活習俗不盡相同，但漢語詩歌這棵根深葉茂的長青樹，集合了我們共同的家園意義、文化鄉愁，顯示著某種默契無間的交流、應合（Ent-sprechen）、通感。「在作品中發揮作用的是真理，而不只是一種真實。……這種被嵌入作品之中的閃耀（Scheinen）就是美。美是作為無蔽的真理的一種現身方式。」〔註9〕《永遠的蝴蝶》仍似鮮活，剛剛發生。沒有人去究問，作者生平有沒有那麼一場悲劇，即瞬間為永恆地失去過一個戀人，甚至沒有更多人去考究這件作品的體例關係，是小說還是散文抑或散文詩，真實與體例都不是文學詩質的核心，詩質核心始終是真理的「顯現」（如黑格爾名

〔註 5〕海德格爾著，《在通向語言的途中》，孫周興譯，北京：商務印書館，2004 年，第 83 頁。

〔註 6〕戴維斯‧麥克羅伊著，《存在主義與文學》，沈華進譯，瀋陽：春風文藝出版社，1988 年，第 60 頁。

〔註 7〕同上。

〔註 8〕同上，第 5 頁。

〔註 9〕海德格爾著，《林中路》，孫周興譯，上海：上海世紀出版集團，2008 年，第 37 頁。

言：「美是理念的感性顯現」）〔註10〕與一種「顯現方式」。我們可以通過審美徑渡渡也詩質的核心領域，領會世間災難並非出自偶然，也許這就足夠了。「語詞破碎處，無物可存在。」〔註11〕「文本之外一無所有。」〔註12〕這都尖銳地、深刻地指出了作品自身的唯一重要與合法性。渡也大量創作可用作我們充足的討論與談資，他近乎語詞狂歡式的寫作，印證了一條精神還鄉之路。

一、作為話語建構的鄉愁

　　渡也詩歌比較鮮明的一個特徵是有著濃鬱的精神鄉愁。鄉愁原是中國古代詩歌的一種話語方式，一種特別的建構與語詞中心，像在海洋國家所處的西方如英文詞彙中，難以找到同義詞彙，homesick（想家）與 nostalgia（懷舊）都不等同漢語「鄉愁」的神韻與譜系。聯繫漢語鄉愁近同義的如春愁、秋愁、旅愁、邊愁、羈愁、客愁、牢愁、哀愁等，互文相應，源遠流長。我曾經寫了一部專著予以探討，並考證出鄉愁的最早的詞型與詞格，是出自唐代詩人杜甫手筆，他的詩作《和裴迪登蜀州東亭送客逢早梅相憶見寄》一首：「幸不折來傷歲暮，若為看去亂鄉愁。」〔註13〕而在五四運動以降，最早使用的則是冰心女士。〔註14〕這種鄉愁話語方式以後在佔有重要地位的民族救亡圖存運動中漸趨淡化（讓位於宏大題材），1949 年後幾乎終止（克服所謂小資產階級思想情緒，倡導「革命大家庭」、「四海為家」、「我為祖國守邊疆」、「哪裏有石油哪裏就是我的家」等）。而這時期在海峽對岸臺灣，則湧現一大批由大陸遷徙海島成長起來的「外省」作家，以書寫鄉愁見長、出名，最典型如被喚作「鄉愁詩人」的余光中，而同題創作的鄉愁詩歌作品，俯拾即是，如楊喚《鄉愁》、朵思《鄉愁》、沙漠《鄉愁》、蓉子《鄉愁》、席慕蓉《鄉愁》等。現代派詩人洛夫、鄭愁予、瘂弦、楊牧、羅門、蓉子、周夢蝶

〔註10〕《西方美學家論美和美感·黑格爾》，北京大學哲學系美學教研室編譯，北京：商務印書館，1982 年，第 190 頁。
〔註11〕海德格爾著，《在通向語言的途中》，孫周興譯，商務印書館，2004 年，第 219 頁。
〔註12〕余虹著，《文學知識學》，北京大學出版社，2009 年，第 101 頁。
〔註13〕詳見拙作，《論杜甫是鄉愁文學的鼻祖》，《四川大學學報》（社科版），2010 年第 6 期。另拙著，《中國鄉愁文學研究》，成都：巴蜀書社，2011 年版，第 156 頁。
〔註14〕詳見拙作，《論冰心文學的古典氣質與「鄉愁」書寫》，載《冰心論集 2012》，上海：上海交通大學出版社，2013 年版，第 565～569 頁。

等「陸客」，情牽與維繫文化祖國家園，抒發鄉愁不絕如縷。老前輩「陸客」于右任、胡適、林語堂、梁實秋、臺靜農、蘇雪林、謝冰瑩等懷鄉感觸，形於作品。可以說鄉愁是臺灣現代（包括現代派）文學中一項重要的話語方式，一種道說（Sagen）在場與接力的現象景觀。這也是我們研究鄉愁文學不可忽略且可以關注的重鎮。但是面對渡也，我們有些訝異。1953 年早春出生的詩人，臺灣嘉義市人，可稱臺灣「原鄉」、「灣仔」，雖然倘如追溯他的祖先，依舊可以清理出中國大陸根的脈絡（只要他的譜系不是臺灣原住民如高山族等少數民族），但那畢竟是祖先記憶（眾所周知現在有些人已在儘量淡化或刻意加以遺忘）。是不是正因為這種遠在的血緣關係，令渡也詩歌多有鄉愁表現？我們通過考察，注意到一個事實，即他對臺灣「嘉南平原」生長地的鄉愁，固然有之，更多的卻是一種彌漫性的、廣義的鄉愁，即精神的鄉愁，作為「還鄉的種類」（詩人）「貫穿著孤寂之精神」〔註 15〕，更顯然更是一種形而上的、文化的鄉愁、語詞的鄉愁。關於鄉愁的意蘊，詩人渡也有明顯的用心與意識——

> 這本詩集所處理的均為中外文學的重要主題、原型，即鄉愁與愛情。民事、返鄉所呈現者或隸屬時間的鄉愁，或隸屬空間的鄉愁。不管寫何種主題，我希望作深入淺出的表達，而讀者能輕易掌握詩旨。〔註 16〕

> 七十七年初離開嘉南平原，遷居臺中，轉眼已過七年了，執筆寫此序時，思念故鄉，鬱鬱累累，近讀詩人賈果伯先生早期之七律：「臺中林整可棲遲，我似鷦鷯寄一枝。頻年多病獨傷時。」寄居臺中的我感慨良深，突然燃起再度返鄉從事教育、推動文化工作之念啊！現在是正月初，春天快來了，策馬的我不禁又想起王翰的鄉愁：「楊柳青青杏發花，年光誤客轉思家」。〔註 17〕

此類表述多見其詩文集。我瞭解到臺灣詩壇多位前輩行文（包括筆者與之面談），不約而同地表達更喜歡渡也的鄉愁詩作。這如同渡也自述：「隱地先生於去年十一月十八日給我的信，對《流浪玫瑰》提出意見，他表達『我最喜

〔註 15〕海德格爾著，《在通向語言的途中》，孫周興譯，北京：商務印書館，2004 年，第 83 頁。

〔註 16〕渡也著，《流浪玫瑰·序》，臺北：爾雅出版社有限公司，1999 年，第 5 頁。

〔註 17〕渡也著，《我策馬奔進歷史·年光誤客轉思家》，臺灣：嘉義市立文化中心編印，1995 年，第 5 頁。

歡第三輯：『返鄉』令我感到欣慰。」〔註 18〕「返鄉」，顯然是渡也詩歌題材中作為「應合」（Ent-sprechen）所在的一個突出的文學表現領域，即其設身處地，描寫遷來島上的「外省」「陸居者」同胞（多是他前輩）還鄉的情懷與人生遭遇、悲劇。這類詩他把握得很好，量身定做，很有分寸，甚至不遜色有親身體驗的前輩鄉愁詩人。如「返鄉輯」中《地圖——為周老師而作》《茅臺》《蘇州》《歸根》《錄影帶》《先進》等，以及散佈於他其餘詩集中的同類題材作品，這裡錄《茅臺》一首觀之：

> 茅臺偷渡來臺
> 看起來並不像
> 共產黨
> 茅臺偷偷到榮民家裏
> 久別重逢
> 來！浮一大白
>
> 打開瓶蓋
> 祖國的香味，撲過來
> 一把將他抓住
> 要他回去
>
> 仰首，合目，一飲而盡
> 貴州的山山水水
> 全在肚子裏矗立，蜿蜒
> 叫他回去
>
> 如何回去？
>
> 人醉，貴州也醉了
> 深夜醒來，吐——
> 穢物滿地都是
> 都是四十年來的
> 愁苦
>
> ——原載 1988 年 1 月號《聯合文學》〔註 19〕

〔註 18〕渡也著，《流浪玫瑰・序》，臺北：爾雅出版社有限公司，1999 年，第 4 頁。
〔註 19〕渡也著，《流浪玫瑰》，臺北：爾雅出版社有限公司，1999 年，第 109～111 頁。

余光中（如《鄉愁》《老戰士》）、洛夫（如《家書》《邊界望鄉》）等名家的鄉愁代表作無疑給當時尚是青年作家的渡也以相當的啟發，看得出來他語詞中的借鑒、學習。但他「視同己出」的那種簡潔有力、取精用宏的駕馭表現能力，顯然已經力透紙背，自成一體。「榮民」的痛苦被他詳熟瞭解與洞察，包括他的老師北京籍人「周老師」、受到還鄉限制的公務員、軍人、尋親線索中斷未獲者等等，皆能「民胞物與」、感同身受，從而發為心聲，作為代言。《歸根》一首寫老兵還鄉經歷的物是人非、不勝今昔之感，著實令人扼腕歎息。最奇特莫過「返鄉輯」中《許多愁》一首，作者自己禁不住躍入詩中，如其另一個詩集名《我策馬奔進歷史》，顯然忘記與突破了時間的界定，而以我之介入，更深度具象地表達一種人文關懷，以及綿綿不盡的故國情思：

　　　　一波波人潮
　　　　湧回故鄉
　　　　只有我仍在臺灣
　　　　流不走
　　　　載不動
　　　　許多愁

　　　　他們都有親人在大陸
　　　　其實，我也有親人
　　　　全大陸同胞都是

　　　　我到書店購買返鄉探親手冊
　　　　大陸探親旅游手冊
　　　　準備回去
　　　　啊，我要回去
　　　　有關單位攔住去路

　　　　整理好行李
　　　　整理好心情，攤開
　　　　手冊上的地圖
　　　　找到長安
　　　　撫摸著久別的長安
　　　　這樣

就算回去了嗎？

滂沱的淚水淋濕了
手冊中的地圖
祖國山河也在哭泣
山洪暴發，河流泛濫
一片汪洋中
再也找不到長安
我怎麼回去？〔註20〕

起初的立意可能亦是代人（受政令限制者）立言，實際在書寫過程中，作者的「長安」古意彌漫開來，將之納入物我兩忘、主客一體，所謂「你中有我，我中有你」。這種語詞的通感與復合，以及現代性文學的介入肌質、在場意義，恰如海德格爾評述當時詩歌「你心繫何方──你不知道」一行時所指：「這一詩句猶如演奏的低音一般迴響在所有的歌中……這位詩人在詞語上取得的經驗進入暗冥之中，並且始終還把自身掩蔽起來了。我們必得任其如此；但由於我們如此這般來思考這種詩意經驗，我們也就已經讓這種經驗處於詩與思的近鄰關係中了。」〔註21〕渡也與他詩中代言的前輩處於「近鄰關係」，甚至「忘我」狀態與應合中，這亦如《文心雕龍》「附會篇」所云：「道味相符，懸緒自接。如樂之和，心聲克協。」〔註22〕登山觀海，不免都情意相通，「思接千載」。這都為我們研究渡也的鄉愁主題指出了一條路徑，即他所寫的鄉愁，有小鄉愁，有大鄉愁，更多是他自己精神的鄉愁──一種文化尋覓的鄉愁，亦即語詞精神的歸所。他無時不在使這一「返鄉」行動，步伐嘹亮（「異鄉人的步伐在鳴響」）〔註 23〕，盡快地安居下來，以直達一個「詩意棲居」，以歸宿、棲居來抵抗漂蕩、恐懼、虛無與喧囂。

　　與前輩鄉愁詩人不同，渡也並沒有在中國大陸地區生長的經歷，因此也

〔註20〕渡也著，《流浪玫瑰》，臺北：爾雅出版社有限公司，1999 年，第 115～116
　　　　頁。
〔註21〕海德格爾著，《在通向語言的途中》，孫周興譯，北京：商務印書館，2004 年，
　　　　第 175 頁。
〔註22〕劉勰著，《〈文心雕龍〉注釋》，周振甫注，北京：人民文學出版社，1982 年，
　　　　第 463 頁。
〔註23〕海德格爾著，《在通向語言的途中》，孫周興譯，北京：商務印書館，2004 年，
　　　　第 82 頁。

並沒有那些少年時代所謂陸居者銘記在心的山川阡陌、鄉土風物親身體驗記憶。更多只是會意、通感以及間接知識，但他描寫陸居者的鄉愁，一樣精警動人、形神畢現。縱觀其詩篇，「陸居者」的分量與題義，可謂「茲事體大」、具象突出，這是他作品的一根紅線，他夢繞魂牽的「棲居之所」，也即中國古代詩學所謂詩質、「詩眼」、「詩魂」，無疑即中國文學——漢語文學的道義精神與語詞魅力，如他《茅臺》詩中所謂「一把將他抓住／要他回去」。又如一首詩自云——

那人

二十二歲起

一座大山奔進他眼裏

二十九歲時

他眼裏那座大山又長高了

一萬公尺

他看到那山上站著一個人

捧著漫長的中國文學史

那人以長髮擊打

千絲萬縷的風〔註24〕

緊鄰此首的《母親的懷抱》以及《我策馬奔進歷史》等詩作，無不異曲同工、意旨如一。在行文中他則更加明確表達：

　　　　以書中的一首詩的題目為書名，其實並未用該詩意旨，而是別有含意。二十多年來，我騎著文學的駿馬奔馳，「奔進歷史」則是多年夢寐以求的，能上文學史，佔有一席之地，乃是我最大的願望也。

　　　　「我策馬奔進歷史」是自勵，而非自傲。〔註25〕

你當然可以將其理解為「青史留名」的「意志」（will），但我們注意到他這個「歷史」的指向與隱喻是「中國」，而非單單的臺灣史或廓大而無關的西方世界史。我們有十分充足的材料說明詩人半生所繫的這個「中國結」（與政治體制似無關），是其詩歌中最為醒目的一個心結，亦是他詩歌象喻的用心所繫所在。他的題寫《鄉愁》一首值得我們注意：

〔註24〕渡也著，《我策馬奔進歷史》，臺灣：嘉義市立文化中心編印，1995 年，第 175 頁。

〔註25〕同上，第 5 頁。

　　　　　與病相續

　　　　　醒來

　　　　　不見鞋

　　　　　只見

　　　　　啊

　　　　　琴

　　　　　黯黯

　　　　　斷弦

　　　　　黯黯地

　　　　　說

　　　　　鞋　已　還　鄉〔註26〕

雖然與前舉的鄉愁同題詩看似別無二致，但解讀與前輩陸居者親身回憶大不
相同，他更側重於精神象徵的鄉愁。寫詩當時渡也年輕，興許受到詩壇前輩
的影響，例如「創世紀」詩社精神領袖紀弦的作品《脫襪吟》：

　　　　　何其臭的襪子，

　　　　　何其臭的腳，

　　　　　這是流浪人的襪子，

　　　　　流浪人的腳。

　　　　　沒有家，

　　　　　也沒有親人。

　　　　　家呀，親人呀，

　　　　　何其生疏的東西呀。〔註27〕

看得出來這種簡單明白的歌謠體所反映出來的現代隱寓，是渡也詩歌學習追
求的一種風格。他那首頗為肖似法國象征派詩風的《鄉愁》，所傳遞的更傾
向形而上的意味，摒棄了自傳體的熟路，抽去了「回憶」環節，從語詞邏
輯方面採取一種斷裂化處理，陌生化、符號學式的書寫，從而表達語詞本
質的還鄉意義。「鞋」，先於身體，先於經驗，甚至先於時間界定，在還鄉

〔註26〕渡也著，《我策馬奔進歷史》，臺灣：嘉義市立文化中心編印，1995 年，第 19
　　　　頁。

〔註27〕《臺灣詩人十二家·獨步的狼》，流沙河編，重慶：重慶出版社，1983 年，第
　　　　1 頁。

的途中。「鞋」彷彿靈魂的載體與化身。「惟有在他的語詞之到達中，未來才現身在場。」〔註28〕「鞋」已先抵達未來，這正是語詞作為思想載體的神奇功效。

　　曾經明顯受到存在主義思想影響的青年渡也，在對黑暗命運與虛無的恐懼中，尋找到一條棲身永恆與精神的蹊徑，從而實現人生的選擇與救贖，「精神驅趕靈魂上路，使靈魂先行漫遊，精神置身於異鄉者之中」。〔註29〕這彷彿是前引渡也《鄉愁》一詩的注解，也是其大量鄉愁意識詩歌創作的象喻與宗旨。雖然是臺灣人，但也是精神上的「異鄉者」──詩人──「生活在別處」。渡也詩歌總體構建了一個清晰的自身的鄉愁話語系統，值得細細梳理與專文研究，在臺灣生長的一代詩人中，有特具的代表性。

二、語詞還鄉的現代性

　　渡也的詩風總體清新明白、言簡意賅，重視歷史的積澱與文藝的審美感染，似與晦澀艱深無關。他自己也於多處行文中表示對語詞表達意義的理解，例如：

　　　　這幾年詩壇流行的某些怪誕、晦澀的詩，我相當反感。去年底，洛夫返臺，於臺中開書法展，在報紙的報導中他也表示時下有些詩頗費解，而十二月下旬《聯合副刊》亦有讀者、主編探討此一問題。讓我們一起來關心這多年的沉屙！

　　　　我的詩該沒有「看不懂」的問題吧。

　　　　我並不反對別人嚐試新奇的路線，然而，無論開拓什麼前所未有的途徑，明晰易懂應是值得注意的原則，古詩十九首歷久不衰，兩千年後的今日仍令人回味無窮，恐怕與此原則有關。〔註30〕

再如：

　　　　寫詩二十五年了，我始終戮力不懈，因而產量甚豐，迄今已發表詩作達千餘首。我的詩路之旅，並非平安無事，一帆風順，也有不少難關、掙扎和變化，早年曾沉湎於唯美的、個人的、玩弄技巧

〔註28〕海德格爾著，《林中路》，孫周興譯，上海世紀出版社集團，2008年，第290頁。

〔註29〕海德格爾著，《在通向語言的途中》，孫周興譯，商務印書館，2004年，第59頁。

〔註30〕渡也著，《流浪玫瑰·序》，臺北：爾雅出版社有限公司，1999年，第5頁。

的小天地裏，後來幡然改圖，於十幾年前，努力要求自己，

一、語言平易近人

二、題材生活化、大眾化

三、不要技巧

希望我的詩既具有詩質、詩味，又有很多人看得懂。這種「詩觀」，這種「美學」，有些人反對，但我只管寫我的，相信必有讀者支持我。〔註31〕

清新明白並不等同低俗淺泛。總觀渡也詩作，我感覺他的「明白」之中，指意豐富，其實深伏現代性與語詞的詩興空間，其能指與所指，常相轉義、補充、迂迴（detour），從而更具彈性。他的詩作因其「還鄉」意識與歷史介入意識，其詩歌的發動機，生命力亢奮經久，佔據了一個現代性的高地，頗能代表臺灣現代派詩風之一面，這是不能低估的。現代性並不等同晦澀、繁冗、空洞，現代性更是一種精神重構。于爾根·哈貝馬斯《現代性的哲學話語》指出現代性產生於世界三大事件「即新大陸的發現、文藝復興和宗教改革，則構成了現代與中世紀之間的時代分水嶺。」〔註32〕對現代哲學的深刻闡述，首數黑格爾，如：「我們不難看到，我們這個時代是一個新時期的降生和過渡的時代。人的精神已經跟他舊日的生活與觀念世界決裂，正使舊日的一切葬入於過去而著手進行他的自我改造。事實上，精神從來沒有停止不動，它永遠是在前進運動著。」〔註33〕科瑟勒克、波德萊爾等人都對偶然與永恆以及新的世界史觀有著深刻的闡述。概括而言，現代性即一種否定權威的前瞻意識，即主體性的精神建構與自由書寫的風範。黑格爾讚美為：「升起的太陽就如閃電般一下子建立起了新世界的形象。」〔註34〕渡也在題材非常豐富的迄今約十九部詩集中，體現出鮮明的主體性與自由書寫、歷史解讀，其語詞的「還鄉」——即對中國文學瞬間與永恆價值的重估與自我認同、反思，在世界語境中，無疑有著清醒的時間意義。他《流浪玫瑰》第一輯「民藝」，對民間歷史文物的吟詠書寫，係一組「詠物詩」，從中反映出現代人的批判意識與

〔註31〕渡也著，《不准破裂·自序》，臺灣：彰化縣立文化中心，1994年，第2頁。

〔註32〕于爾根·哈貝馬斯著，《現代性的哲學話語》，曹衛東等譯，南京：譯林出版社，2004年，第6頁。

〔註33〕黑格爾著，《精神現象學》上卷，賀麟、王玖興譯，北京：商務印書館，2013年，第7～8頁。

〔註34〕同上，第8頁。

紀念情懷，表達出類似這樣的審美傾向：「即這是一個進步與異化精神共存的世界。」〔註35〕且錄兩首短詩，以見一斑：

三寸金蓮

繡花鳥圖案
鞋上就有鳥叫的聲音
圖案的歡呼
啊，都飛不走

誰說一步一朵蓮花
不！一步一朵
問號
一步一朵
淚花

從清朝辛苦走到民國
初年，就結束了
誰說一生數十年
不！一生只有
三寸

不只是腳
連一生都在鞋中
而腳、鞋以及一生
啊，都在男人掌中〔註36〕

你可以說詩歌明白如話，淺近易懂，但你不能否認其強烈的時代意識、批判精神。再如：

飯桶

稻米進口
朱紅飯桶從清朝活到現代
從未聽過

〔註35〕于爾根・哈貝馬斯著，《現代性的哲學話語》，南京：譯林出版社，2004 年，第 19～20 頁。

〔註36〕渡也著，《流浪玫瑰》，臺北：爾雅出版社有限公司，1999 年，第 5～6 頁。

　　　　孤獨站在現代客廳
　　　　聽電視新聞報導
　　　　朱紅生漆顏面如昔
　　　　飯香早已隨清朝遠去
　　　　只留下一桶的
　　　　無可奈何

　　　　一九九四年開始
　　　　臺灣必須吃外國米活下去
　　　　空空的稻田只能愣著
　　　　不知想什麼才好
　　　　如同舊飯桶一樣

　　　　而老飯桶架也只能
　　　　茫然站在現代客廳
　　　　無路可走
　　　　如同稻農一樣〔註37〕

這種沉雄有力的批判，以及時間穿越的魅力，語詞結構求新求變的擲地有聲，是渡野詩歌長年不被淡忘的關鍵品質所在。看得出來，他在這方面深受「創世紀」「二弦」（紀弦與瘂弦）的影響，如瘂弦的名作《紅玉米》《鹽》等詠史詩，無疑給了他明顯的影響痕跡。

　　渡也大量中國歷史題材的詩歌，詠物寫人，包括敘事長詩領域（這也是他的一個創作重點），總體呈現出精神識別與語詞返鄉的宏大意義。這個「鄉」，古代文言通假「向」（如司馬遷：「雖不能至，然心鄉往之」）〔註38〕，可以互文，指出人心向背與世間懷抱，「還鄉」意義即中國文化的更新魅力召喚，這也是詩人的詩旨用心所在。

三、抵制破裂與邊緣化

　　臺灣的現代詩比較不同於中國其他地區的詩歌格局風貌，我認為另一層重要意義與特徵在於其中心意義觀念與宏大書寫。臺灣大陸籍「外省」詩人

〔註37〕渡也著，《流浪玫瑰》，臺北：爾雅出版社有限公司，1999年，第10～11頁。
〔註38〕司馬遷著，《孔子世家》，載《史記·世家（二）》，北京：中華書局，1984年，第1947頁。

以及臺灣本土成長起來的文學作者，多傾向於家國意識、民族情懷，以及「以天下為己任」的責任擔當。他們極少將自己置於地方化（方言區域）或偏安一隅的自足意識狀態。即便風格全然不同甚至不免彼此「相輕」，例如李敖與余光中，二人都以春秋式的宏大書寫出名，前者自認為中國白話寫作五百年來最好；而後者以中華家園為感情維繫，江山人文，一往情深。老一代如胡適、林語堂、梁實秋等，本來即新文化締造者、發揚者，國人師表。成長於臺灣的著名詩人還如洛夫、瘂弦、鄭愁予、楊牧、蔣勳、葉維廉等人，莫不江山文化、華夏一脈。再至林清玄、林文月、簡媜、渡也（他一個筆名就叫「江山之助」，頗令人回味）、張曉風等這一代，雖係臺灣出生，一樣書寫「中國心」，表現全景式的漢語語境。這都可以充分說明臺灣自光復後，特別是 1949 年以後，即行成為中國現代文學的另一個中心、重鎮，特別體現中國認證意識。這一文化特徵兼及各個領域，如白先勇的懷舊小說，乃至新派歷史、武俠小說（高陽、古龍等），他們的視域與表現無不以大中華為在場、舞臺、疆場。臺灣文學這種中心建構意義與當下性，決定了他們的文學大氣磅礡以及「國語」的核心語詞屬性。在中國大陸一些省區作者，則較為樂意與甘心寂寞以區域方言創作，潛心書寫一地一隅之民風民俗，有如「花兒」、「竹枝辭」等，不在意領導潮流，也沒有急迫的家國憂患意識，更無意成為中心文化層面的代言人、領導者。例如筆者所在巴蜀，方言作者可以列數多位，最有名的如李劼人先生，他的「大河小說」三部曲創作，雖被曾經同窗的郭沫若評為「小說的近代史」，庶幾可能成為「中國左拉」〔註39〕，然其小說問之外省時人、今人，知者寥寥，多加入方言的寫作，閱讀之下不免詰屈聱牙、「向隅而泣」，限制了影響。再如吳語地區、粵、港、贛、海（南）等方言區，區域性的作者成就可謂不小，亦有流行，但中心意義的話語「霸權」試圖與佔據意識並不突出（金庸、梁羽生等「國語」作家恰好相反）。臺灣則不然，學者、作家、詩人，皆長於宏大書寫，表現國家意志、中心文化與在場意義。即便言情作家瓊瑤，她的故事，亦多以京、津、滬等大都市乃至於清宮皇族題材（如《還珠格格》）著稱。這一現象姑稱「故宮」情結，在臺北即有一「故宮」，與北京故宮，一本所出，花開兩朵。「清華大學」等亦同此義。據說臺北街名，多以大陸城市命名（如「廈門街」「四川路」等），「登

〔註39〕郭沫若著，〈中國左拉之待望〉，《中國文藝》第 1、2 期，1937 年，第 265 頁。亦見《郭沫若學刊》第 4 期，2011 年，第 2 頁。

高」意味，不言而喻。臺灣的中華文化中心與重鎮接緒建立之意識，有目共
睹。「臺獨」潮流所臆想的試圖「去中國化」的「臺語文學」之路，實為一條
方言土語之路，若更加入有意的屏蔽漢語大文化認同，無異走入迷途乃至死
路。就文化「肌質」而論，暢通斷難，遑論宏大致廣。早在十九世紀初黑格
爾就指出：「中國『歷史作家』的層出不窮，繼續不斷，實在是任何民族所比
不上的。」〔註40〕黑格爾繼而指出中國人的精神是從「實體的『精神』和個
人的精神的統一中演繹出來；但是這種原則就是『家庭的精神』……而同時
又是『國家的兒女』。」〔註41〕中國疆域遼闊與文化悠久，以及歷史的責任感，
曾令黑格爾震驚歎賞，雖然他並不贊成奴化的臣服的皇族文化，而是倡導現
代性、世界性。

　　出身於臺灣中國文化大學的渡也博士，似乎先天就打上了這一大文化的
烙印，且在他的成長創作中，決意「策馬奔進歷史」。他的中國言說，極其動
靜相宜的歌詠，以及歷史審美判斷，都可說明他宏大書寫的意識。他雖然以
臺灣嘉義人為榮，但一直有意排拒孤裂化、邊緣化乃至異化（他創作的一個
重要的隱喻的主題即在此），為此他不辭頂著「偏向國民黨」〔註42〕的非議與
壓力，他的一本詩集就題名《不准破裂》，雖然其所指在於自己身心康全，有
自勵之意，而能指意味，極其豐富，大可發人深省。據其詩文中自述，在臺
灣他有被人稱為親陸親左傾向，這種無理的嫌猜無疑因為他詩歌的中國化品
質所導致。中國史上大部分名人文豪，多有收入渡也詩文關注，他的題材可
稱一部詩歌的中國文案。可以擔當黑格爾「歷史作家」這樣一個稱號，雖然
他只是將歷史作為一種話語空間平臺，更多是一種指喻、象徵乃至戲仿、反
諷，但歷史的潮水，澎湃洶湧於其詩行行文間，這是不爭的事實。在書寫歷
史的同時，他自身也躍入其中，表達思想的多維空間與話語傳奇，從而實現
現代性的「過渡」與重建。如其《渡野與屈原》一首：

　　　　一九八〇年夏天
　　　　我沿高速公路南下
　　　　心裏湧動涉江與懷沙

　　　　我看到三閭大夫

〔註40〕黑格爾著，《歷史哲學》，王造時譯，上海：上海書店出版社，1999年，第123頁。
〔註41〕如上，見第164～165頁。
〔註42〕渡也著，《流浪玫瑰‧序》，臺北：爾雅出版社有限公司，1999年，第4頁。

佩芝蘭以為飾

在路邊

低頭獨行

他首如飛蓬如

動亂的楚國

眼中流著哀傷

一看到我，馬上

別過頭去

一九八○年八月

我默默南下

讁貶我的不是楚懷王

也不是頃襄王

原來是

我自己

一九八七年九月

我終於穿著一襲唐裝

手執黑扇，毅然

離開眾人皆醉的嘉義

離開我心中的汨羅江

帶著屈原，再度

北上〔註43〕

一個人於區域間轉換工作，本是極為通常之事，由於作者「自我放逐」意義層面的書寫，秉賦了語詞還鄉的意義，使時空風雲穿流，與屈原互文呼應，語詞直指中國歷史文化的核心事件，這一中心意識與在場試圖，隨即發揮神奇作用，令讀者也「闖入歷史」，詩興湍飛，感受到時間的永恆意指與悲劇精神。其餘類似題材涉及如司馬遷、陶淵明、李白、杜甫、王維、李賀等，皆援引古意，闡述今聲。如《單兵》一首，描寫「我攜帶武器裝備，在中國的草原前進」，所遭遇種種，會合古之聖者，「全在山上」〔註44〕。海德格爾指

〔註43〕渡也著，《不准破裂》，臺灣：彰化縣立中心文化編印，1994年，第12頁。
〔註44〕同上，第80頁。

出：「只有當靈魂在漫遊中深入到它自己的本質──它的漫遊本質的最廣大範圍中時，靈魂的憂鬱才熾熱地燃燒。」〔註45〕渡也作品多有選入兩岸中學語文課本，不僅在於他言暢意豐的語詞風範，更得力於他表達的中心文明意識，以及揚棄歷史正反的擔當勇氣，還有不假粉飾的現代性追求。

在此方面，除了大量的對古代文學家的「借喻」，還有述及英雄史詩層面的作品，包括多部長篇敘事詩，令其「中國詩人」「歷史作家」的修為與特色，更加突出與彰顯，表現了悲劇審美情懷的另一方面，即悲壯與崇高。敘事長詩集《最後的長城》，瘂弦贊為「抒大我之情」〔註46〕，恰如其分。全集由《宣統三年》《永不回頭的方聲洞》《最後的長城》等組成，寫「革命黨」，寫方聲洞、林則徐、陳天華（《殉國的梅花》）等，無不元氣淋漓，慷慨悲歌，作者「有撰述『近代詩史』之決心」，成績斐然，當時獲《中央日報》「千萬讀者，百萬徵文」首獎。作者書寫了一篇題為《中國近代史實民族血淚交織》的獲獎感言，特別「對在艱難困苦的險境下，推倒龐大專制帝國的先烈，對『去邪無疑』的義士，表達正面的頌揚。」〔註47〕另外一些謳歌歷史文化精英與歷史巨變的篇章包括詩劇，如寫蘇軾的《我靜靜眺望祖國江山》，寫王維的《王維的石油化學工業》，寫歷史事件的《天下大水》《秦軍敗了》等，莫不賦誦中華魂魄精神，或於驚濤駭浪之間，穿插歷史的現代理念，甚至於碎片化式的處理映像中，再行構織歷史的話語中心與場域意義。這些詩篇無疑應是臺灣當代文學史一項不可淡化的可貴嘗試與重要收穫。「悲劇給予我們的快感並不屬於我們對優美的感覺，而應該屬於感受崇高、壯美時的愉悅。悲劇帶來的這種愉悅，的確就是最高一級的崇高感、壯美感，因為，一如我們面對大自然的壯美景色時，會不再全神貫注於意欲的利益，而轉持直觀的態度，同樣，面對悲劇中的苦難時，我們也不再專注於生存意欲。」〔註48〕悲劇淨化心靈，摒除貪欲雜念，使讀者沉浸於現代文藝的純粹澄明意境中，感受到悲劇崇高與莊嚴的低音，這也是渡也「史詩」寫作的一

〔註45〕海德格爾著，《在通向語言的途中》，孫周興譯，北京：商務印書館，2004年，第59頁。

〔註46〕渡也著，《最後的長城·瘂弦評語》，臺北：黎明文化事業有限公司，1988年，第4頁。

〔註47〕渡也著，《最後的長城》，臺北：黎明文化事業有限公司，1988年，第19～20頁。

〔註48〕叔本華著，《叔本華美學隨筆》，韋啟昌譯，上海：上海人民出版社，2004年，第52頁。

種試圖與效果。

這一文化中心層面意識與扛鼎歷史的勇氣（祖國、中華、國旗、神州、大地、人民、先烈、前賢等自覺意識頻繁表諸渡也詩集），以及大膽創作的語詞修辭能力，是對身份的游離特別是孤島化、邊緣化、區域化的抵抗，更是對「人是他的自由」〔註49〕這一現代哲學命題作出的響應。

四、對「活著」的荒誕性的揭示

渡也自創作《永遠的蝴蝶》以來有關生存主題意義的書寫，雖如前引他所說一個時候曾驅於藝術至上、玩弄技巧的歧途，但總體看來，並未偏離嚴肅文學的軌道，始終有追求、有意識，實現詩意棲居。特別是拷問生存意義方面，如反思人生、暴露人性的弱點甚至卑劣，渡也筆無旁顧，一路衝鋒陷陣，以詩言志（著重於生活荒誕性的揭示），沒有放棄純文學的深度探索。洋溢在他詩中那種一如「凡有生者，皆痛苦」、「活著是如此痛苦地善和真」〔註50〕等存在主義哲學傾向的（特別關於異化）主題表現，不遺餘力，如醍醐灌頂，詩意往往直通文化精神要塞，彰顯強烈衝突的現代性──也即我思、我在、我痛、我懷疑的生存方式。寫出生活意欲的煩惱，揭示荒誕與虛無的本質，從而更加映襯還鄉的、救贖的指歸。本節側重以渡也的情詩作品，探析其關於生存意義的敘事書寫。

渡也有些情詩寫得相當露骨（兩性關係），散見於多個詩集，也有專以「情色詩」的冠名，如《手套與愛──渡也情色詩》，內容不少戲謔與戲仿成分，有些甚至近乎「惡搞」，其實著力展示現代與後現代的荒誕意味，表現「活著」與「情觴」的荒誕關係，從而揭示自由選擇所必然付出的痛苦代價。渡也沒有詳述他戀愛失敗的原因理由，寫出來無非是種種存在的偽理由以及庸常瑣屑，他擅長直抵語詞極地，抽去過程、橋樑，直奔人性的軟脅，側重於表現兩情相悅與靈肉分離、時間毀滅的情思、追憶以及歷久彌漸的傷痛，包括懺悔甚至罪疚感，反襯真愛的不朽價值──瞬間即永恆的美麗。

都不要說

分手後這十幾年／妳在那裡／無盡的淚水／已把妳／載到天

〔註49〕戴維斯·麥克羅伊著，《存在主義與文學》，沈華進譯，瀋陽：春風文藝出版社，1988年，第10頁。
〔註50〕海德格爾著，《在通向語言的途中》，孫周興譯，北京：商務印書館，2004年，第61頁。

涯／或者海角？／／

　　十幾年來／我在每一個街角拐彎／都渴望不期然遇見／一個撲面而來的驚喜／一個撐傘而來的妳／二十歲的妳，或者／七十歲的妳／我都喜歡／／

　　讓我們在街角緊緊擁抱／來時路多痛苦多漫長／都不許回頭看／十幾年的寂寞淚水愛與恨……／啊，都不要說／只讓我抱著瘦小多病／衣衫襤褸的妳……〔註51〕

深情的書寫，在多個詩集中迭相互映，是愛情主題的力作。有的詩則不無強烈的自嘲、反諷甚至「自暴自棄」，毫無疑問暴露自己無非是為了暴露荒謬性，如有的詩中對性器官、性行為的誇張描寫，無非要展示存在主義「我就是我的身體」〔註52〕這一著名的立論與反諷。在描寫面對情人的配偶、丈夫善意相待時，糾結與荒誕感尤為突出，這不僅是內心道義的抬頭，更著重表現了「現代文學：一個警告」〔註53〕的意味。「我們可以找到這些始終不變的主題：墮落的人，處於危險之中的人，沒有信仰的人，沒有希望、仁慈、博愛和愛的人——一句話，幾乎完全辨認不出是人的人。」〔註54〕所以在渡也情詩中表現的「自暴」，比臺灣其他現代派詩人顯示出來的都大膽、直率得多。如：

那人

　　幾年來／那人常寫信給我／打電話來／常到我住的地方／／

　　自從他太太的眼淚／來找我／來找我的眼淚／我決心不去開信箱／拒絕電話／把所有門窗鎖上／／

　　然而，那人仍在／仍在我心裏徘徊／向我揮手，微笑／／

　　我只好天天睡覺／試圖將他從心中趕走／心，也決心不想他／／

　　啊，那人竟然／仍然醒在我夢裏／／〔註55〕

這類「偷情」題材詩作還如《今晚我從臺北來》《散文家》等。展示情色世界的「喧囂與騷動」，不假掩飾地揭示意欲的荒誕性。再如：

〔註51〕渡也著，《空城計》，臺北：漢藝色研出版公司，1998年，第96頁。
〔註52〕李鈞著，《存在主義文論》，濟南：山東教育出版社，2001年，第17頁。
〔註53〕戴維斯·麥克羅伊著，《存在主義與文學》，沈華進譯，瀋陽：春風文藝出版社，1988年，第22頁。
〔註54〕如上，第23頁。
〔註55〕渡也著，《空城計》，臺北：漢藝色研出版公司，1998年，第104頁。

兼愛非攻

我在研究兼愛的思想／並且實踐這套理論／阿桃卻站在我心
的邊緣地帶／哭得墨子束手無策／阿桃指責王蘭花搶走她的地盤／
搶走了我的心／那株蘭花動手抓破阿桃的果皮／後來李小梅也加入
／兵荒馬亂之中／在我小小的心裏／製造一個愛的／春秋戰國／／

她們一起打破了墨子的哲學體系／我彷彿聽到／墨子揮汗高
聲急呼／非攻非攻〔註56〕

在寓言式的「迂迴」與反諷後邊，還是內心的交戰。渡也情詩更多的還是感
傷的追憶與幻滅之感。如《妹妹》——

……

妳轉過頭來問我妳是誰／妳是誰啊浪花互相擁抱／又揮手分
離／無歡的潮汐湧過來／又含淚退回去了／我緩緩回答妳（啊大海
也知道）／「上帝叫我帶妳來到這個人世／妳就是我最最深愛的／
但永遠不能結髮為夫妻的妹妹……〔註57〕

總體而言，渡也情色詩的基調是鬱積與悲觀的，包括「戲仿」與反諷。他的
情詩如同在重複著這樣的理論：「人將不可避免地直面自身的真相：這是唯一
真正的解決方式。他必須認識到他的基本孤立和孤獨與他的命運無關；他必
須清楚並沒有可以為他解決問題的超自然的力量。他必須這樣，因為他無法
逃脫對自身的責任，並且事實上只有利用自身的力量，他才能使生命獲得意
義。」〔註58〕

同樣，渡也用語詞的還鄉作為來拯救自己，直抵漢語詩興的核心層面，
澡雪精神與靈魂，享受時間積澱的永恆。如題為《三國演義》《李白》《詩經
衛風：氓》《灞橋》《中國結：兩隻老虎》等詩作，都無異於擦拭現實痛楚感
傷淚水（他自己的詩題形容是「菊花淚」）的「紅巾翠袖」，是療治身心傷口
的神草良藥。這是語詞還鄉與自我救贖的一種比較特異的表現方式。

五、新一代鄉愁詩人

渡也的詩寫得很多，用他早年在《流浪玫瑰》序中的打趣說，在臺灣論

〔註56〕渡也著，《空城計》，臺北：漢藝色研出版公司，1998 年，第 120 頁。
〔註57〕同上，第 10 頁。
〔註58〕戴維斯・麥克羅伊著，《存在主義與文學》，沈華進譯，瀋陽：春風文藝出版
　　　　社，1988 年，第 20 頁。

質量他也許進入不了前十名，論產量他則必定穩居前十名。事實上他才如泉湧，風格多樣化，寫詩成為一種生存樣式與救贖慣性，在語詞還鄉的道路上，從沒有停止過腳步。除了上述充滿生活氣息與歷史反正況味、感情杯葛的作品外，渡也還有一些另類風格的作品，如詩劇、兒童詩、科幻詩、諷刺詩、生態詩、散文詩等，內容亦正亦反，情趣亦莊亦諧，題材如洪波彙集，不捐小溪，充分表現出試圖解構傳統與重構心靈世界的現代性努力。他深受現代哲學的影響，這從一首奇怪的小詩即可見一斑：

西洋哲學史

黑格爾跑到曠野

無拘無束的曠野

在夕陽下

對著自己

大聲喊：

放我出來！〔註59〕

詩集《憤怒的葡萄》最後一首題為《天使》，內容令人觸目驚心：

我沿著四月四日的早晨

散步過去

準備在開幕典禮時

用笑聲輕拍

那些天使的肩膀

走進廣場我才發現

兒童死了一地

他們靜靜帶走了

人類巨大的夢

沒有小草

這世界如何生長呢

我含淚將世上所有的

露水和初生的紅玫瑰

〔註59〕渡也著，《憤怒的葡萄》，臺北：時報文化出版事業有限公司，1983年，第140頁。

撒在他們身上

這樣

彷彿是

整部人類史的

閉幕典禮〔註60〕

為什麼用這首短詩結束詩集《憤怒的葡萄》，想來其義自見。我們在閱讀的時候，腦海裏撞來納粹集中營、中東海灣戰爭、汶川大地震以及當下中東地區的血腥衝突場景（如近日發生的巴基斯坦塔利班暴徒衝進學校屠殺軍人子弟學校百餘名中小學生）等一個個令人心碎的畫面。「我們存在的話，就沒有死亡，死亡出現的話，我們就已不存在了。」〔註61〕存在有時候只是形骸，而沒有靈魂。救贖的方法，按存在主義哲學海德格爾一派的說法就是語詞的道路，即文藝拯救的避難所：「沒有比藝術更好的逃避世界的出路，但也沒有比藝術更牢固的聯結世界的鏈環。」〔註62〕從《永遠的蝴蝶》開始，渡也一直在向我們暗示「生活的可怕的一面」，甚至直指「生活是一個黑色的寓言」〔註63〕如上引《天使》「閉幕典禮」一出。詩歌帶給我們的衝擊無疑是痛苦，而「事實上，痛苦就是一個淨化的過程。在大多數情況下，人只有經過這一淨化過程才會神聖化，亦即從生存意欲的苦海中回頭。」〔註64〕「在目睹悲慘事件發生的當下，我們會比以往都更清楚地看到，生活就是一場噩夢，我們必須從這噩夢中醒來。」〔註65〕「醒來」、「回頭」都寓意著向人的本質居所尋求庇護與歸宿。在此方面渡也通過大量書寫，近乎語詞的狂歡，構建了一座精神建築、一個心靈的港灣。他詩文中多次表達這樣的指向與寄寓，如前引《我策馬奔進歷史》，再如《不准破裂》一集中《上班》一首，縷述「淚水」、「黑暗」，末闋寫道：

〔註60〕渡也著，《憤怒的葡萄》，臺北：時報文化出版事業有限公司，1983年，第146～147頁。

〔註61〕叔本華著，《叔本華美學隨筆》，韋啟昌譯，上海：上海人民出版社，2004年，第211頁。

〔註62〕戴維斯·麥克羅伊著，《存在主義與文學》，沈華進譯，瀋陽：春風文藝出版社，1988年版，第43頁。

〔註63〕如上，第3頁。

〔註64〕叔本華著，《叔本論道德與自由》，韋啟昌譯，上海：上海人民出版社，2006年，第275、276頁。

〔註65〕叔本華著，《叔本華美學隨筆》，韋啟昌譯，上海：上海人民出版社，2004年，第52頁。

> 我永遠上班
> 帶著一顆巨大的心
> 在人生旅途上
> 在中國文學史上
> 在通往永恆的路上〔註66〕

「真正的現在是永恆性。」〔註67〕渡也在現代人異化與喧囂的道路上，堅持走著自己選擇的道路，抒發著孤寂的文化與精神鄉愁，品味著時間歷練的堅果──

> 上樓到書房去
> 風雨向生命襲來
> 上樓到書房去
> 遺失職業了
> 上樓到書房去
> 家中沒有柴米油鹽醬醋茶
> 上樓到書房去
> 讀書
>
> 生而為讀書人
> 不准有眼淚〔註68〕

「不准有眼淚」、「不准破裂」，眼淚用於煮字洗硯，滲透著現代人的孤寂追求、純粹精神與懷疑的價值觀。在發達的工業與後工業化、資本主義社會形態的臺灣，堅持，從某方面來說也意味著放棄、自我放逐甚至犧牲。渡也給自己「不准破裂」的命令，以詩界鬥士般的姿態與「過客」般的孤注一擲迎接存在無法迴避的痛苦：

> 狂風暴雨有時來示威遊行
> 我全力抵抗
> 當乾旱造訪時
> 大腦和雙手是我的信仰

〔註66〕渡也著，《不准破裂》，1994年，臺灣：彰化縣立中心文化編印，第85頁。
〔註67〕海德格爾著，《存在與時間》，北京：生活‧讀書‧新知三聯書店，1987年，第506頁。
〔註68〕渡也著，《我是一件行李》，臺北：晨星出版社，1995年，第195頁。

> 我從不相信
>
> 神〔註69〕

存在主義哲學誕生的前提即「上帝死了」，渡也的詩歌關注人生活的方方面面，能從哲學深處開墾，展示與暴露人生困惑，從而表現人性的莊嚴與社會荒誕的衝突，他甚至走著一條「以文入詩」即無時、無事不可入詩的探索創新道路，生活的各個層面各個細節，無時無地不可擷取入詩，吟成章節。以詩代簡、以詩啟事（尋人、辭職等）、以詩日誌、以詩論文、以詩寫史、以詩議政、以詩教學……也許他的詩並非都好，有些也稍嫌浮泛輕率，選材不夠謹嚴，像《我是一件行李》集中連入廁大便、內痔流血及一些個人隱私等都吟成詩行，形容有加，令人略感流於無謂，「惡搞」雖仍有揭示荒誕性之意，但機智中戲謔超標，後現代過頭。這種弊端瑕疵在他另外詩集中也或有存在。才捷不免辭浮、辭累。渡也年輕時寫的長篇敘事詩被前輩名家贊許後曾表達遺憾：「但是散文化之病仍然偶見」〔註70〕。這恰如過去劉勰評司馬相如：「長卿傲誕，故理侈而辭溢。」〔註71〕不過，魯迅的翻案文章卻評論「精神極流動」，甚至總體「卓絕漢代」〔註72〕。畢竟文藝的生命更在於立意、用情、創新、嘗試。重要的是詩人的詩質，以及語詞的天才、能力。叔本華說：「要評估一個天才，我們不應該盯著其作品中的不足之處，或者，根據這個天才稍為遜色的作品而低估這個天才的價值。我們只應該看到他最出色的創造。」〔註73〕

結語

渡也的文學成就即「最出色的創造」，在於他具有的存在主義傾向與文化鄉愁互動互文的形象書寫。縱觀其創作歷程，由代言、代筆性質（如《流浪玫瑰》「返鄉」輯）以及打量、觀望（如「民藝」等「靜物寫生」）、詠史（如

〔註69〕渡也著，《我是一件行李・以農立國》，臺北：晨星出版社，1995年，第189頁。

〔註70〕渡也著，《最後的長城・「余光中點評」》，臺北：黎明文化事業有限公司，1988年，第43頁。

〔註71〕劉勰著，《文心雕龍・體性》，北京：人民文學出版社，1981年，第309頁。

〔註72〕魯迅著，《魯迅全集・漢文學史綱》第9卷，北京：人民文學出版社，1982年版，第418頁。

〔註73〕叔本華著，《叔本華美學隨筆》，韋啟昌譯，上海：上海人民出版社，2004年，第128頁。

《最後的長城》）終至「我策馬奔進歷史」「憤怒的葡萄」「不准破裂」等，經歷了語詞的裂爆與蛻變，由旁觀者、見證者轉向親歷、交融、穿越、互文、重構，以及時間的現代性分享，空間敘事，表現詩人對現代世界衝突的勇敢擔當、面對、不假掩飾，以及「獨一性」的言說。其鄉愁意識更多來自生命體驗與文化精神層面，來自中華漢語文化現代被擠縮、壓迫甚至威脅、異化、消解的現實危機與暴力（包括軟暴力）困惑狀態中。渡也以語詞狂歡（他僅詩集就多達十九部）這一還鄉行為與詩意棲居，包括碎片化的寫作，集中映像自由決擇與悲劇精神之維，展示精神家園的指歸。「唯有一脈相通的靈犀才能把我們導向那裡。」〔註74〕中華文化核心言說這一「相通的靈犀」，令「流浪玫瑰」散發出別致的高尚與芳香。

致謝：本書撰寫，得力於香港大學黎活仁教授的號召與大力支持，包括他對論文體式嚴格的規範化要求。黎教授不辭辛勞分發、寄贈的大量渡也作品，接續了我三十多年前成都街頭閱讀渡也作品難忘的審美體驗，再次感受到精神的大餐。

注：原載《華文文學評論》第 3 輯（2015 年），四川大學出版社，並收錄入《閱讀渡也》，臺灣秀威信息出版社，2017 年 4 月。

〔註74〕海德格爾著，《存在與時間》，陳嘉映、王慶節合譯，北京：生活・讀書・新知三聯書店，2006 年，第 452 頁。

後 記

編寫這部文集的時候,「新冠病毒」初行肆虐,舉世「封關」「隔離」,「萬籟俱寂」。然相信人類一定能夠再次趟過災難,實現「大同」與自由的復興。

做學問碼字比較辛苦,有時感覺像是推大石上山的「西西弗斯」,不斷前功盡棄,又不斷地「從頭再來」。但人生或有定數,適者生存,如法國加繆所形容:「西西弗斯無聲的全部快樂就在於:他的命運是屬於他的。他的岩石是他的事情。同樣,當荒謬的人深思他的痛苦時,他就使一切偶像啞然失聲。荒謬的人知道,他是自己生活的主人⋯⋯他爬上山頂所要進行的鬥爭本身就足以使一個人心裏感到充實。」〔註1〕

興許這也吻合莊子與惠子當年討論的「魚之樂」道理吧,「如魚飲水,冷暖自知。」「樂亦在其中矣」。

限於篇幅,在編輯本部論文時,筆者主要選取「民國」時代意域的作家詩人,要而論之。因為文學連續性與關聯意義,內容也有涉及與跨越到當代,總體「現代」居多。需要說明,卷一部分是新作,沒有發表過,其實是一部可以獨立的專著講義,所以在卷尾特別附錄了一些參考文獻。其他卷錄入的多係近年發表過的相關舊作論文,牽涉面較廣,沒有特別在卷尾附錄參考文獻,其實每文的注釋往往可以代表論文參考的重點所在。

中國現代文學不可能回歸舊的體制傳統,正如魯迅銳評:「正如我輩約了燧人氏以前的古人,拼開飯店一般,即使竭力調和,也只能煮個半熟;夥計們既不會同心,生意也自然不能興旺──店鋪總要倒閉。」「要想進步,要想

〔註 1〕 見百度 baike.baidu.com/item/西西弗斯/6690210?fr=aladdin,加繆,《西西弗斯的神話》。

太平，總得連根的拔去了『二重思想』。因為世界雖然不小，但徬徨的人種，是終竟尋不出位置的。」革命就得破除，就得大膽創新，有繼承必有揚棄，試圖「中庸」、「兼得」其實是不可能的。通過對百年新文學創作的論述和個案細微探討，旨在說明於呈現新文學的世界體系與現代風貌。以之「隨喜讚美這炬火或太陽」！

　　書中論文凡有原刊的都於文尾標注，以示感荷與紀念。這部文集得以出版，感謝臺灣花木蘭事業有限公司以及這套叢書的主編李怡教授，是他的引薦，使這部文集帶著較長時間的書卷氣和煙雨氣，呈現於讀者眼前。

2020 年 3 月 20 日於四川大學新南村